符号学开拓丛书（第二辑）

边 缘 生 存

——北美新生代华裔小说的存在符号学研究

魏全凤　著

该书出版得到2011年四川省哲学社会科学“外国语言文学学科建设专项基金”项目“华裔文学的符号学研究”（SC11WY019）、2010年中央高校业务费项目“华裔文学研究的符号学视角”（ZYGX2010J139）的资助。

苏州大学出版社

图书在版编目(CIP)数据

边缘生存:北美新生代华裔小说的存在符号学研究
/魏全凤著. —苏州:苏州大学出版社, 2013.1
(符号学开拓丛书. 第2辑)
ISBN 978-7-5672-0320-4

Ⅰ.①边… Ⅱ.①魏… Ⅲ.①华人-小说研究-美国
-现代 Ⅳ.①I712.074

中国版本图书馆 CIP 数据核字(2012)第293589号

书　　名: 边缘生存
——北美新生代华裔小说的存在符号学研究

作　　者: 魏全凤　著
责任编辑: 董　炎
策　　划: 汤定军
装帧设计: 刘　俊

出版发行: 苏州大学出版社(Soochow University Press)
社　　址: 苏州市十梓街1号　**邮编:** 215006
印　　装: 丹阳市兴华印刷厂印装
网　　址: www.sudapress.com
E - mail: tangdingjun@suda.edu.cn
邮购热线: 0512-67480030
销售热线: 0512-65225020

开　　本: 700mm×1000mm　1/16　**印张:** 13.75　**字数:** 215千
版　　次: 2013年1月第1版
印　　次: 2013年1月第1次印刷
书　　号: ISBN 978-7-5672-0320-4
定　　价: 35.00元

序 言

本书以"北美华裔新生代女作家小说"为研究对象。本书筛选出八位具有代表性的北美华裔新生代女作家做细读式精心分析,她们是刘绮芬、刘恺悌、张岚、伍美琴、邱静瑜、黄锦莲、拉丽莎·赖和何舜廉。本书运用叙述学对小说进行文本细读,应用后现代文化研究理论对作品中的身份建构进行分析,并应用塔拉斯蒂存在符号学以及列维纳斯存在主义哲学对作品中自我与他者的关系进行评述。

本书标题中的"北美华裔"、"新生代"、"女作家"都具有极其重要的文化意义。"北美华裔"指祖籍在中国,后因某种原因到北美定居的移民后代。地理上的位移,使她们处于两种文化之间的边缘地带,她们一方面拥有中华民族的集体记忆,另一方面又要适应居住国文化,这一状态给她们带来的是失去稳定的焦虑,同时也带来重新建构特殊自我的可能性。她们站在离家的场地,在文化的缝隙间进行自我建构的言说,其话语对于现存的政治文化秩序具有极大的挑战力。重视华裔的边缘言说,就是关注全球化进程中族裔散居者的人文自我。

北美华裔文学从诞生起就进行着不屈服的边缘书写,短短一百年时间里,已经出现众多的作家和丰富的作品。而在大量北美华裔作家的作品中,女作家的作品格外引人注目,在异域受主流文化歧视的过程中,女性是这一局面的直接受害者,与此同时,她们还承受着来自本族男性的歧视,对于性别压迫有更强烈的体验,导致她们对华裔女性的身份建构有更强烈的要求。本书讨论的这些华裔女作家,大都不仅在文坛具有知名度,并且也是社会变革的积极倡导者,她们以独特的策略为华裔女性进行着身份建构的努力。

"新生代"也是当前极富文化挑战精神的作家群。她们受后现代思潮的影响很大,对历史和主流叙述深感怀疑,善于应用后现代写作技巧来颠覆官方宏大叙事和权威历史，批判压制个体话语的霸权行为。“新生代”颠覆传统的勇气在北美华裔女作家那里得到淋漓尽致的发挥。她们采取与前一代作家传统断裂的姿态，确立自身另类的话语言说方式。身份的无所依托导致她们的焦虑，多元政策激励着她们走向独特的自我，后现代解构思潮的影响又使她们对文化规则本身产生怀疑。因此，虽然她们的焦虑依旧缠绕在文化中的自我身份上，但她们对身份的关注已经与前辈有所区别。由于她们的父母为土生华裔，新生代华裔女性对于唐人街的印象已经相当模糊，因此，她们的中国执念并没有很强烈的影子，取而代之的是对自我的关照，这就注定了她们不再注重以宏大叙述回归历史，而是以多元的书写策略来完成自我身份的建构。

为此，“新生代”作家作品中采取的策略互有差异：刘绮芬以日记的形式进行自我书写；刘恺悌运用意识流技巧书写自我无意识；张岚通过书写中华民族文化象征，让主人公回到中国原乡；伍美琴对华裔家庭的成员以及西方他者进行不同视角的对话和协商；邱静瑜让边缘的“闯祸精”成为善良的“圣人”；黄锦莲作品中的主人公把追寻族群之根与跨文化交流结合；拉丽莎·赖重写中国神话，把中国文化移植到异域，让主人公在奇幻的世界中弥合断裂历史，质疑工业压迫；何舜廉则戏仿式地重写了西方经典童话，对压制边缘个体的主流文化进行了颠覆。从以上简单归纳可以看出，“新生代”华裔女作家在追寻自我的实践中，经历了自我书写，回归历史，反思文化，超越文化，超越意识形态，走向诗性的历程。北美华裔新生代女作家把生命体验植入文学的幻想，构筑起自我与他者的桥梁，追寻着超越文化的诗性自我。

本书分六章进行论述。在绪论部分，首先对本书研究的对象“北美华裔新生代女作家小说”进行了范围和意义分析，然后对北美华裔文学及其研究背景进行了文献综述，也对本书选取的作家作品进行了简介，最后，对本书研究的理论依据和写作步骤进行了简述。本书大致上根据作品出现的先后安排，但是也可以看到这几个章节的作家，对身份建构采取不同的策略，对自我与他者关系持有不同的态度，作者在这几个章节分别进行了详细的文本解读和文化分析。

第一章以刘绮芬和刘恺悌的作品为解读对象。刘绮芬作品的突出特点是日记自传式的自我书写。作品中作者与主人公的人格经常混为一体，在似真的情节中，作者借用日记的真实来书写压抑的自我。作品中的第一人称叙述视角和边缘女性的经历，都是边缘主体借用的自我言说武器。在刘恺悌的作品中，自我建构则表现为意识流技巧中的无意识书写。无意识是被压制的自我，在被主流文化歧视的空间里，自我的欲望更多地潜入到无意识中隐藏起来，而自由联想和内心独白等意识流技巧则让压抑自我得到伸张，保证边缘主体走出分裂。这一章的作品中，无论是日记中的流浪女孩，还是无意识中的放纵自我，都是压抑自我的欲望宣泄，是边缘自我进行身份建构时具有挑战性的起点。

第二章以张岚和伍美琴的作品为解读对象。在张岚的作品中，华裔与传统文化的矛盾关系通过主人公与父母的冲突表现出来，在反叛的最后，她们都走向了原乡。作品出现大量的中国文化象征意象，帮助主人公回到精神原乡，以寻求在他乡无法获得的精神慰藉。紧接着原乡回归的是反思中国文化，作品对束缚个体的传统文化进行了控诉。在伍美琴的作品中，华裔孩子也回到家庭。针对华裔家庭和主流文化中的霸权，作品采取了不同声部的复调叙述，来进行与他者的对话和协商。总之，在这一章的作品中，边缘自我走上了与传统接触和与他者协商的道路。

第三章以邱静瑜和黄锦莲的作品为解读对象。在邱静瑜的作品中，华裔个体同时进行着主流反抗和自我反思。她们的边缘焦虑逐渐缓解，自暴自弃的“闯祸精”转变成了“圣人”。在黄锦莲的作品中，中国性的追寻逐渐变成了时尚的调侃，而跨文化交流的使命逐渐凸显。华裔逐渐走出了族群身份，试图成为世界主义者。这批作家对多元融合的理想期待，是在自我与他者冲突中试图认同社会主流，不过这种理想在美国的社会现实中几乎是幻想。

第四章以拉丽莎·赖与何舜廉的作品为解读对象，她们作品中的突出特点是前文本重写。拉丽莎·赖重写了中国神话中的狐狸精、女娲和历史传奇人物鱼玄机，对中国文化进行了异域移植，以展开中西文化的对话，并在此基础上，反思了现代工业文明对个体的束缚。何舜廉则运用后现代的迷宫叙述，戏仿式地重写了西方经典童话人物睡美人和玛德琳，把浪漫的童话人物置换成了边缘的流浪个体，使压制个体的主流文化被颠覆，边缘的欲望主体得到正名。而无论是神话移植还是童话重写，都体现出作者深刻的文化批判以及诗性超越。

在第五章，对这些作品中关于自我的存在思考进行了总结和评述。文化无所归依，既是身份失落的苦恼，也是新的身份建构的起点：在文学世界中，她们或者回归历史，在精神原乡中安抚精神的创伤；或者反思历史，确立自己的历史主体地位；或者走向他者，以协商对话的手段，对他者进行改造；或者包容他者，以宗教式的悲壮，走向多元融合的乌托邦；或者颠覆文化，在揭露文化暴力的过程中为欲望主体正名；或者诉诸神话，在虚幻世界中完成诗性世界的建构。通过以上各种方式，华裔新生代女作家以独特的人生体验，为人类呈现了超越和升华的途径。

而她们作品中处理自我与他者的策略更是给人带来启迪。华裔新生代女性处于两种文化之间，传统文化和居住国文化都是他者，与此同时，她们还面临着男权的压迫。在他者林立的焦虑状态中，她们采取了多种策略：由自我书写中的自我呼喊，到挑战主流他者和对抗传统他者，再到以协商对话结合的方式来面对传统文化和主流文化，最后上升到颠覆文化规则，解放自由个体，走向诗意的生存。这些策略体现了她们勇敢面对他者的勇气和逐渐成熟的反思态度。

她们的书写，是存在符号学理论在全球化进程中关于自我追寻的演练。她们离开母体文化，在未知世界进行探索，经历从一个此在到另一个此在的跳跃，其间华裔产生集体的焦虑，这是主体与客体断裂所产生的存在焦虑，也正是在焦虑之中，她们不断追寻，也不断反思：不仅反思自我，也反思集体；不仅反思文化，也反思全球化；不仅反思此在，也反思超越。她们的存在轨迹通过不断否定的进程体现出来，为整个人类的超越提供了活生生的感性体验。

本书通过对北美华裔新生代女作家小说的研究，展现了新一代华裔女性对自我身份新的思考。她们从“自我”出发，控诉压制自我的文化，回归赖以存在的族群，憧憬多元文化的融合，反思束缚个性的规则，最终超越现实的自我，实现自由的诗意存在。也正是在对自我的捍卫中，她们跨越了族群、文化和意识形态，达到较彻底的反思。边缘的华裔女性自我，在与他者的激烈较量中，迸发出文化批判的勇气，萌生出自我存在的思索，她们的书写再一次证明了边缘人的清醒与活力。

目　录

Contents

Contents

引 论

第一节 选题及意义

“北美华裔”指祖籍在中国,后因某种原因到北美定居的移民后代。早在18世纪初,华人一踏上北美的土地起,就面临着身份的挑战。背井离乡,地理上与传统文化有所隔断,而在陌生的国度进行新的身份塑造又充满着艰辛。从北美华裔作品中华人的创业体验到中国文化象征意象的反复出现,再到华裔后代对“双重文化”的疏离,可以看出他们在异域建构身份的不断尝试。是回归文化原乡,还是走向居住国主流文化,抑或是走向多元文化认同,成为他们永远的焦虑和困惑。这是一群流散的游子,是处于文化中空的自我,他们所处的位置注定了他们既是现存文化的挑战者,也是自我建构的主力军。在流散群体大量涌现的全球化时代,探索华裔自我建构的策略,从中发掘出华裔独特的存在思索,具有重要的人文意义。

本书选题对象为“北美华裔新生代女作家小说研究”。北美的美国与加拿大是华人移居的主要地点,其研究范围具有代表性。把加拿大华裔文学与美国华裔文学一起纳入讨论范围,是因为两国在地理上很接近,在经济政治和文化上关系紧密,两国针对华人的措施也极为相似,从排华方案到允许华人的权利,华人在两国都同样受到从歧视、忽略到逐渐被接受的经历,这种共同的生存体验在华裔文学中也得到相似的表达,如对华裔身份形象的纠正,以及对华裔新形象的塑造,再到代际之间关于身份认同的冲突,这些都可以从相关的作家作品中找到印证。早期的华裔作家水仙花被两国共尊为始祖，当代加华作家也直接受美华作家的影响。如汤婷婷等成功的美国华裔作家对20世纪70年代末温哥华“加拿大亚裔作家工作坊”的成员起到了典范和楷模的作用。[①]鉴于两国华裔文学的相关性，本书把美国与加拿大华裔文学放在一起研究，以描述出北美华裔文学创作中共通的特征。而在大量北美华裔作家作品中，又以女作家为主，且有很高的成就，比如黄玉雪、汤婷婷、谭恩美、任璧莲和李群英等都在主流文化圈占有重要的地位。此外，华裔在异域受到歧视的过程中，女性是直接受害者，与此同时，她们还承受着来自本族男性的歧视。对于性别压迫更强烈的体验，导致她们对华裔女性的身份建构有更强烈的要求。这些华裔女作家大都不仅在文坛具有知名度，并且也是社会变革的积极倡导者，她们以独特的策略为华裔女性进行着身份建构和超越。

华裔这个词最先出现在华裔女作家艾迪斯·伊顿(Edith Eaton，笔名水仙花)的作品中，她把在美国淘金创业的中国人称为“Chinese American”。而随着全球化进程的加快，华人向北美移民的数量和频率大增，出现不同的北美华人群体，有的定居，有的移民，有的留学，还有在当地出生的华人后代。在他们的文学创作中，有汉语作品，也有英语作品，所以关于华裔文学的定义出现了多样化的倾向。张子清教授对美国亚裔/华裔文学的界定作了如下梳理：

> 一、出生、成长、受教育、工作、生活均在美国的亚裔/华裔(或亚/华、欧美混血的子女)作家用英文描写他们在美国的生活经历和体验的文学作品；
>
> 二、出生在亚洲/中国(在亚洲/中国的成长期或长或短)，但受教育、工作、生活在美国的亚裔/华裔(或亚/华、欧美混血的子女)作家用英文描写他们在美国的生活经历和体验的文学作品；

---

① 朱徽.加拿大华裔英语文学的发展与现状——赵廉博士访谈录.中国比较文学，2001(2)：126—136.

> 三、出生在国外(既非亚洲/中国又非美国)但成长、受教育、工作、生活在美国的亚裔/华裔(或亚/华、欧美混血的子女)作家用英文描写他们在美国的生活经历和体验的文学作品。①

根据张子清教授的界定可以看出,华裔文学作品主要指出生或受教育在国外的华裔用英语创作的作品。而赵毅衡教授作了进一步的细化,他把华人文学看成"文化中国"的三个圈层,包括:第一圈层,大陆台港澳;第二圈层,新马;第三圈层,国外散居者。而华人文学的外围(第三区域)本身有三个环:留居者华文文学、留居者外语文学、留居者后代外语文学。② 分别对应海外华文文学(如严歌苓的作品)、获得语文学③(如李翊云的作品)以及华裔文学(如汤婷婷的作品)。赵毅衡教授又对华文和外语文学分别进行解释,对留居者第一代和留居者后代分别进行解释,它们共同从属于"文化中国"海外流散文学。从以上对华裔文学的定义中可以看出,出生与成长环境是界定身份的重要因素,而写作语言是分类的另一条重要标准。本书研究的对象属于在北美留居地出生或长大的华人后代,她们主要以英语为主要语言进行文学创作,属于三环最外围的"留居者后代外语文学"。

本书把作品对象聚焦在"新生代"北美华裔女作家身上,有其独特的意义。"新生代"这一概念在社会学领域,表示社会上新兴的人类族群。在20世纪70年代,日本社会学界开始用"新人类"来指称当时日本社会的一批年轻人,这些人出生于20世纪60年代之后,他们逐渐从传统日本生活方式中走出来,开始探寻一种全新的生活理念。后来这个概念传到了港台和新加坡以及内地,"新生代作家"这一概念也应运而生,成了"20世纪60—70年代出生,

---

① 张子清.与亚裔美国文学共生共荣的华裔美国文学.外国文学评论,2000(1):94—103.

② 赵毅衡.三层茧内:华人小说的题材自限.暨南学报(人文社科版),2005(2):45—50.

③ 赵毅衡.欧洲/美洲/澳洲获得语作家专辑主持人语.中外文化与文论,2008(2):1.

90年代登上文坛”[1]的作家指称。这个年代出生的作家，受后现代思潮的影响很大，对历史和主流叙述产生怀疑，善于运用后现代写作技巧来颠覆官方宏大叙述和主流权威历史，批判官方历史压制个体的霸权行为，其与前代作家和主流文学传统相断裂的姿态确立了自身的另类存在方式及合理的话语言说权，试图建构一种全新的个人化历史叙事方式。正如台湾地区新生代作家黄凡慷慨激昂的宣言：

> 我们书写当代也创造当代，我们深信文学本身就是一种真理，无论是透过殊相来展示共相，或是从共相中挖掘出殊相，未来的道路已历历在前，我们已赋予生命和生活崭新的观察和价值，并且继续探测理想和现实之间的距离，找寻无孔不入的种种人间悖论，也制定出远异于前代的生存法则……我们的内容是一种新时代的多元化氛围；抛弃僵硬沉重的历史包袱、也藐视强买强卖的理论策略；我们有权利拥抱视野所及的一切、化育养成新天新地，也有权利粉碎人间一切斯文扫地的迷思与龟裂崩颓的偶像。我们解放加诸文学灵魂的各种桎梏，我们让各种文体的敲击和思想的回音交织成一组气宇轩昂、崇高壮丽的交响诗。[2]

他的宣言体现出新生代这一独特群体对现状、对历史、对文化都具有自觉的后现代颠覆与反思。

对应于“新生代”的时间，美国流行的称谓“X一代”(Generation X)与“新生代”极其相似，这个词因道格拉斯·柯普兰(Douglas Coupland)1991年出版的小说《X一代：加速文化的故事》(Generation X—Tales for an Accelerated Culture)[3]而流行，小说描写出生于20世纪50年代末和60年代初在服务行业工作的三

---

① 葛红兵.新生代小说论纲.文艺争鸣，1999(5)：34—41.

② 黄凡，林耀德.新世代小说大系.台北：希代书版有限公司，1989：总序3—4.

③ Douglas Coupland. *Generation X: Tales for an Accelerated Culture*. New York: St. Martin's Press, 1991.

个青年,他们对没有社会地位很是埋怨和愤怒。后来"X 一代"这个词就用来指代 1961—1972 年出生的人群,他们通常接受很高教育,但失业,对社会抱着悲观的心态。①美国文学评论界也借用了"X 一代"来指 20 世纪 50 年代末和 60 年代初出生的后现代派中青年作家。②

鉴于"新生代"和"X 一代"相似年代的划分及其内涵,又根据评论界对"新生代"的广泛使用,本书用"新生代"来定义在 20 世纪 60—70 年代出生的北美华裔作家。这一代人出生在民权运动时期,在多元文化已为大多数人接纳的八九十年代长大,因此他们的文化取向和价值观念有多元化倾向。③

新一代华裔女作家的生活经历和感受与前辈作家不同,作品的内容和关怀对象也发生了变化。这一批华裔作家在多元文化时代长大,其父母为土生华裔,她们对于唐人街的印象极其模糊,因此,她们的华裔性和中国执念在作品中并没有很强烈的影子,取而代之的是对自我的关照。"我是谁"这一身份问题仍然是北美华裔作家共同关注的焦点之一,但前辈作家在其作品中往往突出文化冲突和性别冲突等"宏大"主题,而新一代作家则不再执著于此,在很大程度上她们把注意力集中在个人层面上,更多地关注个人的生活经历和感受,出现了私密化、个人化趋向,淡化了其作品的"族裔特性"④。北美华裔新生代女作家作品的独特点使她们赢得了评论界和读者的认可,她们的作品有的获奖,有的畅销,对华裔文化和主流文化起着不可忽视的影响。

本书筛选出的北美新生代华裔女作家中,有刘绮芬(Evelyn Lau,1971 -)、刘恺悌(Catherine Liu,1964 -)、张岚(Lan Samantha

---

① 原文为"Generation X: A trendy classification of people born between 1961 and 1972, who are generally over educated, underemployed and pessimistic about society"。参见 Shawn Holley. 英汉双解美国 20 世纪流行文化词典. 李著憬,王建华译. 北京:清华大学出版社,1998.

② 甘文平. 美国文坛新崛起的"X 一代"作家群——杨仁敬教授访谈录. 外国文学研究,2007(1):1—7.

③ 赵文书. X 一代的华美小说简论. 当代外国文学,2007(3):80—86.

④ 同上。

Chang, 1964－　)、伍美琴(Mei Ng,1964－　)、拉丽莎·赖(Larissa Lai,1967－　)、何舜廉(Sarah Shun-Lien Bynum,1972－　)、邱静瑜(Christine Chiu,1972－　)和黄锦莲(Kim Wong Keltner,1969－　)。她们都是20世纪60—70年代在北美出生或长大的作家,其作品以虚构作品为主。为了探讨同类作品,本书没有把纪实作家列入。比如,翟梅莉(May-lee Chai,1967－　)和张纯如(Iris Chang,1968－2004)虽然出生于20世纪60年代,但其作品以非虚构小说为主,故没有选入。此外,刘爱美(Aimee Liu, 1953－　)、伍慧明(Fae Myenne Ng,1957－　)、谭恩美(Amy Tan, 1952－　)与任璧莲(Gish Jen,1955－　)都出生于20世纪50年代,故亦未包含进来。而李翊云(Yiyun Li,1972－　)在国内长大,出国留学时后开始创作英文小说,属于获得语小说之列,亦未包含进来。

这些新生代作品在内容上有一个共同特点,即对身份认同的困惑,主人公对自我、对历史、对现状、对未来抱着深深的迷茫。在她们的记忆里,中国身份是她们的绊脚石,是她们困惑的根源,而选择面对还是回避,是这些作品围绕的中心。面临身份的困惑,北美新生代女作家们采用的策略也互有差异,她们有的注重自我书写,有的直面冲突,有的通过象征追寻原乡,有的以世界主义的眼光超越自己的文化身份,有的解构主流文化,为边缘主体正名。北美华裔新生代女作家把生命体验植入文学的幻想,真实地构筑着理解的桥梁,她们作品的成功和轰动就证明了困惑不是失败,焦虑不是浅薄,背后的寻找才是具有挑战精神的新生代华裔女性真正的心声。

第二节　北美华裔文学

北美华裔文学与北美当地政府对移民的政策分不开。从最早排华政策时华裔作品中的艰辛生活记录,到美国熔炉政策时向往主流的模范书写,再到全球化时代多元文化政策下华裔形象的重塑,最后在后现代思潮影响下写作的多样化和混杂化可以看出,北美华裔文学是北美华人及其后代的生存写照,又体现出与时代文化紧密相连的主体建构理想。北美华裔文学是时代的产物，又进行着超越时代的努力。

18 世纪中叶，受北美洲淘金热的影响，大批华人移民北美，开始了新的创业。可是华人在那里不但不被承认为平等的成员，只能充当廉价的劳动力，更遭到当地白人的仇视，成为被排斥和被歧视的对象，《排华法案》（美国）、《华人移民法》（加拿大）等就是专门针对华人颁布的歧视性法律。

他们的创业境遇在早期的华裔作品里得到了记录，早在一个世纪以前，华裔女作家艾迪斯·伊顿（Edith Eaton）长期活跃于蒙特利尔、洛杉矶和旧金山等地，深入了解华人的疾苦，于 1912 年以水仙花为笔名发表了短篇小说集《春郁太太》（又译《春香夫人》，*Mrs. Spring Fragrance*）。该书描绘出 19 世纪、20 世纪之交中国人及欧亚混血人在美国的生活经历；探讨华裔美国人的身份认同问题；揭示西化了的移民与保留东方传统的中国移民之间的冲突；刻画欧亚混血人的精神痛苦、不同民族之间通婚的现状、华人社区的自卫战；等等。小说对东西方文化冲突下华人所受的歧视以及与当地人之间错综复杂的关系的刻画是华人移居者在当地创业时混杂与冲突同在的状态写照。在排华浪潮愈演愈烈、不断蔓延的时期，水仙花不断为美国华人呼号呐喊，深得在美华人的尊敬和爱戴，伊丽莎白·阿蒙斯（Elizabeth Ammons）曾高度称赞她：“冲破了万马齐喑般的死寂和有系统的种族压迫，发现了她自己——创造了她自己的声音——这是本世纪初美国文学史的胜利之一。”①

20 世纪四五十年代，随着华人在当地扎根立脚，诞生了华裔第二代作家，尽管他们在当地长大，可是强势的主流文化使得他们只能努力、融合于其中，以便被“主流”社会所接受。通过个人奋斗进入主流社会，在当地确立地位和身份的强烈愿望是第二代北美华裔文学作品的主旋律。这个时期的作品有刘裔昌（Pardee Lowe，1905 – ）的自传体小说《父亲与光荣的后代》（又译作《虎父虎

① 参见范守义. 水仙花：北美华裔小说家第一人. 范守义. 春郁太太及其他作品. 太原：山西教育出版社，2002：39.

子》,*Father and Glorious Descendant*, 1943),黄玉雪(Jade Snow Wong, 1922 -)的自传体小说《华女阿五》(*Fifth Chinese Daughter*, 1950)。

《父亲与光荣的后代》描写了华裔男孩与父亲因为对中美两种文化持不同的态度而产生的矛盾冲突,以及他认同美国并希望自己被美国主流社会接受的心路历程。小说结尾写他虽然从斯坦福大学和哈佛大学毕业,但在美国所能找到的工作仍然与介绍华人和中国有关,这说明他虽然认同美国,但仍未能被主流社会接受,还是处于社会的边缘。

黄玉雪的《华女阿五》以一个23岁的美国华裔女性的视角对中美两种文化进行比较,对中国进行远距离的审视。她一方面展示华人的美德和华人社区和谐的人际关系,肯定中国文化,并以中国丰富的文化遗产为骄傲;另一方面匡正中国文化的负面影响,对中国不重视子女人格和个性的封建家长制以及重男轻女、男尊女卑的封建传统进行批判。虽然黄玉雪在书中讲述了她在成长的过程中如何被主流文化接受,流露出对中国文化既渴望又疏离的矛盾,也流露出某种程度上对美国文化的认同,但她给自己的定位是在美国的中国人。

20世纪后半叶,随着美国黑人的民权运动引发了整个北美社会政治、文化生活的巨大变革。女权运动、反越战、少数族裔权益等一系列社会事件引发了反传统、反权威、反中心的思想潮流,主流社会也在政治上、经济上、文化上以及法律上对少数族裔作出某种让步(或者说是修正),掩盖族裔差异的统一叙事被多样性和多元化所取代。华裔文学在这些权利运动的缝隙中得到了成长的良机,涌现出一大批优秀的作家。北美华裔文学尤其是小说,逐渐突破了原有的创作模式,在写作技巧和风格上可谓各具千秋、百花齐放。作品以其特有的文化底蕴赢得了众多读者的厚爱,开始了由"边缘"向"中心"的运动,进入了一个崭新的发展阶段。这期间具有代表性的作家有朱路易、汤婷婷、赵健秀、谭恩美、任璧莲、伍慧明、李群英和崔维新等。他们面对认同的主题进行了不同策略的书写和视角探讨。

朱路易(Louis Chu,1915 - 1970)的《吃一碗茶》(*Eat a Bowl of*

Tea,1961)是亚裔、华裔美国评论家和作家公认的一部具有划时代意义的作品。作品通过主角宾莱与美爱的视角,描写了20世纪40年代纽约唐人街的"单身汉"生活,反映出唐人街浓厚的中国文化特色。唐人街是华人在当地的主要聚居地,儒家的集体主义、中庸主义在此有强烈的体现。作品运用了华人在唐人街的俚语,还借用了地道的中国古代文化形式,体现出浓厚的华裔社区色彩。

汤婷婷(Maxine Hong Kingston,1940 -　)是华裔文学史上极为卓越的作家,她通过改写中国传统文化意象,成功地塑造了新一代勇敢的华裔女性形象,其作品成功地进入主流文化并被长期讨论,她的创作理念和写作技巧又在华裔作家内部引起激烈的争论。汤婷婷的成名作《女勇士:一个生活在群鬼中少女的记忆》(*Woman Warrior—Memoirs of a Girlhood Among Ghosts*,1976)讲述了一个华裔女孩在美国社会里的成长经历。作品改写了中国传统文化中的花木兰和岳飞的故事,将花木兰塑造成反对父权、反对性别歧视、勇敢追求自我的女英雄。汤婷婷借改写经典文化替华裔女性言说,为华裔女性争取平等的地位,具有强烈的女权主义思想。这部作品在很长一段时间内被列为畅销书,荣获1976年非小说类"国家书评界奖"。"是美国大学校园里当代还活着的美国作家的作品中最常被采用的教材。"[①]她的第二部小说《中国佬》(又译《金山勇士》,*China Men*, 1980)获"国家图书奖"和"国家书评界奖",并获"普利策奖"提名。《孙行者:他的伪书》(*Tripmaster Monkey: His Fake Book*, 1989)获当年"美国笔会奖"。她的作品在评论界引起长久的讨论,被视为美国研究、人类学研究、历史研究、族裔属性和文化属性研究、妇女研究等领域的重要文化读本。张子清教授高度评价了汤婷婷的贡献,认为汤婷婷的三部小说"艺术地建构了华裔美国文学的新传统"[②],汤婷婷卓越的成就使她赢得了2008年"美国图书奖"之"杰出贡献奖"。

---

① 单德兴,何文敬.文化属性与华裔美国文学.台北:"中央研究院"——欧美研究所,1994:2.

② 张子清.与亚裔美国文学共生共荣的华裔美国文学.外国文学评论,2000(1):94—103.

活跃在华裔美国文坛上另一位颇具影响的重要人物是赵健秀（Frank chin,1940 - ）。赵健秀坚持正统的中国文化,反对白人的种族歧视和偏见,坚持纯粹的华裔族性,他的两部长篇小说充分体现了他的这一理念。赵健秀通过《唐老亚》（*Donald Duck*,1991）中的主人公,旧金山唐人街十二岁的华裔小学生唐老亚的梦境,重述被美国主流文化湮没的华人建设美国铁路的历史,使“失语”的华工尽显性格刚烈、气概豪迈的“关公”般的英雄本色,以此纠正被白人歪曲的历史,摈斥美国主流社会对华人的种族刻板形象。在《甘加丁之路》（*Gunga Din Highway*,1994）中,赵健秀解构了“陈查理”和“傅满洲”等美国电影中的华裔刻板形象,揭露了美国社会的种族歧视以及少数族裔缺乏民族觉悟所造成的悲剧。其作品“是作者解构华裔美国人历史、华裔美国文学的庞大计划的重要组成部分”①。

谭恩美（Amy Tan,1 952 - ）则以长篇小说《喜福会》（*Joy Club*,1989）取得三个月连登《纽约时报》畅销书榜的好成绩,把华裔文学推向了一个新的高度。《喜福会》通过四位中国母亲和四位美国女儿的叙述,描写了1949年以前移居美国的四个华人家庭母女间的代沟,以吴宿愿与出生在美国的女儿吴晶妹的矛盾和误解以及她在抗日战争时期逃难的种种遭遇为主线,写出近一个世纪的漫长时间里在东西方不同的文化背景下,不同时代的三代女性在爱情、婚姻、事业等方面的坎坷经历。小说最后由女儿理解了母亲作为结局,成为华裔追寻祖辈文化的象征。

两年后,她出版第二部小说《灶神之妻》（*The Kitchen God's Wife*,1991）。作品中的女主人公江韦丽于20世纪初出生在旧中国富商之家,她的丈夫文甫是一个心胸狭窄的施暴者,对她百般凌辱,甚至不顾亲生骨肉的死活。后来一个美籍华人吉米·路易爱上了她。在吉米的帮助下,江韦丽摆脱了文甫的纠缠,几经波折终于来到美国,与吉米正式结为夫妻,过上了幸福的生活。作品里对女

① 参见李有成《〈唐老亚〉中的记忆政治》。单德兴,何文敬.文化属性与华裔美国文学.台北:“中央研究院”——欧美研究所,1994:127—128.

性自我的关注和对传统文化的批判以及对主流的认同使作品以与上一部作品截然不同的策略来认同自我。

谭恩美的第三部作品《接骨师之女》(*The Bonesetter's Daughter*, 1991)以不一样的视角阐释了华裔母女的矛盾。女作家露丝与男友亚特的感情陷入了低谷,露丝惶恐而不得解。同时,她的母亲茹灵开始表现出老年痴呆的症状,露丝期待母亲过去的回忆能解决目前的困惑。茹灵叙述姐妹如何在国仇家难中幸存下来,又如何抛下过去的种种伤痛,最终来到美国的坎坷经历。露丝理解了母亲的过去,她得以明白母亲性格中种种的别扭与为难,于是谅解了母亲早年对自己的伤害,反省了自己年少青涩时犯下的种种错误,也因此更加深层地挖掘到自己性格中的问题,与母亲、与男友的关系也最终都得到和解。这是华裔同时认同祖辈文化和当地文化的理想书写。

任璧莲(Gish Jen,1955 -)是这一群体中比较特别的一位。她消解了自己作为"华裔作家"的身份,以一般意义上的作家身份来取而代之。其代表作《典型的美国人》(*Typical American*,1991)以幽默诙谐的语调讲述了一个中国移民家庭追求美国梦的故事,在作者看来,任何人到了美国后都可以以"美国人"的身份称呼自己,华裔移民也一样,都可以做地道的美国人。《希望之乡的莫娜》(*Mona in the Promised Land*,1996)是《典型美国人》的姊妹篇,书中描写了拉尔夫的女儿莫娜向往进入美国主流社会的故事。莫娜就像变换发型一样,不断变换属性。她一会儿是中国人,一会儿变成美国人,最后又变成了犹太人。在任璧莲的短篇小说集《谁是爱尔兰人?》(*Who's Irish*?,1996) 中,讲述了华人祖母与有爱尔兰血统的外孙女之间由矛盾冲突到相互融合的故事。从中可见,作者强调多元文化的融合,以及人类作为一个整体可以相互理解、沟通的创作理念。

而雷祖威(David Wong Louie,1955 -)的短篇小说集《爱情的痛苦》(*Pang of Love*)在个人层面进行了新的探索。雷祖威深为自己悬挂在两个世界的边缘而苦恼。他的这种苦恼反映在他的小说集当中。"大部分人都具有相同的心态,即对于自己身份的不确定感。”[①]作品中只有少数几篇突出了人物的“中国性”，其余的大部分文章中，男性人物的种族或不确定，或模糊不清。这不禁使人联想到受异族文化的影响而被阉割、边缘化的悲惨命运。雷祖威被认为是对“对族裔特征消除的可能性看得最清楚的作家”[②]。

同年出品的李健孙（Gus Lee，1946－　）的半自传小说《中国小子》（又译《支那崽》，*China Boy*）也成为畅销书，并当选1991年度100部最佳小说之一。作品叙述了生活在旧金山潘汉德尔黑人贫民区的丁凯为求生存和自卫而学习拳击的故事。作品刻画了华裔为争取自身对新环境的适应，而不惜牺牲传统文化和对家庭的忠诚。李建孙的第二部畅销书《荣誉与责任》（*Honor and Duty*，1994）可看作第一部小说的续篇。书中主要以西点军校为背景，讲述主人公丁凯在进行荣誉捍卫时感到作为一个亚裔美国人的尴尬，两部作品都深刻揭示了处于弱势的华裔痛苦挣扎，抵制白化的艰苦斗争。1996年，李健孙的第三部作品《老虎尾巴》（*Tiger's Tail*）讲述了越战时身为美国战士的杰克逊·康为了维护国家利益而杀死越南孩子，放弃自己心上人的故事。作品从适应主流，到无法摆脱华裔的边缘地位，再到对国家等定义的怀疑，是华裔个体追寻认同时由乐观到悲观的复杂心态的体现。

伍慧明（Fae Myenne Ng，1956－　）的处女作《骨》（*Bone*，1993）“深刻地从多个层面上描述了华裔贫苦的、错综复杂的、新的美国生活的内部经验”[③]。小说讲述了旧金山唐人街上三个华裔女儿的家庭故事。小说中的父亲里昂·梁是一个靠卖苦力养家糊口的男人，母亲是衣厂女工，是一个任劳任怨的典型旧式中国女性。他们的三个女儿中，老大莱拉做了小学教育咨询员，负责帮助

---

① Gary Krist. The Ratchety Process of Change. *New York Times Book Review*, 1991(7): 13.

② Sau-ling Cynthia Wong. Chinese/Asian American Men in the 1990s: Displacement, Impersonation, Paternity, and Extinction in David Wong Louie's Pangs of Love//Gray Y. Okihiro et al eds. *Privileging Positions: The Sites of Asian American Studies*. Washington: Washington State University Press, 1995: 181－191.

③ Heather Ross Miller. American the Big Lie, the Quintessential. *The Southern Review*, 1993(2): 420.

移民的孩子与学校和老师沟通交流。她一直与父母住在一起，在他们精神上遭受重创时给了他们极大的安慰与支持。二女儿安娜与男友家合伙做生意被其家庭欺骗，与男友的恋爱关系也遭到了父母的强烈反对，为此安娜选择了自杀之路。小妹尼娜在姐姐出事之后只身去了东部的纽约，当上了空中小姐和导游。对家庭的责任感与个性独立的渴望之间的冲突是作品反复出现的主题，个人认同在矛盾和哀伤中显得无所适从。

余兆昌（Paul Yee，1956－　）获"加拿大总督文学奖"的《鬼魂列车》（*Ghost Train*，1996）则让华人父亲的灵魂来诉说华人遭受的苦难。故事讲述了喜爱画画的华裔孩子聪艺到北美与在那创业的父亲团聚。当她匆忙赶到父亲工作的公司办公室时，却被告知，父亲在一周前的山体爆炸中不幸身亡。父亲在她准备回国前一晚出现在她梦中，要求她画出在他和工友们所建筑的铁轨上行驶的火车。聪艺利用她笔下的火车把父亲以及那些惨死的建筑工人的亡灵送回中国故乡。小说中巧妙运用神话原型，多层次、多角度地赋予作品强烈的控诉性。

李群英（Sky Lee，1950－　）的半自传体小说《残月楼》（*Disappearing Moon Cafe*，1990）描写了加拿大温哥华的胡氏家族数代人艰难的生存状况。这是一部华人家族史，通过胡家四代女性命运的变迁，讲述家族成员集体共谋以压抑女性的故事。在这个家庭中，三代妇女都陷入女性自我压抑、自我摧残的文化怪圈。作品审视了"父权制庙宇"里女性自身的心理缺陷，并通过女性意识的集体觉醒，解构了男权主义文化，颠覆了父权制的统治。作品获"总督文学奖"提名和"温哥华图书奖"。

1995，崔维新的长篇小说《玉牡丹》（*The Jade Peony*）荣获了加拿大"三叶文学奖"。小说以20世纪三四十年代的加拿大温哥华唐人街为背景，讲述了一个华裔移民家庭中三个孩子亮、忠心和朗的童年和发生在唐人街的故事，展示了他们追寻身份的困惑和历程。虽然作者在小说中大力书写中国传统文化，其目的并不是颠倒弱势与强势的关系，建立另一个二元对立，因为正是这种具有破坏性的二元对立的逻辑导致了主体与他者、白人与非白人之间的对立，作者的目的则是要消解这种对立和冲突，呼唤人性的回归。

从以上对北美华裔文学的梳理可以看出，华裔作品随着华人移民生活的变化及其政策的影响，有不断的改变。虽然中心议题始终围绕华裔的身份问题，不过不同的作家显然有不同的思路，在最早的水仙花作品中，其作品具有原生态的华裔生存状态的写照，里面涉及华裔所受的歧视，也有华裔的内部矛盾。之后第二代的华裔创作则以挤入主流文化为主题，作品往往以自传为主，探索华人的奋斗之路，塑造出勤奋踏实的诚实华人形象。而在第三阶段，则由于美国文化多元政策的影响，出现多元的写作风格以及主题，比如，赵建秀和汤婷婷通过复原或改写的不同策略来建构华裔主体性，谭恩美通过诗意的笔触批判地回归中国文化，任璧莲则乐观地用任意选择的多元身份来取代华裔性，李群英则通过批判传统文化对华裔女性进行身份建构。作品中华裔对于文化、族群冲突带来的身份危机进行了适应、反叛或者反思的策略。吴冰教授曾对美国华裔文学的创作规律进行了总结，很有启发意义。

> 华裔文学分为四个阶段：第一个阶段可以称为“悬挂的自我”阶段，因为此时的自我既受亚洲人的排斥、又受美国人的排斥。第二阶段，第二代移民、在美国出生的亚裔人迫切希望得到美国白人的认同；他们往往会因自己的父母不通英语而感到羞耻，有的甚至会嘲笑出生在亚洲的第一代移民。第三阶段，自我感到美国就是自己的家乡。第四阶段，自我和其他人一样开始进入人类普遍的探索。①

这种分类很契合这些作品的内容，比如水仙花作品中的原生态描写就属于“悬挂的自我”。而黄玉雪的《华女阿五》就属于“认同主流的自我”。任璧莲的作品《典型的美国人》是“自己就是美国人”的代表，而其他更多的作家则把这些认同与自我的欲望结合

---

① 吴冰.哎—咿！听听我们的声音！——美国亚裔文学初探.国外文学，1995(2)：37—38.

起来，运用魔幻现实、浪漫主义和象征描写等，呈现出处于文化中空中的人性探索。总之，北美华裔作品经历了向往主流文化，到建构华裔主体性，再到对中国传统的批判性回归，最后过渡到身份问题的个人层面，实现了华裔在身份上的人文思考。在百花齐放的写作时代，北美华裔文学名副其实地繁荣起来。

第三节 北美华裔新生代女作家作品

在北美华裔作品兴盛的阶段，出现了一批年龄不大，但敢于用作品来表达独特观念的女作家，他们出生于 20 世纪 60—70 年代，在多元文化的政策下长大，同时他们在学校接受了后现代主义、解构主义等思潮的影响，对事物具有后现代的颠覆、反叛意识。这些现年三四十岁左右的中青年华裔女作家通过自己的感性体验以及知识积淀，对华裔身份认同进行着独特的思考，她们中的代表作家有刘绮芬、刘恺悌、张岚、伍美琴、邱静瑜、黄锦莲、拉丽莎·赖和何舜廉。

刘绮芬（Evelyn Lau）

刘绮芬于 1971 年出生于加拿大温哥华一个华裔家庭。刘绮芬因不满被同学耻笑和被父母责骂，在 14 岁那年离家出走。逃跑两年后，作者写出自传体小说《逃跑——一个出走少女的日记》（*Runaway: Diary of A Street Kid*，1989），记录自己的流浪生涯。此书一出版就引起轰动，成为加拿大最畅销的小说，被翻译成十四种文字，还在 1994 年被加拿大广播公司（CBC）搬上荧屏，刘绮芬也于 1990 年被评为加拿大最具潜力的女作家。1993 年，刘绮芬出版了短篇小说集《新女郎》（*Fresh Girls*），通过边缘妓女的自我书写，来揭露性关系中女性受压迫的地位。1995 年，她出版了长篇小说《另类女人》（*Other Women*），描述了一位年轻女画家费奥娜被中年有妇之夫雷蒙抛弃的感受。作品中通篇都是主人公的回忆和幻想，弥漫着她爱而不能的苦闷和无所归依的挫败。在 1998 年出版的短篇小说集《选择我》（*Choose Me*）中则表达了对父亲形象的厌倦和对欲望男性的向往。此外作者还出版了诗集《你并非你所说的那样》(*You Are Not Who You Claim*,1990)、《俄狄浦斯之梦》(*Oedipal Dreams*,1992)、《在奴隶房间》(*In the House of Slaves*,1994)和《最高音》(*Treble*,2005)等,表达边缘女性的压抑与反抗。其中《俄狄浦斯之梦》获 1992 年"总督文学奖"提名,《你并非你所说的那样》于 1992 年获"密尔顿·阿柯恩人民诗歌奖"。

刘恺悌(Catherine Liu)

刘恺悌于 1964 年出生于台北,四岁时随父母来到美国,1985 年获得耶鲁大学学士学位,1994 年获纽约城市大学法国文学研究博士学位,目前她在明尼苏达大学的法语和意大利语系任助教。《东方女孩想浪漫》(*Oriental Girls Desire Romance*,1997)是作者读研究生的时候写成的。作品叙述了无名的叙述者"我",一位匿名的二十多岁的华裔女孩"我"刚从常青藤学院(Ivy League School)毕业,遇到很多的不如意,如儿时不公平的对待,与情人和朋友的冷漠关系以及与中国的文化冲突,而使她不快乐的因素却并没有得到解决。作品中的意识流书写使主人公的苦闷和惆怅更显得真实而又感伤。

张岚(Lan Samantha Chang)

张岚于 1965 年出生于美国威斯康星州的阿普尔顿,父母在二战期间为逃避战火来到美国。张岚中学毕业后,进耶鲁大学攻读东亚研究专业,并获哈佛大学公共管理硕士学位,后又进入爱荷华大学继续深造,获得美术硕士学位。毕业后她曾先后在斯坦福大学、沃伦·威尔逊学院(Warren Wilson College)、哈佛大学教授创作。张岚从小酷爱文学,28 岁开始在《大西洋月刊》(*Atlantic Monthly*)、《犁铧》(*Ploughshares*)等杂志上发表作品,其作品还被收入 1994 和 1996 年度《美国最佳短篇小说选》(*Best American Short Stories*)里。2005 年,张岚被任命为爱荷华大学作家工作室主任,从而成为这个享誉美国的作家工作室成立七十年以来担任这一职务的第一位亚裔女作家。

作者到目前为止出版了两本小说。小说集《饥饿》(*Hunger: A Novella and Stories*, 1998)由中篇小说《饥饿》和五个短篇小说组成,包括《饥饿》《以水为名》《难忘》《鬼节夜》《伞》和《琵琶的故事》。作品讲述了华裔家庭中两代人的矛盾冲突,以及对中国传统文化的叛逆和回归。作品中大量象征意象的运用,使作品弥漫着乡愁的忧伤和矛盾的升华。此书一出版就好评如潮,作品获得一系列的殊荣,如"加利福尼亚图书银奖","洛杉矶时报图书奖"以及"湾区图书评论家小说奖"。

张岚于2004年推出长篇小说《遗产》(*Inheritance*)。小说以女儿"红"的叙述视角,展现了母亲如男、姨妈易男与父亲李昂的情感纠葛。故事中红的母亲如男为了牵制远在重庆的丈夫,把妹妹易男送到其身边。结果易男与李昂发生了肌肤之亲,还有了身孕,这让如男无法容忍。后来在新中国成立前夕,如男带女儿红和华赴台湾,李昂则选择留在大陆与易男在一起。之后红与华先后在美国求学工作,母亲也来到美国。红因长年思念父亲和姨妈,回大陆探亲,此时已年迈的父亲和姨妈因如男无法原谅而感到愧疚,后来李昂亲自到美国请求她原谅自己和妹妹,可还是被如男拒绝,易男和如男先后含恨去世,只留下红在人群中对往事的回忆。作品娓娓道来,给人遥远的美感,缓解了作品中人物的紧张关系,更给人深思的空间。作者广博的胸怀以及深邃的思考使得她超越了华裔的经历,触及流散者背后的人性真情。

伍美琴(Mei Ng)

伍美琴出生于1967年,排行老三,在美国纽约皇后村(Queen's Village)长大。她于1988年毕业于哥伦比亚大学的女性研究专业,后在布鲁克林学院(Brooklyn College)读研究生,学小说写作,目前为纽约同性恋反暴力研究协会(The New York City Gay and Lesbian Anti-Violence Project)顾问。长篇小说《裸体吃中餐》(*Eating Chinese Food Naked*, 1998)写成于作者读研究生期间,讲述了发生在纽约皇后村一个华裔家庭的故事。小说中鲁比·李(Ruby Lee)从哥伦比亚大学毕业后回家住宿,积极面对家庭冲突和努力调解协商。他鼓励母亲反对父亲的专制，也为其他成员谋取父亲的理解，与此同时，她还对歧视华裔的西方他者进行了控诉。在故事的最后，父亲改变了对母亲的态度，鲁比则搬出了家庭。小说通过对不同成员的视角聚焦，形成家庭成员之间的复调对话，体现了对华裔家庭矛盾充满了同情的态度以及协商的努力，与此同时，华裔家庭还发出集体的声音，对在社会中所受的歧视进行揭露和控诉。

邱静瑜（Christina Chiu）

邱静瑜出生在美国纽约，于1991年获贝茨学院东亚研究专业学士学位，后获哥伦比亚大学艺术硕士学位，目前住在纽约。短篇小说集《闯祸精及其他圣人》（*Troublemakers and Other Saints*，2001）是作者的硕士毕业成果，全书由十一个短篇小说构成，包括《一无是处》《医生》《女族长》《妈妈》《闯祸精》《绅士》《星星》《商人》《漂亮》《拙劣模仿者》和《小偷》。作品记录着违反文化规则的行为，如暴力、自杀、犯罪、同性恋、厌食和种族歧视等，主人公在看似玩世不恭和绝望的后面，寄托着对人生新的希望。作品中主人公对自己行为的反思，也反映出华裔在从反抗走向反思。选编的小说中《闯祸精》曾获得“花花公子”小说比赛三等奖，《女族长》获“埃尔多拉多作家协会”写作比赛二等奖，“绅士”获“英格兰世界范围作家大赛奖”。

黄锦莲(Kim Wong Keltner)

黄锦莲是第三代旧金山华人（她的母亲7岁来美），毕业于柏克莱加州大学英文和艺术专业，目前与丈夫和小女儿住在旧金山的桑瑟特（Sunset）区。作者到目前为止，出版了两部长篇小说：《点心》（*The Dim Sum of All Things*，2004）和《佛的孩子》（*Buddha Baby*，2005）。

《点心》是黄锦莲的处女作，2000年开始撰写，原始动机是纪念她过世的外婆。作品讲述了第三代旧金山华人林赛的极端美国化。从加州大学毕业的林赛，大材小用，为《素食卫护者》（*Vegan*

Warrior)杂志社职员,对上司的歧视很无奈。与此同时,她对西方男士对中国女孩的追捧也很是反感,认为他们是"亚洲事物的猎奇者",把东方女性看作不加尊重的欲望他者。不过办公室同事迈克(Michael)对她的爱情表白使她的困惑逐渐冰释,消除了对白人男性的偏见,也乐意让迈克走进自己的生活。两人的爱情增添了她对中国文化的信心,她跟外婆一起回中国,走上了追溯族群踪迹的寻根道路,最终接受了自己的华裔身份。作品中的语言混杂,夸张幽默,在轻松浪漫的情节中,在时尚流行的语言中,在方言的夹杂中,华裔走出中国性的身份困惑。

在《点心》一举成名后,黄锦莲于次年推出续集《佛的孩子》。作品主人公林赛辞去编辑部的工作,另找了两份具有跨文化意义的兼职,一份是在母校圣·摩兹(St. Maude's)教堂小学任教,另一份是在博物馆里做收款员。林赛从对儿时受老师歧视的回忆,到与老师矛盾的冰释,体现华裔观念的转变。中国性在与西方文化的接触中,由误解转化为认同,多元的文化走向了欢乐的大联欢。

拉丽莎·赖(Larissa Lai)

拉丽莎·赖于1967年出生于加州的拉荷亚(La Jolla, CA),在纽芬兰省(Newfoundland)长大。父亲蒂龙·赖(Tyrone Lai)是大学教授,母亲崔苑婷(Yuen-Ting Tsui)是自由作家。拉丽莎·赖在加拿大英属哥伦比亚国际大学(University of British Columbia, B. A.)获社会学学士学位,在英国东英古利大学(University of East Anglia)获创新写作硕士学位,目前在卡尔加里大学(University of Calgary)攻读博士。作者多年住在卡尔加里、渥太华和温哥华,是激进主义者、社会活动家、作家、编辑。到目前为止,作家出版了两部小说《千年狐》与《咸鱼女孩》。其中《千年狐》出版于1995年,讲述了中国古代神话中的狐狸精附体在唐代女诗人鱼玄机和当代加拿大华裔女孩阿尔蒂米斯·黄身上的故事。全书分为四个部分,包括"狐狸的孤单生活"、"熟悉的样子"、"一定程度的识别"、"当狐狸满千岁"。作品对代表中国文化形象的狐狸和历史人物鱼玄机的移植式重写,让中国历史文化走进了当代文化的视野。作品获 1995 年加拿大“一流小说奖”之“章节/图书奖”,1995 年“艾斯特莱雅基金会新秀作家奖”,1996 年“英属哥伦比亚文化服务部赞助奖”,1996 年“加拿大文化遗产奖”等。

在拉丽莎·赖的新作《咸鱼女孩》(*Salt Fish Girl*,2002)中,我们又看到了重写神话和童话的一贯风格。故事分两条线索交叉进行,第一条线讲述了中国文化中的造人女神女娲寄身为人,与心爱的咸鱼女孩闯荡世界的过程。后一条线讲述了 2044 年北美西部的海岸城市锡兰提(Serendipity)里,63 岁的华裔母亲因吃了父亲带回来的榴莲而生下女孩米兰达(Miranda)。米兰达因身上的榴莲味道受到周围人的歧视。在克隆人夏薇(Evie)的劝导下,她们杀害了夏薇的父亲克隆医生弗劳尔并跳进古老的大海。作品中神话与现代共存的跨时空幻想制造出独特的效果。小说获得一系列的奖项,2003 年卡里加尔“迈克尔图书奖”候选名单,2003 年加拿大“桑伯恩科幻文学奖”提名,2002 年因其小说构思的优秀获“阿尔克温协会”荣誉提名,2002 年获“詹姆斯·提普垂奖”。作者也在 2003 年被 TVO's Imprint 媒体评选为“四十岁以下新锐作家”。

何舜廉(Sarah Shun-Lien Bynum)

何舜廉于 1972 年出生在美国,她的母亲是重庆人,于 1948 年到美国。何舜廉毕业于布郎大学(Brown University)和爱荷华大学作家工作室(Iowa Writers Workshop),目前住在洛杉矶,在加州大学圣地亚哥分校任教。《玛德琳在沉睡》(*Madeleine Is Sleeping*,2004)历经十年心血而成,据作者透露,其灵感来自作者学习计算机网页中的超文本手法,与此同时,作者深受布朗大学后现代小说家罗伯特·库弗尔(Robert Coover, 1932 -　)的影响。小说以模糊难辨的古代巴黎乡村为背景,叙述了巴黎女孩玛德琳在梦幻中跟随吉卜赛杂技团去流浪的故事,作品中没有一丝华裔的影子,也没有中国文化的任何明示,情节在现实和梦境中穿梭,呈现出时空交错的后现代迷宫叙述模式。

作品在评论界得到广泛的赞誉,曾获 2004 年美国“国家图书奖”、“出版周刊最佳小说奖”、“华盛顿邮报最佳小说奖”、2004 年度

“詹尼特·希丁格尔·卡夫卡小说奖”、2005年纽约“雄狮文学奖”和2005年度“怀丁作家奖”。

从以上作家作品的简介中可以看出，新生代华裔女作家依旧围绕着自我的身份认同进行着书写，刘绮芬的自我书写，刘恺悌的意识流幻想，张岚的追寻原乡，伍美琴的协商对话，邱静瑜的边缘宽容，黄锦莲的文化沟通，拉丽莎·赖的神话重写，何舜廉的童话重写，体现出他们在主题上从追寻自我欲望，到批判地回归传统文化，到多元文化的视野，再到颠覆整个文化规则，其身份建构的策略通过后现代的技巧表现出与前人不同的特点，比如他们放弃了通过对抗主流来反抗种族歧视的措施，取而代之的是对传统文化的审美回归，以及对整个现代化进程发展的人文思考，最后走向自我的诗性超越。这些作家大都既是作家，又是学者，他们几乎都具有大学或者研究生学历，一般都在大学任教，他们受后现代的思潮影响很深，对华裔身份建构具有深刻的反思。他们的作品中后现代理论思潮与华裔边缘身份的感性体验结合的观念实践，文本中对于华裔自我建构的策略是华裔作品中不可或缺的视角。

第四节　北美华裔文学研究现状

随着资本发展的全球化进程以及北美各国的多元文化政策，北美的华裔文学从20世纪70年代起发展迅速，出现逐渐繁荣的局面，而北美的华裔文学研究也应运而生。从对华裔文学作品的整理到分析建构华裔主体，再到多视角、多理论的研究套路，北美华裔文学逐渐形成百花齐放的繁荣局面。研究队伍从最初的北美，逐渐散播到内地，形成百花争艳的研究态势。

1972年，著名汉学家许芥昱（Kai-yu Hsu）与帕露宾丝卡丝合编第一本美国亚裔文学选集《美国亚裔作家》（*Asian-American Authors*），选录了刘裔昌、黄玉雪、赵健秀等8位作家的作品，这本选集开天辟地，第一次将美国亚裔作家和作品以集体形式介绍给广大美国读者，以此展示本族裔文学的冒现和特色。① 1975年，赵健秀、陈耀光、徐忠雄、稻田等编选的《哎呀！亚裔美国作家选集》(*Aiiieeeee! An Anthology of Asian-American Writers*)，为华裔发出声音，得到众多评论者的关注。1976年，加拿大作家工作坊出版《不可剥夺的稻米——加拿大华裔日裔文学选集》(*Inalienable Rice: A Chinese and Japanese Canadian Anthology*)②，标志着华裔文学在加拿大的形成。之后陆续出版了几十部华裔文学选集以及论文集，如美国金惠经(Elaine H. Kim)的《亚裔美国文学：作品及其语境介绍》(*Asian American Literature. An Introduction to the Writings and Their Social Context*, 1982)③，张敬珏(Kin-Kock Cheung)和斯坦·由根(Stan Yogi)合著的《亚裔美国文学书目提要》(*Asian American Literature: An Annotated Bibliography*, 1988)④，林英敏的《两个世界之间：华裔女作家》(*Between Worlds: Women Writers of Chinese Ancestry*, 1990)⑤，赵健秀等主编的《大哎呀：美国华裔和日裔文学选集》(*The Big Aiiieeeee! An Anthology of Chinese American and Japanese American Literature*, 1991)⑥，林玉玲和林英敏合编的《华裔美国文学导读》(*Reading the Literature of Asian America*, 1992)⑦，黄秀玲的《亚裔美国文学导读：从需要到过多》(*Reading Asian American Literature: From Necessity to Extravagance*, 1993)⑧和张敬珏的《尽在不言中：山本久枝、汤婷婷、小川乐》(*Articulate Silence*:

---

① 张龙海. 美国华裔文学研究在中国. 外语与外语教学，2005(4)：41—44.

② 朱徽. 当代加拿大华裔英语文学述评. 当代外国文学，2003(3)：77—82.

③ Elaine H. Kim, *Asian American Literature: An Introduction to the Writings and Their Social Context*. Philadelphia: Temple University Press, 1982.

④ Kin-Kock Cheung and Stan Yogi. *Asian American Literature: An Annotated Bibliography*. New York: Modern Language Association, 1988.

⑤ Amy Ling. *Between Worlds: Women Writers of Chinese Ancestry*. New York: Pergamon Press, 1990.

⑥ Frank Chin. *The Big Aiiieeeee! An Anthology of Chinese American and Japanese American Literature*. New York: Plume, 1991.

⑦ Shirley Geok-lin Lim, Amy Ling (eds). *Reading the Literature of Asian America*. Philadelphia: Temple University Press, 1992.

⑧ Sau-ling Cynthia Wong. *Reading Asian American Literature: From Necessity to Extravagance*. Princeton, New Jersey: Princeton University Press, 1993.

Hisaye Yamamoto, Maxine Hong Kingston, Joy Kogawa, 1993)①等。在加拿大,赵廉出版《不再沉默——当代加拿大华裔英语文学》(*Beyond Silence: Chinese Canadian Literature in English*, 1997)②,主编《加拿大文学史》著称的著名评论家 W. H. 纽(W. H. New)教授撰写长篇论文《金山之内》对华裔文学的主题和风格作了分析评述,对评论界和读者都产生了重要影响,《牛津加拿大文学指南》最新推出的1997年版中对若干具代表性的华裔作家作了比较详细的介绍和评述。③

经过一定时间的发展,一些学者逐渐把华裔文学从亚裔文学的脉络中独立出来,进行个案研究。如艾瑞克·卓克(Eric Chock)和林洪业(Darrell H. Y. Lum)等主编的《呸:夏威夷华裔作品集》(*Pake: Writings by Chinese in Hawaii*, 1989)④,安妮特·怀特-帕克思(Annette White-Parks)的《水仙花/埃迪思·伊顿:文学传记》(*Sui Sin Far/Edith Maude Eaton: A Literary Biography*, 1995)⑤,黛安娜·约翰逊-菲林(Dianne Johnson-Feelings)的《展现叶添祥》(*Presenting Laurence Yep*, 1995)⑥,汉特利(Huntley, E. D.)的《谭恩美批评导读》(*Amy Tan: A Critical Companion*, 1998)⑦,尹晓煌的《19世纪50年代以来的美国华裔文学》(*Chinese American Literature since the 1850s*, 2000)⑧,汉特利(Huntley, E. D.)的《汤婷婷批评导读》

---

① King-Kok Cheung. *Articulate Silence: Hisaye Yamamoto, Maxine Hong Kingston, Joy Kogawa*. Ithaca and London: Cornell UP, 1993.

② Lian Chao. *Beyond Silence_Chinese Canadian Literature in English*. Toronto: TRAR Publications, 1997.

③ 朱徽.当代加拿大华裔英语文学述评.当代外国文学,2003(3):77—82.

④ Eric Chock, Darrell H. Y. Lum. *Pake: Writings by Chinese in Hawaii*. Honolulu: Bamboo Ridge Press, 1989.

⑤ Annette White-Parks. *Sui Sin Far/Edith Maude Eaton: A Literary Biography*. Urbana: University of Illinois Press, 1995.

⑥ Dianne Johnson-Feelings. *Presenting Laurence Yep*. New York: Twayne Publishers, 1995.

⑦ E. D. Huntley. *Amy Tan: A Critical Companion*. Westport, CT: Greenwood Press, 1998.

⑧ Xiao-huang Yin. *Chinese American Literature since the 1850s*. New York: Baker & Taylor Books, 2000.此书已由徐颖果译成汉语,标题为《美国华裔文学史》,南开大学出版社2006年出版。

(*Maxine Hong Kingston*: *A Critical Companion*,2001)[①]等。

这一阶段,华裔研究者挖掘出了被主流社会忽视和压抑的亚裔文学作品,质疑主流对亚裔刻板形象的刻画,挖掘出新的华裔作家的作品,阐述美国华裔作家如何通过文学创作,再现和建构美国华裔的历史,为华裔身份的建构挖掘依据。

与此同时,评论者还对这些华裔作家作品进行了激烈的讨论,集中体现在"赵汤之争"。赵健秀坚持以纯正的中国传统文化来建构华裔主体形象,他的作品大都强烈抨击美国白人种族主义者捏造的美国华裔刻板形象,他本人也极力声讨他认为有迎合白人主流社会之嫌的其他华裔作家。他认为汤婷婷的作品"任意篡改"中国文化,"歪曲中国神话故事",是"种族主义之爱"的蒙蔽。赵健秀认为"汤婷婷、黄哲伦和谭恩美是第一批大胆从家喻户晓的亚洲文学和历史知识中伪造作品的作家"[②]。他在 1989 年发表的一本短篇小说集的"后记"中戏仿汤,把小说中史密斯·美金写的书名定为《懦弱的勇士》(*Unmanly Warrior*),借此抨击《女勇士》借助扭曲中国历史和文化而达到迎合白人读者猎奇心理的目的。而汤婷婷则在《孙行者:他的伪书》中戏仿赵健秀,刻画了一位和赵健秀一样的孙行者阿新,讽刺赵是不入群体、脱离华裔的伪华裔作家。而两者的矛盾实际来自于对华裔文学形象不同的建构策略。赵健秀主张华裔作家坚守裔族纯洁性,坚持二元对立,他认为"写作即战斗,那就是孙子兵法"[③]。汤婷婷则反对二元对立的华裔族性,她认为"神话没有一成不变的权威版本"[④]。而她作品里华裔女性的勇敢反叛和现实中受到的男性华裔斗士的责难,更证明了华裔女性建构的艰难。两者激烈的争论体现出华裔处境的艰难,他们面对主流文化的歧视,有反抗的一面,不过,他们在当地的文化氛

---

① E. D. Huntley. *Maxine Hong Kingston*: *A Critical Companion*. Westport, CT: Greenwood Press, 2001.

② Frank Chin. *The Big Aiiieeeee! An Anthology of Chinese American and Japanese American Literature*. NewYork: Merdian, 1991:3.

③ 程爱民. 美国华裔文学研究. 北京:北京大学出版社,2003:31.

④ Paul Skenazy. *Conversation with Maxine Hong Kingston*. Jackson: University Press of Mississippi, 1998: 202.

围中成长，也自觉把华裔个体的身份与主流结合起来，试图超越华裔身份政治，从广泛的人性来探讨身份建构。

尽管有"赵汤之争"的激烈风波，更多作家还是自觉地运用后现代理论成果，坚持自己独特的创作思路，对华裔生活进行多层次的刻画。20世纪90年代，后现代的族裔散居批评理论开辟了研究北美华裔文学的新领域，华裔文学研究扩展到台湾以及大陆。从华裔文学作品的译介以及论文集到频繁的学术研讨会议，再到大量的学术论文（包括博士硕士论文和期刊论文），华裔文学研究进入了蓬勃发展的阶段。

由于20世纪中期的留美热，中国台湾学者很早就接触到北美华裔文学，中国台湾学界积极与北美研究对话，从作品译介到论文分析，到频繁的学术交流会议，再到华裔研究的相关期刊和课程，体现出台湾地区在华裔文学方面的丰富成果。早在1981年，台湾的刘绍铭就开始译介和翻译华裔美国文学，如《唐人街的小说世界》（1981）和《渺渺唐山》（1983），同时刘绍铭还翻译出版了汤婷婷的《女勇士》（刘译为《女战士》）、《中国佬》（刘译为《金山勇士》）和谭恩美的《喜福会》。之后出现了对华裔美国作家汤婷婷、谭恩美、雷祖威、李健孙、任璧莲、赵健秀、包柏漪、黎锦扬等的专文介绍。据台湾华裔美国文学专家单德兴考证，林茂竹的《属性与华裔美国文学经验：第二次世界大战以来的唐人街美国文学研究》（*Identity and Chinese-American Experience—A Study of Chinatown American Literature Since World War II*，1987）是台湾学者关于华裔美国文学最早的一篇博士论文，之后许俪粹、冯品佳、张瑶惠、梁一萍、刘纪雯、陈淑卿等人的博士论文也涉及华裔美国文学。[①]如，《从多语文的角度重新定义华裔美国文学——以〈扶桑〉和〈旗袍姑娘〉为例》（单德兴，2000）和《严歌苓短篇小说中的移民经验：以〈栗色头发〉、〈大陆妹〉及〈少女小渔〉为例》（冯品佳，2001）等论文。

---

① 参见单德兴《华裔美国文学在台湾：写于"文化属性与华裔美国文学研讨会"前》。王德威．铭刻与再现——华裔美国文学与文化论集．台北：麦田出版社，2000：351—356．

对于北美华裔文学的研究，大陆学界比台湾学界起步要晚，不过取得了非常丰富的成果，从最早的作家作品介绍，到一定厚度的书籍选集出版，到具有一定理论高度的期刊论文和硕士博士论文，再到好几所知名大学的华裔研究中心和学科培养点，北美华裔文学特别是美国华裔文学研究硕果累累。

华裔文学在中国的介绍和开展，张子清和吴冰教授起到了积极引领和导向作用。吴冰教授和张子清教授曾撰文对华裔文学进行介绍和评述，张子清教授还积极组织翻译美国华裔作家的作品，此外范守义教授也主编引进华裔美国作家的英语名著。他们的努力让华裔文学在国内开始得到重视。此外，饶芃子教授对华裔文学也起到很大的理论建构作用，她提倡跨出汉语语言限制，把海外华文文学的研究圈扩充至海外华人文学[①]，把华裔文学与海外华文文学结合起来，扩大了研究的队伍，形成更大范围的对话和交流。她还提倡对海外的“混血”文学的“文学性”本身进行探讨[②]，这一思路也有利于改进华裔文学研究中的文化政治主题。赵毅衡教授则根据海外华人文学创作的不同主题和内容，把华人文学分为了港台、新马和留居者文学。留居者文学又分为华文文学、获得语文学以及留居者后代文学。[③] 而不同环圈内的文学创作则有各自的特点。此外，王晓路和石坚教授还提出借鉴黑人文学批评理论来进行华裔文学研究。[④] 不断的理论建构思路体现出国内华裔文学研究的蓬勃和活力。

在国内有关美国华裔文学的著作也是与日俱增。在华裔作品译介上，1998 年，张子清教授组织翻译，漓江出版社率先推出华裔文学译丛“美国华裔文学精品”，包括《女勇士》《中国佬》《孙行

---

① 饶芃子，李亚萍．海外华文文学研究的反思与拓展——与饶瓦子教授对谈．学术研究，2003(8)：133—135．

② 饶芃子．全球语境下的海外华文文学研究．暨南学报(人文社科版)，2008(4)：1—4．

③ 赵毅衡．三层茧内：华人小说的题材自限．暨南学报(人文社科版)，2005(2)：46—50．

④ 张敏，凌建娥．多元文化格局中的族裔喧哗——全国美国文学研究会“美国少数族裔文学”研讨会综述．当代外国文学，2004(1)：174—176．

者》和《喜福会》。2003 年，译林出版社推出华裔文学译丛，包括《中国佬》《华女阿五》《典型的美国人》《荣誉与责任》《支那崽》《甘加丁之路》《爱的痛苦》《骨》等。由范守义教授主编，山西教育出版社出版了华裔美国作家英语名著系列丛书，含水仙花所著的《春郁太太及其他作品》、容闳所著的《我在中国和美国的生活》、伍廷芳所著的《一位东方外交家眼中的美国》、黄玉雪所著的《五姑娘》、任璧莲所著的《典型的美国人》。

同时国内还出版了很多研究论文集，如程爱民主编的《美国华裔文学研究》①，徐颖果主编的《美国华裔文学选读》②《西方语境的中国故事——论美国华裔英语文学的中国文化书写》③《文化的乡愁——美国华裔文学的文化认同》④，*Positioning Contemporary Chinese American Literature in Contested Terrains*⑤，《属性和历史：解读美国华裔文学》⑥《母女关系与性别种族的政治——美国华裔妇女文学研究》⑦《美国华裔文学史》⑧《开疆与辟土》⑨《重建美国文学史》⑩等。与此同时，出现了大量博士硕士论文以及期刊论文。主要的博士论文有：《对抗记忆，解构/重构童话，身份形成——〈中国佬〉〈家乡〉和〈唐老亚〉的研究》（刘葵兰，2002）、《族裔经验与文化想象——华裔美国小说典型母题研究》（蒲若茜，2005）、《渗透中的解构与重构——后殖民理论视野中的华裔美国文学》（陆薇，2005）、《错位与超越——论华英作家和华澳作家的文化认同》（王光林，2003）、《性别、种族、文化——美国华裔女性写作探析》

① 程爱民. 美国华裔文学研究. 北京：北京大学出版社，2003.

② 徐颖果. 美国华裔文学选读. 天津：南开大学出版社，2004.

③ 卫景宜. 西方语境的中国故事：论美国华裔英语文学的中国文化书写. 杭州：中国美术学院出版社，2002.

④ 胡勇. 文化的乡愁——美国华裔文学的文化认同. 北京：中国戏剧出版社，2003.

⑤ 赵文书，*Positioning Contemporary Chinese American Literature in Contested Terrains.* 南京大学出版社，2004 年.

⑥ 张龙海. 属性和历史：解读美国华裔文学. 厦门：厦门大学出版社，2004.

⑦ 石平萍. 母女关系与性别种族的政治——美国华裔妇女文学研究. 开封：河南大学出版社，2005.

⑧ 尹晓煌. 美国华裔文学史. 徐颖果译. 天津：南开大学出版社，2006.

⑨ 单德兴. 开疆与辟土. 天津：南开大学出版社，2006.

⑩ 单德兴. 重建美国文学史. 北京：北京大学出版社，2006.

（刘心莲，2004）、《当代美国华人文学中的“她”写作——对汤婷婷、谭恩美、严歌苓等华人女作家的多面解读》（陈晓晖，2003）、《跨文化的中国叙事——以赛珍珠、林语堂、汤婷婷为中心的讨论》（高鸿，2004）、《东西方文化碰撞中的身份的诉求——美国华裔女性文学研究》（关合风，2002）、《美国华裔文学中的社会性别身份建构》（张卓，2006）、《矛盾情结与艺术模糊性——超越政治和族裔的美国华裔文学》（张琼，2005）、《论华裔美国英语叙事文本中的中国形象》（詹乔，2007）等。此外还有大量以作家作品为个案分析的硕士论文，围绕主题与作家作品解析的期刊论文。

这些学术论文中，既有对美国华裔文学的发展历史和现状的宏观研究，也有运用西方文艺理论或者从东西方文化比较的视角对具体的美国华裔作家作品进行解读的微观研究。就文化的角度而言，这些学术论文探讨了东西方文化的冲突问题，中国文化传统与美国华裔文学的关系以及华裔作家的文化身份和文化认同等问题。较多的研究运用女性主义、后现代主义、后殖民主义、解构主义等文艺理论，从文化属性、文化认同、种族歧视、性别歧视、母女关系、美国华裔历史的建构等视角解读文本、解读美国华裔文学。就文本分析而言，主要针对黄玉雪的《华女阿五》，汤婷婷的《女勇士》《中国佬》《孙行者》，谭恩美的《喜福会》，赵健秀的《甘加丁之路》，以及任璧莲的《典型的美国佬》等进行评析。

在国内期刊中，有五大主要外国文学刊物刊载华裔文学研究论文，如《外国文学研究》《外国文学》《国外文学》《当代外国文学》《暨南大学学报》《读书》和《文艺报》等期刊也是这支队伍中的主力军。四川大学集刊《中外文化与文论》于 2008 年第 2 期推出“海外获得语作家专辑”，《西南民族大学学报》于 2008 年第 10 期专辟“海外中国文学”专栏，刊发海外文学论文。

中国大陆对加拿大华裔文学的研究则还处于起步阶段。在此期间，朱徽教授作了很大的贡献，他在编撰的《加拿大英语文学简史》①中，专辟一章，介绍加拿大华裔文学，他对加拿大华裔文学在

---

① 朱徽. 加拿大英语文学简史. 成都：四川大学出版社，2005.

国内的译介和研究起了开创性的作用。近年来,国内已经出现一些研究李群英、崔维新等作家作品的论文。

北美华裔文学特别是美国华裔文学研究取得了很大的成就,但不能忽视的是,北美、港台和大陆学者的研究还存在一些问题,比如,北美的学者按照皮肤的颜色把华裔归属于亚裔讨论,着重点在于建构亚裔性,并且他们关注华裔文学中反映的对美国文化的皈依,带有浓重的美国白人文化优势论的色彩。虽然有些论述也集中在分析华裔文学的跨文化特征上,但行文中仍然带着西方中心论的有色眼镜。而港台研究过于紧跟美国学界的批评套路,大多采用美国盛行的少数族裔理论、后殖民理论、女性主义理论或文化研究理论去观照华裔美国文学,并没有真正体现出台湾学者的观察视角,没有形成自己独特的诗学话语。而大陆学者则比较看重作品中的中国性和被压迫性,注重华裔对中国文化的归依。这些研究大都没有以华裔个体独特的生存视角来看待华裔文学。随着"新生代"在当地多元文化政策与后现代思潮的影响下,其文学作品中的中国性在减弱,但是其边缘的生存空间和困惑并没有消失,他们是不属于中国文化也不属于当地文化的夹缝人,没有归属的边界给他们带来了分裂,也带来了自我的意识。因此他们的无归属、无边界恰恰给了他们萌发和培育自我意识的土壤,对于他们的研究可以采取新的视角。

北美华裔文学研究在研究的对象上,也大都集中在主要几位作家身上。美国华裔文学主要集中在汤婷婷、谭恩美身上。[①]其他作家如赵健秀、任璧莲等也占有一定的比例。而加拿大的华裔研究则还集中在对华裔文学现象的介绍上。本书选取的"新生代"作家中,刘绮芬与拉丽莎·赖在朱徽与罗婷教授的论文里有所介绍,其他作家如张岚、伍美琴、刘恺悌和黄锦莲等除了赵文书教授撰文简论之外,没有其他论者涉猎,而在美国获多项大奖的何舜廉在国内研究中还属于空白,这些新生代华裔女作家作品还尚未引起广大评论者的关注。

---

① 张龙海.美国华裔文学研究在中国.外语与外语教学,2005(4):41—44.

第五节　研究主旨及写作思路

从对北美华裔作家作品以及与之相关研究的梳理可以看出，从最早的水仙花到最新的何舜廉的作品都没有离开过身份认同这一主题。这些处于文化中空的“新生代”华裔，虽然在物质上处于稳定的时期，但在精神上还处于流散和无可归依的状态。“我是谁？”“我来自哪里？我要到哪里去？”“不知道过去如何知道未来？”这些语言不时出现在她们的作品中。他们是“在外部的或散在的生活分布、与某种文化中心的疏离、边缘化的处境、状态或人群”①，是被主流划归出来且不被认同的边缘人（marginal people），“是一种新的人格类型，是文化的混血儿，边缘人亲密地生活在两种不同的人群中，并亲密地分享他们的文化生活和传统。他们不愿和过去以及传统决裂，但由于种族的偏见，又不被他们所不融于的新的社会完全接受。他们站在两种文化两种社会的边缘，这两种文化从未完全互相渗透或紧密交融”②。他们的混血文化背景使他们本该成为两种文化的交流桥梁，可是文化霸权却使他们一方面被主流文化疏离，另一方面也主动疏离传统文化，最终导致更加流散的状态，成为文化中空的精神孤儿。

处于两种文化之间，却不为两种文化接纳，这是边缘身份危机的根本原因，而正因如此，他们又成为身份建构的主体，反思文化的主体以及走向他者的主体。他们深刻的反思是后现代文化沙漠中的重要声音。

对于这些流散一族，后现代文化研究学者斯图亚特·霍尔（Stuart Hall，1932 -　）和霍米·巴巴（Homi Bhabha，1949 -　）都有其独特的阐释。霍尔在《文化身份与族裔散居》③一文中认为，

---

① 钱超英．流散文学与身份研究——兼论海外华人华文文学阐释空间的拓展．中国比较文学，2006(2)：77—89.

② 章人英．社会学词典．上海：上海辞书出版社，1992.

③ 参见（英）斯图亚特·霍尔《文化身份与族裔散居》．罗刚，刘象愚．文化研究读本．北京：中国社会科学出版社，2000：212—213.

关于人的自我认识至少有两种不同的思维方式:第一种立场是"文化身份",这是一种共有的文化,集体的"一个真正的自我",藏身于许多其他的、更加肤浅或人为强加的"自我"之中,和祖先的人们共享这种"自我",也共享一种历史。也就是说,我们的文化身份反映了共同的历史经验和共有的文化符码,这种经验和符码给作为"一个民族"的我们提供在实际历史变幻莫测的分化和沉浮之下的一个稳定、不变和连续的指涉和意义框架。不过除了许多共同点以外,还有一些深刻和重要的差异点,它们构成了"真正的现在的我们";或者说——由于历史的介入——构成了"真正的过去的我们"。我们不可能精确地、长久地谈论"一种经验,一种身份",而不承认它的另一面……文化身份既是"存在的",又是"变化的",文化身份是有源头的、有历史的,是屈从于历史、文化和权力的不断"嬉戏"中。这种看法实际上是强调从现在出发去理解"文化身份",而"过去"始终都是一种"想象",它无法确保我们正确地界定"真正的现在"。霍尔对文化身份与文化认同的阐释挖掘出文化认同的共性与文化身份的差异性和变化性,他关于文化身份的过去与现在之区别成为华裔身份可建构性的理论根据。

而在《最小的自我》(*Minimal Selves*,1987)①一文中,霍尔提出"差异文化认同"观念,指出认同的关键在于主体与历史和文化叙事遭遇时形成的不稳定结合点,因而自我应以文化叙事为参照来确定认同位置。后殖民主体受殖民文化叙事的濡染,总是处在与本土文化相异的"其他某个地方"。这就是文化认同的差异——一种文化在场与缺场的较量。所争夺、控制的则是文化叙事的话语权,是通过差异,借助对立的两极或极端状态来认识自我、界定自我。文化认同由此变成了文化认同叙事、故事和历史——一个被建构、讲述、言说的过程,一种置换或差异叙事。在他的表述中,个人身份认同正是在具有差异的文化"他处"表现出来,这是一块具

① Stuart Hall. Minimal Selves//Homi. Bhabha, et al. *Identity*: *The Real Me*. London: Institute of Contemporary Arts, 1987.

有生命力的建构言说基地。①

在《族性、认同与差异》②和《本土与全球：全球化与族性》③等文章中，霍尔阐释的“新族性认同”与“本土与全球”“英国旧式的全球化与美国新式的全球化”“现代文化与后现代大众文化”“民族主义与多元本土话语”构成了新的差异结合。这种结合的实质是混合与杂交，“差异认同是新与旧的对立，其策略是以族性认同的差异建构为出发点去反思差异与认同之间的关系。族性认同与过去和历史之间是建构关系，这是一种历史中的政治性建构、一种叙事建构、一种以故事、记忆、历史叙事为基础的文化救赎行为。新族性认同的建构既不能固守过去，也不能忘却过去；既不与过去完全相同，也不完全与过去不同，而是混合与杂交的认同与差异”④。这种认同在于通过文化反思来重新混合。

而在后殖民语境中，文化认同是通过话语、权力和意识形态等要素去实现文化表征的。霍尔认为：“尽管认同似乎在诉诸过去历史中的某种本质（认同一直是与这种本原对立的），但事实上认同是有关使用如下资源的问题，即使用正在变化而非存在过程中的历史、语言和文化的问题：不是‘我们是谁’或‘我们从哪里来’的问题，而更多的是‘我们会成为谁’，‘我们如何重现’、‘如何影响到我们去怎样重现我们自己’的问题。所以，认同是在重现之中而并非重现之外建构的……认同使我们所作的并不是永无止境的重复解读，而是作为‘变化着的同一’来解读：这并不是所谓的回到根源，而是逐渐接纳我们的‘路径’。认同来自于自我的叙事，但是这一过程必然的虚构性绝不会瓦解其话语、物质和政治效果，虽然说那种归属感，那种‘缝合进’认同借以出现的‘传说’部分是想

---

① 陶家俊．现代性的后殖民批判——论斯图亚特·霍尔的族裔散居认同理论．四川外语学院学报，2006(5)：5—7．

② Stuart Hall. Ethnicity: Identity and Difference. *Radical America*, 1991(4):16－18.

③ Stuart Hall. The Local and the Global: Globalization an Ethnicity//Anthony D. King ed, *Culture, Globalization and the World-System*. Minneapolis: University of Minnesota Press, 1997: 19－39.

④ Stuart Hall. Ethnicity: Identity and Difference. *Radical America*, 1991(4):16－18.

象性的，也是象征性的。”①

霍尔吸收后现代思想家德里达的观点，把差异转换为延异，对文化中空的流散者进行了动态的身份走向阐释。而另一位文化批评家霍米·巴巴则试图打破主体/客体、自我/他者、本质/现象的辩证关系，而代之以矛盾、分裂、双向、模棱两可等概念。

巴巴在《民族和叙述》导言中开宗明义地指出：“民族就如同叙述一样，在神话的时代往往失去自己的源头，只有在心灵的目光中才能全然意识到自己的视野。这样一种民族或叙述的形象似乎显得不可能地罗曼蒂克并且极具隐喻性，但正是从政治思想和文学语言的那些传统中，西方才出现了作为强有力的历史观念的民族。”②这与霍尔关于在叙述中进行文化的动态建构如出一辙。巴巴明确主张引用后现代思想资源，解构旧的民族国家观念，“我的意图是，我们应该在一种友好的合作张力关系中建立一种植根于后结构主义叙述知识理论的广泛阅读——文本性、话语、阐述、书写、命名策略的‘语言的无意识’——以便理解民族空间的模糊的边缘性”。在巴巴看来，正如历史之于叙述一样，叙述就是历史，民族就是一种“叙述性的”建构，它产生于处于各种竞争状态中的文化成分的“混杂性”互动作用。既然民族的“混杂性”是不可避免的，文化的身份和认同也是如此。

他在《文化的定位》里强调一种“文化差异”的现实。文化差异强调“表意性的文化边界”，这里，“文化的局限被认为是一个阐述文化差异的问题”③。就说话的“文化知识主体”而言，文化差异提供了一种文化认同观念，它恰恰建构于话语发出的过程之中。在当今民族和人种极度混杂的世界上，纯洁的民族观念和纯真民族文化的观念都受到致命的冲击，不再拥有原先的稳固状态，当今的文化就定位在这种碑隙性的、居间的混杂地带。

而频繁流动的“位移”也引发了位移者和接纳者的焦虑，其焦

---

① Stuart Hall et all. The Question of Cultural Identity//StuartHall, Held David and Mcgrew Tony (eds). *Modernity and Its Future*. Cambridge: Polity Press, 1992:273 - 327.

② Homi Bhabha. *Nation and Narration*. London: Routledge. 1990:1.

③ Homi Bhabha. *The Location of Culture*. London and New York: Routledge, 1994:34.

虑像是“边疆的哨所”,它提供了一个表述的空间,“在水与皮肤之边缘,在伦理之重量从白人的眼睛向被折磨的黑人的身体的转换之中,身体的邻近性标志着某种自由的可能性。这是一种不需要普世性框架或共时性知识的自由,但它将允许那沉默刻写在心理与身体及其政治重量之间的拆解”①。焦虑也会引发对于文化差异的能动性的商讨互动,而在不同民族文化的交接碰撞中,就有生发出自由的表述权或公民权的可能性。

文化差异引发的焦虑表述,成为一种针对“殖民地权威”的抵制模式,因为“恰恰在这一统治过程中,统治者的语言变得混杂了”②。在殖民地的表意领域内,文化差异声言一种对于符号的“误读”或“误用”,这就在发声的层面上产生出一种话语的不稳定性,这种富有成效的“暧昧模糊”解构了殖民话语边界的固定性,并建构起“混杂的身份认同”③,它“超越”了殖民者与被殖民者的二元对立。

因此,处于边缘地带的华裔作品就是文化差异中的焦虑表述,他们的作品是弱势群体发出的声音,这种声音扰乱了统治的秩序,并为弱势群体谋取权利起到重要的作用,所以,华裔书写是站在一种“离家”(unhomed)的立场,即“不以某种特定文化为归宿,而处于文化的边缘和疏离状态”④,进行解构旧秩序和建构新话语的作用。

近几年来,巴巴的批评理论又发生了新的转向:从居于第一世界内部后殖民论辩性逐步转向关注真正的后殖民地人们的反殖反霸斗争,并对他过去的那种纯粹戏拟的后现代风格有所超越。他目前关注“少数族裔”或“少数族群体”所面临的困境。他认为,“反殖民主义的少数族的策略向殖民主义体制提出了挑战,‘重新划分’精神和文化的飞地之中的抵制会越激烈”。因此他主张“少

---

① Homi Bhabha. On the Irremovable Strangeness of Being Different//*Four Views on Ethnicity*, Publications of the Modern Language Association of America, 1998(1):34-39.

② Homi Bhabha. *The Location of Culture*. London: Routledge, 1990:33.

③ Homi Bhabha. *The Location of Culture*. London: Routledge, 1990:38.

④ 赵稀方.霍米·巴巴及其批评.上海文化,2006(3).

数民族化”,“弱势化”,即保持葛兰西所说的伦理和政治阵线,将其作为弱势化的不同形式,一种以行为为指向的目标。[①]他举杜波依斯的《黑色公主》为例子,让弱势群体的族群想象站在了民族社会的边缘,他们以国际主义的、准殖民的姿态发送出信息,作品的意义在于在现代世界上,要想成为民族主义者,就必须首先成为世界主义者。在他看来,反抗殖民者的斗争最终还是只会走入死胡同,而面对苦难,应该采取世界主义的眼界,发扬宽容的人性。

这些关于身份认同的思想为华裔身份建构提供了理论的支持。而在埃诺·塔拉斯蒂[②]的存在符号学中,更是对这一群流动的人群给予了关注。塔拉斯蒂的理念主要体现在《存在符号学》[③]一书中,该书目前已被翻译成多种文字,为符号学研究提供了新的可能性。作者将这一理论称为“新符号学”[④],与“后符号学”相区别。

存在符号学中关于“存在—此在”这一模式的观念基础是:主体生活在这个世界上,凝视并努力寻求超越,因为他体会到纯粹“此在”的存在是不充实的。根据克尔凯郭尔的观点,人永远不能完全成为存在本身,他只能以此为目标。存在是一种“待在”的超越的过程。而在此过程中,主体必须,首先在客观符号中找到自身。简而言之,就是此在。那里包含着客观符号学的一切正确的规则、语法、生成过程。但是接着主体认识到了他的存在周围的空虚和虚无,它们发生在他之前或在他之后。主体必须朝向“虚无”

---

① 陈永国.弱势化:一种新的全球化——霍米·巴巴清华大演讲.国外理论动态,2002(8):20—22.

② 埃罗·塔拉斯蒂(Eero Tarasti, 1948 -),芬兰符号学家、音乐学家,国际符号学会主席。塔拉斯蒂在大学主修盎格鲁分析哲学、形式逻辑学,20 世纪 70 年代他对列维-斯特劳斯产生极大的兴趣,之后他赴法国学习结构主义,得到符号学大家格雷马斯的指导,与此同时,他一直对德国哲学保持浓厚的兴趣和深入的钻研。塔拉斯蒂的学术生涯主要分为三部分,第一是列维-斯特劳斯阶段,出版书籍《神话与音乐》(*Myth and Music*, 1979);第二是巴黎学派和格雷马斯阶段,出版《音乐符号学》(*A theory of Musical Semiotics*, 1994);第三为存在符号学阶段,在此期间,塔拉斯蒂回归德国反思哲学,出版《存在符号学》(*Existential Semiotics*, 2000)。以上资料来自 Peer Bundgaard and Frederik Stjernfelt. Ed. *Signs and Meaning*: 5 *Questions*. New York: Automatic Press/VIP, 2009:247 - 256.

③ Eero Tarasti. *Existential Semiotics*. Bloomington: Indiana University Press,2000.

④ Eero Tarasti. *Preface to the Chinese Edition*. http://www.semio2012.com/Item/Show.asp? m = 1&d = 842. Jan. 14, 2011.

进行一次飞跃，飞跃到萨特描述的虚无王国。

在虚无的照亮下，整个早期的"此在"似乎失去了其根基，它看上去是无意义的。这构成了超越的第一行动，或曰否定。但是，主体继续向前运动，接下来是超越的第二行动。他遇到了虚无的对立面——普遍性。普遍性是充满意义的，但是却以某种超个体的方式，独立于个体自身的意义行动之外。这种行动也可称作"肯定"。这一行动的结果，是他找到了皮尔士所说的根基。它对停留其中的主体辐射出一种新的意义。在二度超越之后，主体返回此在和世俗性之中。现在他创造出新的纯粹存在的符号和客体，但只有主体才能理解本质，并且主体自身还是要经过否定和肯定的虚无和充实这一条路径来理解。

因此，什么是存在的符号呢？首先，它们从此在世界分离开来，开始在缺少引力的虚无的空间里漂浮。符号表现出悬浮状态，就像空中漂浮的物体——或者，不是物体，而是物体的符号或者能指，是已经移向充实状态的符号。符号可以分为两类：它们可以把所指留在此在的客观世界，也就是说，是空虚的、没有任何内容的纯能指在移动。但是，相反的情况也会发生：覆盖在表层的符号的物质性可能停留在此在的世界，而符号的内容已经移向了虚无的环境。

当然，是超越着的主体通过存在行为使符号发生运动。意志、愿望、能力、知识——所有这些转向虚无的领域时，在朝"不存在"的黑暗中心运动时，它们会逐渐消失。相应地，当它们返回时，又开始但也许是以一种全新的方式同这些模态建立起联系。模态在访问了虚无之后就与过去不同了。符号又在充实中变得密集和沉重，坠满了根基。

在塔拉斯蒂的"存在"模式中，超越行为就通过否定和肯定得到实现。第一种是否定。它是朝向空虚的飞跃。在这次飞跃之后，主体回到他/她的世界，只是为了体验对象，那些对象失去了先前的一些意义。但是，主体不再处于遭遇空虚时引发的存在主义焦虑之中。确切地说，他走向另一种体验，这种体验具有一种与原初相反的本质。当主体第二次回到此在世界并创造符号时，这些符号便具有了存在意义,因为它们反映出了主体超越之旅的意义。

接下来是肯定,通过肯定,通过远距离扫描,了解它们穿过前一层面的不足,好像它们是根据更深层面的参考框架做出的承诺。前符号变成行动符号意味着抛弃前符号,通过否定前符号来支持行动符号。正是在这种分离与返回的过程中,符号转换为连续的运动;它们不再是一成不变的对象,而是以全新的方式自由塑形。

在存在符号学中,塔拉斯蒂将主体分为自我(Moi)和自身(Soi)。[①] 主体的自我和自身是不同的概念。那么什么是自我和自身呢? 自我是我们自己的某一部分,是在进行自我建构时自身所意指的内容。自我抵抗自身,并迫使自身根据自我而改变。自身是我们自己的部分,是自我为了在行动中创造自己而突出自己的内容。自我为自身提供刺激和抵抗,借此,自身可以成为某物。而自身又用反身性装备着自我,自我借助反身性来将变化保持在自己的限度之内。自我的概念涉及作为个体实体的主体,而自身的概念必须包含主体的社会方面。在自我角度,主体作为感观的集合而出现;而在自身角度,主体作为被他者所观察的和被社会决定的事物而出现。

因此,主体的存在方式就是:作为内在动能的模态(自我)通过话语,形成在一定社会中的表述(自身),不过自我要冲破自身,才能达到超越。艺术历史的动力就是从自我到自身的变化过程,又是自我对团体、自身的常规世界不断反叛的过程。自身的领域形成了对自我存在的长期抵制。相应的,自我的存在阻止自我成为自身的纯粹领地。

因此自我和自身之间总是存在着拉锯战。其运动方式如下图。自我(Moi)从 M1 出发,依次向 M2、M3、M4 运动,也即从混乱无序的内在动能向自我的身份、社会自我和超越自我发展,形成一个"之"字形的轨迹,而自身则从 S1 开始依次向 S2、S3、S4 运动,呈反向的"之"字形轨迹。自身和自我向对方形成对流。此外,M1 与 S4、M2 与 S3、M3 与 S2、M4 与 S1 在对流之中相遇,形成既结合

① Eero Tarasti. Valta ja subjektin teoria. *Synteesi*, 2004(4):84 - 102.

又抵制的状态，体现出自我与自身之间的较量。①

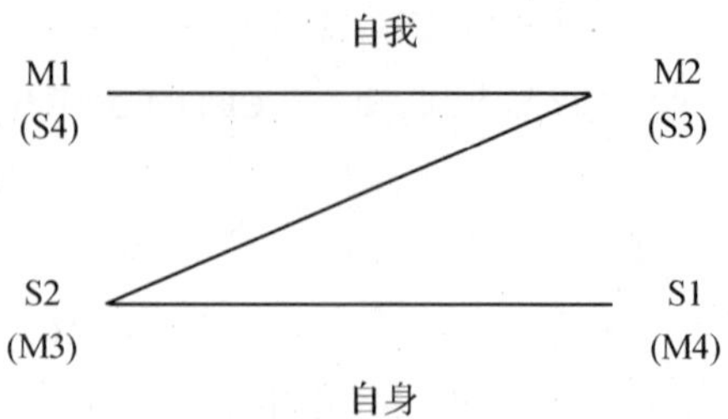

塔拉斯蒂认为，自我是个体自我，而自身是集体自我（也即他者），自我到达超越，必须冲破自身的阻力，所以我们看到华裔总是在原文化域、目标文化域和华裔文化域兜圈子，是因为他们必须面对这些他者，并试图冲破这些他者，来达到超越。

通过在几个此在中徘徊、穿梭，华裔主体一方面发现了几个此在的不满足，同时自身在待在的旅程中也积聚了超越的符号，于是他们的写作萌发出对几种此在综合的批判，这就是对全球化的抵制。与此同时，他们也试图超越此在，在超现实中表述自己对完美的构想。

塔拉斯蒂存在符号学将存在主义和符号学结合，将主体的"待在"之超越旅程阐述得透彻明了。运用此理论来解释华裔的流散体验和书写，为这些边缘书写正名和拔高，并为之提供了存在的超越方向。只有在流动的主体中，存在才变得如此紧迫，个体的存在对看似稳定的文化系统本身也产生一种意义，如想象他者的意义，自我与自身的意义，以及自我与超越的意义。

而存在主义哲学家伊曼纽尔·列维纳斯（Emmanuel Levinas，1906－1995）则在哲学层次为这些散居者提供了走向他者的自我建构目标。列维纳斯的存在哲学首先否定了传统哲学中的总体同一性，他认为同一与他者的关系表现为主体与客体的关系，以主体为中心的认识论整个就是一个唯我之学：自我以外的一切都源出于自我、为了自我并为自我所决定。传统哲学就像荷马史诗的奥德修斯，"经过所有的漂泊，结果只是回到他的故乡"②。列维纳斯

① Eero. Tarasti. 2011 年秋"存在符号学"课程讲稿.

② 金惠敏. 对列维纳斯一个核心概念的阅读. 外国文学，2003（3）：46—53.

因此把他者从自我中解救出来。在列维纳斯哲学里,没有存在者的存在是一种无以名状的"失眠"的痛苦——这就是存在之畏。而存在者要从存在中站出来,就必须拥有现在,在现在瞬间的享受中,获得自身的存在意义。瞬间的享受是一种感觉,一种"动物式的满足"[①],存在者要维持和延长这种易碎的瞬间满足,则需要克服来自他者的扰乱,这种需要"就是对他者的依赖"[②]。

在列维纳斯看来,他者是绝对的无限的他者,"超越理论和本体论的他者"[③],他者决非另一个自我,参与我、与我共在。与他者的关系不是一个田园牧歌式的、和和美美的交往或同情关系,借此同情我们处身于他者的位置;我们看到他者与我们相似,但又是外于我们的;与他者的关系就是与一个秘密的关系。他者的全部存在都是由其外在性,或者毋宁说,由他异性所构成,因为外在性乃空间之属性,借着光它将主体引向主体自身。[④] 自我通过形而上学将欲望与他者联系起来,"欲望是对绝对他者的欲望"[⑤],列维纳斯用"面孔"来表达与他者"面对面":"面孔讲话,面孔的呈现就已经是话语了。"[⑥]面孔是他者纯粹的表现,它是最初的语言,构成了交往的前提。但他的主旨更是对他们的超越,即超越到无限,就是因为这种不可收集的剩余,这种超越,我们才把我与他人的关系叫做无限观念。"与面孔的关系就是伦理的起源。"[⑦]。对他者的欲望意味着我直面我的责任。列维纳斯举了谈论天气这个最平凡的例

---

① Emmanuel Levinas. *Totality and Infinity*. Alphonso Lingis, trans. Boston: Martinus Hijhoff Publishers, 1979:149.

② Emmanuel Levinas. *Totality and Infinity*. Alphonso Lingis, trans. Boston: Martinus Hijhoff Publishers, 1979:14.

③ Emmanuel Levinas. *Totality and Infinity*. Alphonso Lingis, trans. Boston: Martinus Hijhoff Publishers, 1979:43.

④ Emmanuel Levinas. *Time and the Other*. Richard A. Cohen, trans. Pittsburgh: Duquesne University Press, 1987:75 - 76.

⑤ Emmanuel Levinas. *Totality and Infinity*. Alphonso Lingis, trans. Boston: Martinus Hijhoff Publishers, 1979:34.

⑥ Emmanuel Levinas. *Totality and Infinity*. Alphonso Lingis, trans. Boston: Martinus Hijhoff Publishers, 1979:66.

⑦ Emmaneul Levinas. *Ethics and Infinity*. Pittsburgh: Duquesne University Press, 1985: 87.

子来论证这种回应,即这种“绝对的责任”:当你在屋檐下与一个陌生人一起躲雨,而陌生人问一个问题,你就是被动的——你是一个“人质”,在你能够选择回答还是拒绝回答之前,你都是被动的,任何一种回答,不管是肯定的回答还是否定的回答,都将是一个回答。①这种回答就是对他者的绝对责任,就像对上帝的责任一样神圣。通过这种绝对责任,列维纳斯在他人之上开启了神圣的维度。

列维纳斯对自我和他者的关系做了精辟的分析,他对消解宏大的历史叙述和多元文化差异中的文化生存方式作了积极的探索,他摒弃了封闭自大的自我观,使他者的作用和权利受到人们的关注,其思想对于华裔面对异质他者的思索有着重要的指导意义。

身处文化边缘的“流散”是不知何处为家的悲情,是对压迫自我的文化反思,是对自我重新定位的基石,更是对现代文明进行话语反拨的力量。在流散的位移中,边缘的华裔群体进行了前赴后继的书写,其作品既有对位移的焦虑和对歧视的反抗,更有对自我建构的反思。在早期的华裔作品中,其主题的后殖民反抗性比较重,他们侧重于从主流文化对华裔的刻板印象和妖魔化对待来控诉殖民者对边缘流散族群的歧视和压迫,而这些都是为了建构华裔群体的主体地位,为华裔争取主流的位置。比如以赵健秀为代表的作家认为必须挖掘中国民族的正确形象,来建构华裔主体。以汤婷婷和谭恩美为代表的作家,则把中华民族文化的书写看做了寻根的文化宝库,在她们的叙述中,华裔后代坚持了历史的维度,回到中国的怀抱。那么在“新生代”华裔女作家作品里是否也如此呢?这些作家处于挑战传统、挑战权威的年龄,更处于进行成长思索的年龄,她们面对西方文化他者的压迫和本族的男权压制,采取怎样的写作策略来完成身份的建构和超越?

在当今后现代的视野下,身份问题显得更加复杂和多元,而华裔“新生代”女作家对这些问题进行了不一样的追寻和解答。从刘绮芬的自我书写、刘恺悌的无意识书写、张岚的象征原乡书写、伍

---

① Emaneul Levinas. *Otherwise than Being, or Beyond Essence*. The Hags: Martinus Nijhoff, 1981:5,143.

美琴的华裔协商、邱静瑜的边缘宽容、黄锦莲的跨文化交流、拉利莎·赖的回归与反思结合的神话重写和何舜廉旨在颠覆文化的童话重写，可以看出“新生代”华裔女作家在追寻自我的历程中，实现了由自我书写，到回归历史，超越文化，再到超越意识形态，走向诗性的过程，最终升华到存在的最高境界。

本书计划分六部分进行论述，包括引论、四个主体章节和综合分析部分。在引论部分，对本书的选题对象及其意义，北美华裔文学及其研究背景，华裔“新生代”作家作品以及本书研究的理论依据和写作计划进行简述。在第一章至第四章，主要根据作品出现的先后以及作品关于身份建构的不同策略以及作品在存在旅程中的意义分四个章节进行详细的文本解读和分析。在最后一章，对作品中关于自我的存在轨迹和意义进行综合的分析。

第一章以刘绮芬和刘恺悌的作品为解读对象，将针对作品中的潜意识自我书写进行分析和阐述。刘绮芬的作品中体现为在自我书写中建构自我，而刘恺悌的自我建构则表现为意识流技巧中的无意识书写，这是存在旅程的第一步，发现周围的虚无，发出自己的存在声音。第二章以张岚和伍美琴的作品为解读对象，针对作品中关于两辈人的冲突主题进行分析和阐述。两部作品都直面儿女与长辈的冲突以及自我与文化他者的紧张关系，前者通过回归和反思历史，后者则通过协商家庭矛盾来解放自我，这是自我与自身的磨合阶段。第三章以邱静瑜和黄锦莲的作品为解读对象，分析华裔个体对华裔族群身份的不同观点。前者对华裔的边缘身份采取了豁达的态度，后者更是成为跨文化交流的大使。两部作品中对边缘自我与主流的紧张进行了乐观的消解，这是一种跨越文化的自我认识新途径，这种途径的来源不是传统之根，而是存在的策略。此时主体试图将自我融入自身，以此来认同自我的方式。第四章以拉丽莎·赖与何舜廉的作品为解读对象，围绕作品中的重写技巧进行分析。前者重写了中国神话，后者重写了西方童话，重写中的超现实叙述表明华裔完成了身份的建构和超越，并在奇幻世界中走向诗性。虽然主体所遭遇的此在以这样那样的环境将之推向虚无，但否定背后隐藏的对真善美的超越之肯定促成了他们作为受害方却大度地书写着爱的故事和诗意的童话。正如一位哲人所说,当一切都没有时,还有诗。在虚无之中,主体的诗歌点亮了黑暗。第五章是综合分析也是结论,将针对新生代华裔作品叙述中的存在轨迹、存在意义和存在反思进行总结和评述。

"新生代"华裔女性处于变动不居的时空,无身份的焦虑使身份的建构显得格外严峻,一方面她们希望为主流文化认同,另一方面又对主流的歧视深感不安,希望返回传统文化原乡去寻求庇护和安慰,而走向主流与回归传统都未能免除她们的身份疏离和焦虑,于是她们开始努力建构以理想社会为参照的乌托邦和自我存在的诗性为寄托的乐园,作为拯救精神创伤的疗方。正是文化对其的压迫导致她们对处于文化束缚的个体产生了追究到底的思索,追究起文化本身的责任来,于是,打破文化规则和背后的意识形态,为边缘的欲望个体正名,成为她们彻底的革命措施。"新生代"在文化中空的沙漠中逐渐建立了一片超越文化的绿洲,又在重重文化规则背后看到了束缚的锁链,她们以边缘的姿态和后现代的颠覆视角对当今的全球化多元融合时代进行了深刻的文化反思和存在反思,与此同时,她们又以自己的经历和体验为文明进程中的个体超越进行了不断超越的存在实践。

第一章　身份焦虑中的自我言说

古希腊阿波罗神庙前殿墙上铭刻着"认识你自己",这一口号一直激励着人类解放和发展的精神追求。那么自我到底是什么?在弗洛伊德心理学中,人是"本我,自我和超我"的产物,"本我意识中没有价值观,没有善恶……自我则把本我社会化,并加以保护……超我则代表一定的社会规范来监督自我的表现"[①]。而对于边缘的华裔女性而言,她们经历着从本我走向超我的艰辛:本我欲望受到压制,自我想象受到扭曲,而超我象征受到排斥,社会主流的规则向她们关闭。面对这一系列的挑战,刘绮芬(Evelyn Lau)通过日记的方式,言说真实的自我;刘恺悌(Catherine Liu)则通过书写无意识幻想,宣泄自己的缺失。总之,她们独特的自我言说方式是身处边缘的华裔建构身份的艰难选择。

第一节　写作中的自我凸现
——刘绮芬小说研究(1)

刘绮芬,加拿大温哥华人,1971 年出生于一个华裔家庭。对于刘绮芬来说,写作使其进入了作品中的幻想世界,"这是逃避现实的最佳方式"[②]。而逃避并非终点,现实中压抑的自我却时时在作品中闪现。作品中主人公的离家出走、俄狄浦斯情结,以及对男人的失望等主题都可以在作者的现实中找到类似的背景。作者的

① Zhu Gang ed. *Twenties Century Western Critical Theories*. Shanghai: Foreign Language Education Press, 2001:101 - 102.

② Evelyn Lau, *Runaway: Diary of A Street Kid*. Toronto: HarperCollins, 1989:9.

写作与自我的存在相互映射，真实与虚构相互交融，其作品实现了在幻想世界中的自我建构。作者到目前为止出版的作品主要有自传体小说《逃跑——一个出走少女的日记》（Runaway：Diary of A Street Kid）①，短篇小说集《新女郎》（Fresh Girls）②、《选择我》（Choose Me）③，长篇小说《另类女人》（Other Women）④，自传《写作内外——迄今为止的反思》（Inside Out—Reflections Until Now）⑤，诗歌集《你并非你所说的那样》（You Are Not Who You Claim）⑥、《俄狄浦斯之梦》（Oedipal Dreams）⑦、《在奴隶房间》（In the House of Slaves）⑧、《最高音》（Treble）⑨等。作者每一次作品的问世都映射着边缘女性的成长轨迹，她用自己的身体和经历进行着追寻自我的叙述，从她的成就和失落我们能读出边缘人物的真实命运。

1. 逃跑中的追寻

刘绮芬从一出生开始，就面对着边缘的生存空间。1971 年，她出生在一个华裔家庭，父母希望她长大做律师或医生，非常严格地要求她学习，可是其父母让她感觉到做中国人的自卑。穿着浅绿色的筒裙，除了被同学耻笑就是被父母责骂，这就是刘绮芬小时的生活空间。于是，刘绮芬进行了反抗，6 岁的她萌发了写作的梦想，她藏在数学课本下偷偷地写，12 岁时已开始在报刊发表作品。写作的成功补偿了她在现实世界没有得到的满足，从此她的生存与写作成为孪生姐妹。她在写作中反思着成长的踪迹，追寻着自身的灵魂。

作品的发表并没有能改变她在现实世界的地位，相反，还被父母认为是不务正业，从而对她施与更严格的管束。9 岁时妹妹的

---

① Evelyn Lau. *Runaway*: *Diary of A Street Kid*. Toronto: HarperCollins, 1989.

② Evelyn Lau. *Fresh Girls*. Toronto: HarperCollins, 1993.

③ Evelyn Lau. *Choose Me*. Vintage: Random House, 2000.

④ Evelyn Lau. *Other Women*. Toronto: Random House, 1995.

⑤ Evelyn Lau. *Inside Out*: *Reflections on A Life So Far*. Anchor: Random House, 2002.

⑥ Evelyn Lau. *You Are Not Who You Claim*. Victoria: Porcpic Books, 1990.

⑦ Evelyn Lau. *Oedipal Dreams*. Toronto: Coach House Press, 1992.

⑧ Evelyn Lau. *In the House of Slaves*. Toronto: Gutter Press, 1994.

⑨ Evelyn Lau. *Treble*. Vancouver, B. C.: Polestar Book Publishers, 2005.

出生和父亲的失业,使年幼的她又失去父亲的宠爱。刘绮芬变得神经质,曾萌生过自杀的念头,还得过多食症。同学的歧视、母亲的苛刻、父亲的忽略、妹妹的出生、父母的争吵,像越滚越大的雪球压得她喘不过气来。终于有一天,她离家出走了,那年她才14岁。

逃跑两年后,作者写成自传体小说《逃跑——一个出走少女的日记》(以下简称《逃跑》),以此来记录自己的流浪生涯。此书一出版就引起轰动,成为加拿大最畅销的小说。此书被翻译成十四种文字,1994年该小说还被加拿大广播公司(CBC)改编成90多分钟的电影,足见其作品的影响力。据当时媒体报道,"作品在文学意义上是小有瑕疵但很有潜力,在社会影响上则是无与伦比,意义深远"①。很多读者把其作品看成对后进生的鞭策教材。②那么作品中体现了主人公怎样的自我追寻轨迹呢?我们可以从主人公对父母的反抗、对大龄男人的幻想和对心理医生的信任看出她在试图摆脱华裔身份,以寻求主流社会对自身的认同。

要获得自由,就必须反抗父母,这是一条追寻自我的痛苦之旅。她对父母的爱并没有阻止她反抗的目标。逃跑路上尽管她经常思念父母,就在少管所里她还念念不忘为父母祈祷,"爱你们,爸爸妈妈!"③(p.27),但更多的却是用激烈的言辞表达对自己受束缚的愤怒:"难道我的父母没有驱逐我吗?"(p.27)"我在温哥华永远不会自由!"(p.90)"神啊,帮帮我。请让我离开这里!"(p.152)

主人公的呐喊像斩断过去的尖刀,它划开了和父母的界限,也划开了与华裔族群的界限。就像剪开脐带的婴儿,她离开父母的襁褓,怀揣着对自由的向往,蹒跚在陌生的世界里。与之前封闭孤独的环境相比,她是否得到了她想要的自由空间?事实是,我们从她的流浪经历中发现了俄狄浦斯之梦的继续追寻。

乔来安慰我,抱我,像对小孩一样地拍我……(p.18)

---

① Linda Rogers. Fire and Fury from a Precocious Poet. *Vancouver Sun*, 1989(10): H5.

② Lian Chao. *Beyond Silence: Chinese Canadian Literature in English*. Toronto: TRAR Publications, 1997: 176.

③ 文中所引用作品的一切汉语译文,皆为作者所译。

我把拉里看作了我的父亲，他爱护我，容纳我的单纯，看着我的成长，而我自己的父亲却失业退缩，愁眉苦脸。(p.272)

……我把海陶玮医生看作了父亲。(p.145)

对亲生父亲的欲望缺失使她迫不及待把遇见的男人置换成父亲去依恋，然而在街头的流浪中，欲望却使自己成为被欲望的客体。她被乔强奸，被拉里引诱吸毒，只有海陶玮等心理医生才给予她真正的关心，使她重新寻找到自我。

流浪中对自我的追寻也是她不断反省自己的结果，在最艰难的生存危机中，她一次次拿起笔，记录下自己的期待和梦想，这些作品的不断发表也成为女主人公自我认同的稻草，最终使得她从流浪身份中走出来。

我在世界上珍贵的财富是写作，它是立在我的脆弱前面的盾牌。绮芬已经没有活在世上了，活着的是她的写作。(p.131)

我用写作来抵抗毒品。(p.202)

写作灵感回来了，它是我继续生活的勇气。我可以连续几小时坐在打字机前。(p.214)

写作在流浪中是主人公存在的依据，借助幻想世界，主人公感觉到自己的脉搏，而同时，作品的获奖使主人公实现了身份认同。从此，对写作的激情置换成了生存的激情，激励她一次次与堕落较量。在狂热的写作中，她找到了言说自我的途径，以及被主流社会认同的道路。

与主人公的经历相似，刘绮芬的作品一举成功，作品畅销，翻译成多种文字，后又被改编成电影。刘绮芬于1990年被评为加拿大最具潜力的女作家，而此后发表的诗集延续了街头流浪的挣扎和对俄狄浦斯的追寻。作品《俄狄浦斯之梦》获1992年"总督文学奖"提名，《你并非你所说的那样》于1992年获"密尔顿·阿柯恩人民诗歌奖”,这些荣誉进一步鼓励了作者的创作热情。

作品获奖似乎正是作家的需要,它意味着作者被主流社会认同。可是令人目眩的称号并没有给她真正的归宿,作品轰动的同时也激起了轩然大波。华裔认为她的作品是华裔社区形象的负面展示,“贬低”了华裔家庭的形象。[①] 他们批评她“不该把父母写得如此无情,来损坏整个中国父母的形象”[②]。而改编的电影中,只会说广东话的母亲和只会说英语的女儿之间的冲突让观众认为主人公的堕落来自愚昧的家庭,这对于重视集体的华裔社区来说无疑是沉重的打击,小说改编的电影也受到激烈的批评,认为“没有从父母的视角出发”[③],与此同时她被称为温哥华作家而不是华裔作家,她的华裔作家身份并没有被主流作家认同,而作品的纪实写作技巧也不被文坛看好。[④]刘绮芬的作品在追寻自我的努力中又一次处在被两种文化社区抛弃的位置。

2. 边缘中的女性

《逃跑》中的自我叙述如认同与否定同在的双刃剑,再一次把她推向浪尖。在荣耀与困惑中,刘绮芬还经常收到一些无聊读者的来信,他们对她的妓女身份更为好奇。为了拉开与主人公的距离,她一改自传体的风格,出版短篇小说集《新女郎》(1993)和长篇小说《另类女人》(1995)。正如作者所说,“作品像镜子,角色的特点反映着我们的情感”[⑤],在似真似假的场景中,刘绮芬继续停在边缘空间,诉说着边缘女性的心事。

在《新女郎》中,关于自我的言说是通过揭露性关系中女性受压迫的地位来实现的。小说集用“Fresh Girls”(新女郎)做标题,与“Flesh Girls”(妓女)一字之差,给读者带来含混的含义,从标题

---

① Beryl Tsang. Book Review: Runaway: Chinese Canadian Women's Forum. *Newsletter of the Women's Issues Committee of the Chinese Canadian National Council*. 1990 Summer:3 -4.

② Martin Wallace. Evelyn Lau to quit writing?. http://www.unb.ca/bruns/9900/issue8/entertainment/govgeneral html. Feb 28, 2008.

③ DG Graham. Evlyn Lau. http://section15.ca/features/people/1998/05/15/evelyn_lau/. Mar 21, 2008.

④ Ibid.

⑤ Linda Richards. Interview with Lau, Evelyn. http://januarymagazine.com/profiles/lau.html. Oct 1, 1999.

怎么也看不出性的痕迹。这或许就是作者的初衷,通过"性"描写的恰恰是无性的女性,通过"新女郎"描写的恰恰是没有地位的客体。

小说集《新女郎》由10个短篇小说组成,包括《新女郎》(*Fresh Girls*)、《应召》(*The Session*)、《玫瑰》(*Rose*)、《快乐》(*Pleasure*)、《婚姻》(*Marriage*)、《玻璃》(*Glass*)、《物神俱乐部》(*Fetish Night*)、《怜悯》(*Mercy*)、《公寓》(*The Apartments*)和《老人》(*The Old Man*)。作品大都以性虐待为主题,以妓女的视角,通过集体的叙述声音,为女性在性方面所受的压迫作了清算。小说中的虐待主题包括被虐(如《新女郎》《玫瑰》和《快乐》),施虐(如《应召》和《怜悯》),自虐(如《新女郎》和《玻璃》),观虐(如《物神俱乐部》)。性虐待是压抑的隐喻,虐待中的压迫是象征秩序中权利的投射,处于文化中空的边缘女性仅仅是身体异化的工具,在象征秩序中没有自己的位置。正如扉页的题词——"世界是一张床",对性虐待的态度体现出女主人公压抑中隐藏的欲望,那是性地位的主体幻想,是在社会象征中寻求烙印的替代。

女性在性中的被动体现了她们在社会象征秩序中低微的身份,而除开性虐待的残忍,幻想则更为遥远,因为社会象征秩序认可的婚姻对边缘女性来说也是不可靠近的雷区。在小说《婚姻》中,男人手指上的结婚戒指闪着冷冷的光,"似乎是单独的实体——像是公共汽车上或空无一人的小巷里的手"(p. 49),带戒指的手意味着婚姻的约束,可是边缘境地的她却没有这份幸运。也正因为远离了象征秩序的保护,这双手意味着空无一人的巷子里,男人的猥亵和调戏。小说以女人想象男人与家人一起出游结尾,意味着女性追寻身份失败的挫败感。

小说集《新女郎》直面男女在性方面的冲突,通过性虐待这一极端的主题表现出来,失去象征秩序认可的边缘女性,只能沦为被欲望的客体。小说中主人公都没能得到理想的爱与性说明了女性依然在流浪路上无奈地挣扎。

如果说《新女郎》中女性的经济问题导致了女性的边缘地位,而之后出版的长篇小说《另类女人》中,经济独立的女画家仍然没有摆脱被抛弃的命运。作品描述一位年轻女画家费奥娜(Fiona)爱上了中年有妇之夫雷蒙(Raymond),可是雷蒙不愿意离开妻子,而导致两人感情破裂。故事情节很简单,通篇小说都是主人公在回忆两人在一起的时光和希望男人接受自己的幻想,作品弥漫着爱而不能的苦闷和无所归依的挫败。

这两部小说虽然虚构,但表现的场景却是作者熟悉的:《新女郎》中的妓女来自作者街头流浪生活的素材,而作者曾自述自己爱过一个已婚男人,这与《另类女人》中的经历极其相似,作者利用自己的边缘素材再一次为自己进行了呐喊。作品中有一段这样的插曲,主人公在旅途中记录了关卡官员与被检查女乘客的对话以及其他旅客的评论:

> "你是干什么的?"
>
> "我是作家。"
>
> "哪类作家?"
>
> "我写小说,诗歌……目前在写一部长篇小说。"
>
> "我要检查你的包。"
>
> ……
>
> "或许他们以为她在写色情小说。"有人在沉思。
>
> "难道他们的审查制度还没有改革吗?"还有人在问。
>
> "写东西要谨慎点。"还有人在告诫,不知道在对着谁说话。
>
> "她不该这样粗暴。如果她表现好点就容易通过。"一个男人在推理。(pp. 40 - 41)

对话中官员是苛刻的,被检查的作家是无奈的,旁观者则是同情的。如果官员代表主流的规则,那么作品中被检查的女作家形象无疑是主人公甚至作者自己的化身,未获通过则影射了她们在象征秩序中没有被认同的现状。在对话中,女主人公旁观女作家的经历,并没有参与,她的沉默是对女作家身份更深的悲哀,因为,面对处处设防的关卡,自己只有在边缘空间无奈地徘徊。

3. 反思中的超越

如果说《逃跑》通过反抗父母来追寻自我,《新女郎》通过控诉男人揭示女性的客体位置,《另类女人》通过描述与已婚男人感情的失败来影射自己的漂泊感,那么《选择我》则超越了对父亲的崇拜和向往。正如作品扉页中的题字,"不知何故,爱,即使热情得让人毁灭,也从不被相机镜头捕捉到,人们会认为爱并不存在",主人公开始摒弃对父亲的依赖,试图在欲望对象中树立女性的主体地位。

作品包括六个短篇小说:《家》(*Family*)叙述佐伊(Zoe)在情人家暂住时的所见所感;《出游》(*Outing*)叙述塞比尔(Sybil)跟情人出去旅游时爱上另一个男人的故事;《夏令营》(*Summer Place*)叙述凯瑟琳(Catherine)与男人一起参加成功人士聚会的所见所闻;《忠实的丈夫》(*Faithful Husband*)叙述有婚外情的梅洛蒂(Melody)却不能离婚的故事;《郊区》(*Suburbia*)叙述贝琳达(Belinda)跟情人度假的日子;《在沙漠里》(*In The Desert*)叙述琼(Joan)陪同丈夫在沙漠里寻医为丈夫治疗性无能的经历;《蓝天》(*Blue Skies*)叙述了贝基(Becky)与已婚男人华纳(Warner)若即若离,后来华纳事业失败,被妻子抛弃后自杀。这部作品的显著特点是对男人态度的变化,几乎每一个作品的女主人公都已经厌烦了她们身边的男人,比较突出的是《在沙漠里》的丈夫的性无能和《忠实的丈夫》里丈夫的软弱、《蓝天》里花心男人的自杀、《夏令营》里身边男人的麻木。同时,主人公的视线投向了情人的家庭和其他男人:《家》《郊区》重视的是情人家庭的陈设,《夏令营》里钟情于情人朋友的男子气,而《出游》《忠实的丈夫》里表现出对其他男人的爱慕。主人公不再是需要父亲保护的小姑娘,而是需要异性爱的女人,而对性爱的渴望也超越了《逃跑》和《新女郎》中对性的反感。"部分读者认为作品对大龄男人的描写太无情,而事实上,这并不是对他们的憎恨而是叙述者的醒悟。"①无性别的小姑娘转变成了成熟的女性形象,这是对俄狄浦斯情结的超越,是主体成长中重要

① Martin Wallace. Evelyn Lau to Quit Writing?. Ibid.

的里程碑。

而小说中对大龄男人的反感跟自传《写作内外——迄今为止的反思》(2001)所记载的与前男友的官司有关。[①]刘绮芬曾与作家金塞拉(W. P. Kinsella)有过一段情感经历,刘绮芬以此为题写了小说《我与 W. P.》,小说发表后,金塞拉与她对峙法庭,虚幻作品与残酷现实的关联再一次成为作者的困惑。自我写作是作者改变自身命运的梦想,在写作中,她才得以自由地建构自我,任何现实在作者眼里已经不是真实而是构筑文学世界的材料。值得一提的是,尽管刘绮芬在官司中又一次失败,其作品却获得了西部杂志主办的"人类经验题材奖"。[②] 这是刘绮芬自身在文学世界里得到认同而在现实世界中受排斥的边缘身份写照。

而自传《写作内外——迄今为止的反思》开始缝合现实与文学世界的裂痕,或者干脆说,作者站在现实中对自己进行了理智的反思。作品包括:《妓女身份的阴影》(*The Shadow of Prostitution*),阐述对妓女身份的否定;《低迷世界》(*The Country of Depression*),叙述对自身精神疾病的克服;《父亲形象》(*Father Figure*),叙述对父亲的俄狄浦斯欲望;《无尽的空虚》(*An Insatiable Emptiness*),叙述自己多食症的前因后果;《关注自我》(*The Observing Ego*),叙述自己对写作的痴迷;《析侵权官司》(*Anatomy of A Libel Lawsuit*),记载与前男友的官司;《居家》(*In Residence*),抒发对自己新家的感慨;《紫色梳妆台之梦》(*The Dream of The Purple Dresser*),在梦里主人公重游故地,回忆儿时的家园。

作品通过追溯和回忆,梳理了自身的成长轨迹,妓女、精神疾病、父亲、写作、家是作品中永恒的话题,从中可以看出作者在反叛与追寻中建构自我的努力。在自传中,作者把《妓女身份的阴影》做第一章,明确否定自己的妓女身份,反复强调"书中的小女孩在我门口也不会让她进的"[③]。因为妓女身份并不是作者的最终目

---

① Evelyn Lau. *Inside Out*: *Reflections on A Life So Far*. Anchor: Random House, 2002: 113,129.

② Evelyn Lau. *Inside Out*: *Reflections on A Life So Far*. Ibid.

③ Evelyn Lau. *Runaway*: *Diary of A Street Kid*. Toronto: HarperCollins, 1989: 9,275.

的，它只是作者自我追寻中的挫折经历。

家庭冲突是离家出走的导火线，而作者的经历和作品一直在克服对家庭的恐惧、对父母的依赖等问题，这是自我的重新塑造。作者最新出版的诗歌集《最高音》里，再次带领读者体验到主人公与父母的冲突。在诗歌《家庭戏剧》中，有这样的诗句：

> 这是父亲/沉默/如植物/母亲/是那藤条/满是荆棘/你把小小的父母/攥在手中/他们感动了/你手里的亲吻和眼泪。(p.101)

把父母变成小人捏在手心的幻想寄托了作者挣脱父母管束的自我意识。她甚至把征服其他男人看成了对家庭的征服。

> 我明白你的愤怒/它/也在我心中颤动/似欲望/非欲望/如抓取同伴的玩具/撕碎它/让每人都回到空虚(pp.75－76)

第一人称和第二人称代表对自我的反省，对已婚情人的征服成了对家庭创伤的隐喻性替换。在诗歌《漫无目的的旅程》(pp.39－42)中，旅途中总是不如意的遭遇：毁坏的草坪，废弃的农舍，同伴的打鼾，房顶的漏雨，床板下的跳蚤，雷电交加的黑夜……这是作者不满足心理的投射。不满足，是成长的伤痕所致，同时它也暗示着改变的活力。

而自传最后两部分《居家》和《紫色梳妆台之梦》一反以前作品的激烈措辞，蔓延着对儿时家园剪不断的怀念和牵挂，漂泊的心转了一圈又回到自己的生存之根，作者似乎在努力弥合对父母的伤害。

作者进行自我认同的轨迹也说明了自我的身份并不孤立，她的家庭冲突和出走反叛并非偶然，而她的回归也是社会族群关系的现实反映。不管怎样，作者发出了自己的声音，“一切都胜过沉默/你说/胜过没有达成的妥协”(p.102)，或许这也是作者把诗歌集取名为《最高音》的意图吧。

对于刘绮芬来说，写作是她的生命，现实中自己并不存在，存在的只是她的作品。其作品与生存共生的关系，标明她在象征秩序中没有位置，因此只有通过写作的幻想来见证自己的存在。

与作品中主人公的边缘徘徊不同，刘绮芬通过写作从边缘迈向主流，而现已被主流认可的她继续把视角投向边缘的生活，力图再现“阁楼上的阴影”[①]。因为“中心也有盲区，我希望我总可以审视到这些阴影。我渴望了解人们隐藏的抱负与失望以及人们对爱的渴望”[②]。就像刘绮芬对自己作品的评价，“这是关于生存的故事”[③]。这是来自边缘的声音、需要呵护的主体。

第二节　叛逃中的自我书写
——刘绮芬小说研究(2)

刘绮芬的写作与生存同在，只有在作品这个幻想世界中进行自由的书写，才让她感受到自己存在的脉搏，所以她的作品中自传与虚构共存，看似真实的日记实际是为自己呐喊的武器，我们在探寻她对自我存在的思索时，无法忽略她在真实与虚构之间建构自我的策略。从她作品的成功到现实中的受排斥，从虚构作品的获奖到现实中的官司，她一次次经历着自我生存的挑战，从她的经历看来，现实中的刘绮芬并不存在，她只有在作品中才让自己浮现出来，所以其作品中的第一人称、女性视角以及内心独白无时无刻不在为她呐喊出自我存在的声音。

1. 叙述中的“我”

刘绮芬的作品中几乎每一部都有“我”的影子：《逃跑》中的“我”，《玻璃》中的“我”，《另类女郎》中的“我”，《写作内外》中的“我”，然而不同作品中的“我”并非完全重合，也并非完全是作者的缩影。作品中的“我”是主体的显现，是升华中的自我形象，主

---

① Lyn Cockburn. A Laudable Life. *Herizons*, 2001(7):15－17.

② Anders Blichfeldt. Evelyn Lau. http://www.nwpassages.com/bios/lau.asp. Mar 3, 2008.

③ Evelyn Lau. *Runaway: Diary of A Street Kid*. Toronto: HarperCollins, 1989:11.

体在“我”的挣扎反思中得到建构。

使作者由边缘进入主流视野的是自传体小说《逃跑》。据说这是作者根据流浪中341页的日记手稿摘录出来的作者的真实体验，主人公逃跑事件与作者生平一致，日记记录的时间与作者逃跑的时间相印证，作品中的叙述者称自己为“刘绮芬”，这给读者一个印象：作者 = 叙述者 = 主人公。这是日记自传的魅力：日记是私人空间的自言自语，碎片式和间断式的描述，给主人公心理变化的机会。日记中的第一人称的叙述者现身说法，使主人公的经历具有真实感，并且能引起读者的同情。事件经过日记方式的过滤，转到有利于“我”的言说，这对边缘空间里的主体建构来说无疑是最佳的武器。

在《逃跑》中，叙述者与主人公一起喊出了主体的压抑和反抗。

> 嬉皮士的旅程是正确的！（p.17）
> 难道我的父母没有驱逐我吗？（p.27）
> 我为什么不是一个没有头脑的青年呢？（p.119）

强烈的呐喊记录着主人公对出走的幻想，对父母的反抗，对毁灭的绝望，天真任性的语言符合14岁主人公的感知和判断，而第一人称现身式的叙述方式给了读者理解和同情。日记中还出现了第二人称叙述。“回去吧，绮芬。到属于你的地方去。回温哥华，在那里你可以得到迷幻药；回到街上，回到想要自杀的念头中。你做了什么值得人们的爱？好得难以置信。坚强点，绮芬——你可以靠自己的力量做到。”（p.105）这是关于“我”堕落念头的描写，主人公成了没有思想的人格“你”，而叙述者“我”操纵着主人公的意识。这里的叙述者其实就是主人公的代言人，用人称分开体现出内心的挣扎。

作品中，在主人公被嬉皮士朋友乔强奸后，括号中出现了另一个“我”的声部，“多么的天真啊！我会相信一个女孩因为避免孤单可以钻进一个男人的被窝，但是那时我怎么会明白这些呢？”（p.18）这个叙述者能清醒地辨别主人公的天真，“那时”暗示了叙述者远远超过主人公的感知，此时的叙述者是整理日记时的反思者，是跟读者一样理智的评判者。

在小说第七章最后一节中，一贯的第一人称在第三人称和第一人称中跳跃。“她不知道为什么不用第一人称，那可是她经常使用的思维方式。”（p. 261）“我悲痛，感到自己有毛病。”（p. 262）“她在自己的工作中鼓励男人强烈的性幻想，把女人变成了客体，这已经违反了她自己的信条。”（p. 262）“我正处于幻觉的顶端。”（p. 264）人称不断转换，叙述者与主人公的距离时远时近，主体在自我与超我人格之间摇摆，这是主体挣扎的痕迹，她在努力挣脱过去身份的话语。看似分裂的叙述真实地再现了自我反思的痕迹。

作品中多层的叙述者构成复调的声音：与主人公的重合给了读者真实感，与主人公的分裂再现了主人公内心的挣扎，与主人公的远离则体现了主人公愈加成熟的人格，同时也给了读者理想的期待。作品中的“我”实际起着反思自我和与读者交流的主体意识作用。

复调叙述者在《玻璃》里把主人公的心理挣扎也体现得淋漓尽致。短篇小说《玻璃》描写了主动的女主人公被男人抛弃，在绝望中击碎玻璃窗的一系列心理活动。作品中的“我”是超我意识的叙述者，而“她”是主人公，人格因此被分裂开，“我”的理智与“她”的麻木相抗衡。“你明白我有多担心她吗？”（p. 63）短短的一句话构成了超我意识“我”、读者“你”和视角人物“她”联系的纽带，超我意识携带着读者的同情与视角人物一起进行自我拯救与超越。

主体自救的叙述手段在长篇小说《另类女人》中延续。作品的单号章节用第三人称，采用顺叙的方法，描述两人分手后的感慨和行迹，而双号章节用第一人称，采用倒叙的方法，回忆两人分手前的感情纠葛和对自己的反省。双号章节叙述是单号章节的补充与升华，是主体在自我反思中拯救自己的方式。

在第三人称叙述者的客观叙述中，雷蒙冷漠自私，而费奥娜软弱无助。“他的皮肤像石质表面，他的眼睛细小而诡异；从这张脸上写着谋生就是对他人进行伤害。”（p. 1）而女主人公呢，则是“有着来自波罗的海的琥珀色的眼睛，修长的艺术家的手指，温顺的嘴唇似乎随时在准备道歉"(pp. 1 - 2)。第三人称叙述者的客观公正和费奥娜的人物视角,使读者的理解偏向了费奥娜,读者理所当然地认同了雷蒙的无情和费奥娜的软弱。

然而在接受读者同情后的主体在穿插其间的第一人称叙述者"我"的自我剖析中却揭示了更为复杂的真相:雷蒙并非无情,费奥娜并非软弱,他们之间的感情并非游戏。人称转换使无所归依的弱者过渡到对自我的反思中。而在"我"对于母亲日记的反思中,又提出了对爱情与婚姻新的思考,自身与雷蒙感情的失败是象征主流社会婚姻关系的胜利,而母亲销毁与情人的日记时自己赞同的态度却泄露了叙述者内心隐藏的欲望,这是对安全港湾的渴望,作品中的自我再一次得到提升。主体从怨恨到理解,从怀念到解脱的心路历程在"我"的内省中得到体现。或许雷蒙仅仅是一个无法实现的欲望的化身,与雷蒙的纠葛是自己在边缘空间反思挣扎的写照,自我反思的升华通过叙述者不同的人称来完成。

相比而言,《写作内外》中的叙述者是单一的,作者毫无隐瞒地对妓女身份、精神病、官司、父亲、写作以及家乡进行了毫不掩饰的记录,而叙述的因果链也很清晰。叙述者的思路是清楚的,看不出断裂和挣扎的痕迹,而对儿时的回忆似乎在原谅一切的不公正。平缓的叙述是成熟的标志,主体已经可以理智地面对自身和周围的世界,这是主体成功的里程碑。正如人们对作品的评价,"作品的探索,犹如用牙签挑牙虫。在那里,单纯与成熟融合在了一起"①,虽然疼痛,但直面疼痛的勇气是反思自我的标志。

从《逃跑》到《新女郎》,到《另类女人》,再到《写作内外》,"我"这个叙述者与主人公合谋共同演绎着自我成长的故事。叙述者与主人公的同一,给了读者真实感;与主人公的冲突则再现了主体的挣扎。总之,叙述者"我"是主体不可或缺的功能,是边缘空间里自我书写的武器。

2. 视角中的边缘女性

与叙述者共谋的还有叙述视角。小说中的叙述者采用特定的

---

① Lyn Cockburn. A Laudable Life. *Herizons*, 2001(7):15 - 17.

角度进行“拍摄”，或突出某一视角，或在不同的视角之间跳跃，使读者的目光跟随叙述的镜头角度来观看和感知世界。视角往往与一定的人称合谋形成“叙述方位”[1]，共同支撑起意识形态的表达。刘绮芬的作品中现身式第一人称人物视角最普遍，叙述者与主人公视角的重合，增加了作品的真实感，也增进了读者的理解。那么在第一人称人物视角中，叙述者如何突破自身的感知局限，使自我形象得到全面展示和升华？

在《逃跑》中，嫖客拉里强迫给主人公注射毒品时，她像木偶一样任其摆布。而旁观者拉里的儿子凯尔（Kyle）及其女友温迪（Wendy）对其父亲行为的责备，给了主人公一剂清醒药。

> 凯尔：“你一点都不清白，你不明白你在做什么。你要给一个小姑娘做毒品注射？”
>
> 我努力解释：“我只想尝试一下。我保证。我只想尝试下注射的感觉。”
>
> “他不会理解的。”温迪叫我不要尝试这种东西。凯尔努力让我意识到我的欲望的严重性：“为了注射毒品，你会回到街头，一天24小时地工作，挣买毒品的费用。”
>
> “我只试一下。”
>
> “他们都这么说。”他扭过头去，严肃地看着拉里。我的脑海里闪过一个念头，凯尔可能是正确的。拉里放弃了注射。我本可以永不吸毒的。我的写作更重要。（p. 194）

由于叙述者的自限，“我”的吸毒者身份处于麻木状态，而此时的道德协调通过了旁观人物的语言和行为来实现，“我的脑海里闪过一个念头，凯尔可能是正确的”是转变的开始，语气符合人物的身份，“我”在凯尔的劝诫中获得了拯救。此后的主人公开始清醒和反思，“我本可以永不吸毒的。我的写作更重要”。主人公从麻

---

① 赵毅衡. 当说者被说的时候——比较叙述学导论. 北京：中国人民大学出版社，1997：124.

木到清醒在于叙述者对材料的操纵，而通过主人公的视角来体现对毒品的战胜，真实而感人。

例子中的叙述者与主人公视角同一，叙述者受到主人公感知的局限。而此时叙述者通过旁观者的帮助实现了对主人公的反思和超越。旁观者的参与也说明此时的主体是需要他人帮助的弱小力量，是正在成长的主体。

而短篇小说《玻璃》则通过从第三人称到第一人称的视角转换，体现主体的自我意识。第三人称人物视角中的“她”指代主人公，通过外在的描述，展现出她的冷漠和麻木。

> 她把拳头伸向玻璃窗。胳膊缩回来时，上面还扎着半块玻璃。碎片划开手腕和手掌，像刀子划开白生生的鸡肉。血渗到伤口，又溢出来。她垂下头，看着手，却漠然。玻璃落下的声音，像风铃一样吹过耳边，在蓝色的夜空回旋；然后如芭蕾演员一般，直立着手腕；她把碎片拔出来，任它们跌落在地板上。（p. 61）

在视角人物眼里，伤口成了鸡肉，血成了玫瑰花，碎片的声音像风铃，碎片直立如芭蕾舞姿……叙述者跟随人物的视角把自虐的过程描述到极致，而视角人物“她”的麻木和绝望也反衬出来。

而渲染自虐并非叙述者的本意，作品中随即出现了第一人称叙述者“我”（“她”的一部分）作为超我人格来反对主人公的麻木。“我希望她拿起电话，寻求帮助……她需要缝合伤口。”（p. 62）视角人物“我”是理智的，能洞察一切的，可以站在一定的高度对“她”进行评价、劝阻，最终让“她”点头认同。“她”对“我”的认同就是她对自己自我意识的认同，“我”的现身说法无疑增添了理智的自我意识苦口婆心的关切，从而渲染了自我在挣扎中的反思。

在《新女郎》中，作品都以边缘女性作为视角人物。由于视角优势，边缘女性显得真实而感性，为塑造她们的正面身份作了铺垫。在《新女郎》中，卡罗（Carol）是青春的，“她是那种你无法拒绝的女孩，你可以闻到她身上新鲜的味道，似乎刚洗过澡，扑了爽身粉，又好像刚在森林里散过步”（p. 13）。而在《玫瑰》中，“我”是单纯的，“他说他爱我孩子般的身体，没染过的头发，长长的直发，他承诺要照顾我，要无条件地爱我，他愿意作我的父亲，朋友，情人”（p. 30）。《怜悯》中的“我”是富有同情心的，“如果我们彼此是对方的受害者，那么我们是世界上最美丽的受害者……你可以称它为游戏，但是我愿意做任何你想要的”（p. 86）。

可是单纯天真的她们面对的却是男人的折磨，所以故事的最后，她们以沉默和麻木来反抗：《新女郎》中的卡罗，“坐在地板上，用针刺自己的手，然后把流出的血抹到大腿上，抹到不知从哪里借来的紫色花迷你裙上。漂亮的腿，一头长发垂下来遮住了眼睛。她已经刺了二十分钟了，却还没有出汗”（p. 4），这是自虐的麻木；在《玫瑰》中，女性受到虐待和威胁后，感觉“我的胸部另一朵花在开放：厮打中留下的种子般的痕迹”（p. 36），这是霸权下的无奈；《快乐》中，“他看见她向她走来，把裙子往下扯，仿佛什么也没发生似的，盖住大腿上鞭打的伤痕”（p. 45），这是在掩饰中的忍耐；在《老人》里，女孩说话了，却是附和男人的语言：

> “女孩们好吗？”
> “很好。女孩们很好。”
> “她们还在那，没有到其他地方去吧？”
> “她们在，我帮你很好地照顾着她们。”
> 男人笑了。“女士呢？她怎么样？”
> “女士也很好。”
> “哦。”老人说着话，在椅子里翻了下身子，“听到这些我很高兴，很高兴。女士。唔，呵。”他舔了下嘴唇。（p. 104）

对话中“女孩”和“女士”是这个男人对女性敏感部位的称呼。男人关心的女性并非与之平等的主体，这些称呼中暗示了女性是作为性工具的客体。而女性附和男人的回答也是女性客体沉默的体现。

在《新女郎》中，这些女性是没有地位的，她们没有权利思考、说话、行动，她们是男权社会的附属品。作品中的女性视角书写了她们的沉默，也书写了她们无声的反抗。在《新女郎》中，叙述者与主人公完全合一，向边缘女性倾尽了同情。这是在反抗和控诉中建构自身的身份。

而在《选择我》中，视角仍然聚焦在女性。女性的思考和超越通过她们的感知表现出来。与《新女郎》不同的是，作品中的视角人物拥有更强烈的主体意识，会毫不顾忌地发表对大龄情人的厌倦。在"我"的视角中，《家》里的他是轻浮的，"我尝试过毒品让自己体会失去控制的感觉。我还让自己不断地爱上女人，为了同样的理由"（p. 13）；《夏令营》中的他是平庸的，"他缺乏生意场男人的灵感"（p. 56）；《忠实的丈夫》里的丈夫是软弱的，"她觉得他不像个男人，倒像是别人抛给她的无助婴儿"（p. 100）；《沙漠里》的他是性无能，"他身上像有股药味……他两腿并拢，像个姑娘"（p. 164）；《蓝天》里的他是花心的，"我到处都有家。我第一次的婚姻有个孩子，第二次的，还有孙子……仅仅是家而已"（p. 191）。

与此同时，在脱离对大龄男人的倚赖中，对自己爱的人却不能把握。在《忠实的丈夫》中，她要自己爱的人留下，他的回答是："我不想你靠近我，我也不想靠近别人。"（p. 95）在《蓝天》中，华纳向贝基列举了伟大的计划，说要 88 岁时死亡，床前守着 25 岁的漂亮妻子。而她注意到他的计划里没有包括现在的妻子。（p. 177）对大龄男人的无趣和对爱情的失望构成了作品的主要基调，或许这就是《选择我》为题的用意吧：选择我，做你的爱人，而不要做游戏的对象。

难怪在《蓝天》里，贝基对华纳一直若即若离。在主人公的视角中，华纳是不可靠男人的化身，他的形象一直是通过自己的言说（陈述自己能干、深刻）和他人的转述（狡猾、不可信）来体现的，两者之间的差别体现了主人公对男人的犹豫态度，而故事的结局以华纳的自杀给她更多的彷徨。这依旧是一个悲剧，放弃与失去的悲剧。正如作品扉页上的题词："爱……似乎连最细微的相机也不曾捕捉到。"

总之，《选择我》对女性聚焦，使女性的情感得到理解和同情。

在她的反思中，没有内心的挣扎，也没有受他人控制的不自信，代替的是对大龄男人的厌倦和对爱人的不信任，这是作为一个独立的女性对爱的思考和渴望，说明她已经超越了俄狄浦斯情结。

3．内心独白中的反思

在《逃跑》和《另类女人》中还出现了另一种混杂语言：斜体、大写以及括号中的文字，这些与正文不同的印刷字体属于与文本世界不可分割的“类文本”或“派生文本”（paratext）①。这些类文本通过“前推”（foregrounding）文体表现风格，运用偏离正常的语言规则，使某一种语言现象频率过高而造成某种语言现象的凸现②，使叙述方式引起读者的关注。根据在文本中的参与程度，这些类文本可分为：主叙述，超叙述和次叙述。这些叙述有的强调，有的颠覆，有的呓语，与主叙述语境构成极大的张力。类文本与文本叙述的反差体现出主体挣扎的痕迹，是主体意识不可忽视的内核。

在《逃跑》中，大写的文字有几十处，这是主人公对自己行为的强调。此时叙述者与主人公一起为主体身份呐喊。

1．**我在温哥华永远不会自由！**（p. 90）

——反映主人公对家庭的反抗，符合人物的心理特点。

2．**我最亲爱的父亲**胆怯地来了。（p. 32）

——突出对父亲爱恨交织的情感。一方面是反讽，与后面的“胆怯”　起，潜在地责怪父亲的软弱，另一方面也体现出对父亲依赖的情绪。

3．我想，**她15岁离开了家**。（p. 110）

——为自己离开家壮胆。

4．**他说我可以成为一名斗士，而我却就想当妓女，就想无名，就想不思考。我为什么不能成为一个没有头脑的青年呢？**

---

① Genette. *Paratexts: Thresholds of Interpretation*. Lewin, J. E., trans. Cambridge, 1997:2.

② S. R. Levin. “Word” in *Internal and External Deviation in Poetry*. 1965(21):225–237.

(p. 119)

——表面是自己破罐破摔的情绪，而潜在的暗示是自己是需要被拯救的孩子。

这些突现的字体起着感叹号的作用，反映主人公强烈的反叛意识。此时叙述者与主人公合二为一，属于主叙述层。而大写的叙述形式无非是为了给读者醒目的标志，期待读者的关注和理解。

作品中还出现了几十处括号内的注释。在括号中，叙述者对主人公的语言行为进行评价，它属于超叙述层，因此括号中的内容可能与主叙述层相左。超叙述层里优越的叙述者站在远离主人公的位置，进行理智的解释，这是期待与读者交流的解释层。

1. 乔用惊讶的语调说他逐渐喜欢我了。(噢，多大方的姿态！)(p. 19)

——主叙述层描述了乔"喜欢我"，而括号中的叙述者则用讽刺、怀疑的语气颠覆了他的"喜欢"，表达了对乔的愤怒。显然叙述者是理智成熟的主体，才可以对主人公当时的行为进行理智的判断。

2. 我跟父亲通电话，叫他来再签48小时的教管服务。他的声音听起来很疲倦，比上次苍老了。(哦，是我的错吗？)(p. 40)

——主人公矛盾的心理。在主叙述层里，是对父亲的理解，而次叙述继续坚持了主人公反叛的声音。

3. 我昨晚给父母打了电话。(勇敢的缩影)(p. 84)

——叙述者对主人公的行为进行鼓励。

4. 我跟爱德住在了一起……他会在我买不起房子的时候娶我。看绮芬确实知道如何在世界上生存。她是这样的，如果没有写作，她还有她的身体。(p. 238)

——主叙述层里是正面的描述，而括号里却用反讽的语气颠覆了两人的关系。

括号中的叙述超越了主叙述的单一,使文本充满了多声部的语调,这是自身身份在挣扎中反思的凸显。

在《另类女人》中,则出现大量的斜体,它们也是偏离语言常规的前推技巧。斜体内容包含直接自由式和转述语中的直接引语式。前者主要是主人公的内心独白,后者则是主人公回忆自己、雷蒙和朋友的话语。

首先请看直接自由式,“这种句式中叙述语境压力最小……人物主体的强度最大”[1]。此时,内心独白是主体意识逐渐凸显的痕迹。

1. *走在铁轨上,一只脚被绊住了,只能眼看着火车开来。你只能等着灾难的降临而无法采取行动。(p. 186)*

——这是对于自己跟雷蒙关系的无奈心情。

2. *他像我嘴里的糖。卡片上写着……是的,是她的丈夫,却是我嘴里的糖。(p. 64)*

——这是征服雷蒙的骄傲。

3. *我了解他,我了解他的习惯,他喝每一口水都要仔细地看杯子,好像在看是否有毒药。他洗澡前的咳嗽和在水龙头前走来走去的影子。我了解他嘴唇的味道以及给我身体的感觉……但是听这个人讲雷蒙就是一种背叛。(p. 172)*

——这是熟人谈起雷蒙,费奥娜装作不认识时的内心独白。主体的内心独白与表面的沉默形成反差,这是希望得到象征秩序认可的征服欲望。斜体加强了主体的声音。

作品中还有大量直接引语式的转述语。内容为主人公回忆自己与雷的对话和朋友的话语。在转述语中,直录了当事人的话语。直接引语似乎体现了说话人的主体,不过这些直录部分都去掉了引号,换成了斜体。去掉引号使得说话人的主体性减弱,而斜体提

① 赵毅衡.当说者被说的时候——比较叙述学导论.北京:中国人民大学出版社,1997:157.

醒了读者这是主人公回忆式的心理活动,他人的声音与自己的内心独白交相辉映。自我在反思自己和他者的声音中得到超越。

那么斜体转述直接引语是怎样的声音呢?

1. 不,请走吧。(雷蒙的无情)(p. 14)

……

你过得怎么样,好玩吗? 想要走吗?(雷蒙的关心)(p. 165)

——在斜体中,雷蒙是矛盾的。

2. 你爱你的妻子吗?

是的,我爱我的妻子。

在未来十年你都会继续你们的婚姻吗?

是的,我想我会的,你为什么这样问? 我想知道。

你跟其他人有过关系吗?

有过,这是最近的,这样的事情以前也发生过。(p. 21)

——雷蒙选择妻子使费奥娜的爱情之梦破灭,边缘的自己没能进入理想的象征秩序。

作品中他人关于爱情的语言也随时会被强调成斜体,朋友的语言成为了费奥娜羡慕的理想。

1. 我想要跟这个女人生个孩子。(p. 81)

2. 我是他第二个妻子。车祸后照顾他的人。(p. 176)

由于说话者的声音来自不同的人(雷蒙,朋友和费奥娜),这些说话主体各说各话,体现着各自的话语权。在话语中,朋友是幸福的,雷蒙是矛盾的,费奥娜是无奈的。不过这些话语处于主人公的回忆之下,变成了叙述者控制的反思素材,斜体是主人公在自我与他人的关系中反思的标志。

作品中单号章节用第三人称,却经常冒现出"我"的内心独白和对他人话语的回忆,这是主体声音随时准备突破客观的视角。

而双号章节中同样出现大量独白和回忆，这是主体对自身声音的强调。斜体实际是自我随时进入叙述语境的反思，在反思中，他中有我，我中有他，是主体对他者的勇敢面对和对他者参照的关注。主体脱离了独语的自恋。

刘绮芬的自我书写是边缘空间反抗的武器，因此在其作品中，主体不断地反叛和超越：从《逃跑》中反叛家庭的恋父小姑娘，到《新女郎》中控诉男人的女性；从《另类女人》中对情人的失望，到《选择我》中对大龄男人的厌倦。从中，我们看到了边缘主体成长、嬗变的历程。通过超越俄狄浦斯情结，走向自我欲望，她走出了日记中书写的自恋，并且在对自己的反思中走出欲望客体的位置，成为一个独立的主体。而作品中边缘女性视角的聚焦，不同叙述主体复调式的声音，内心独白中的反思则是在与主流抗争中发现自我的边缘主体灵魂。

第三节　无意识的自我言说
——刘恺悌小说研究

华裔女作家刘恺悌在作品《东方女孩想浪漫》(*Oriental Girls Desire Romance*)①中，通过“意识流”的表现技巧，让无意识说话，来表达自己的主体声音。

“无意识是由被拒绝的东西所构成。”②根据弗洛伊德理论，人的意识组成就像一座冰山，冰山下未能浮现出意识中的大部分被称为“无意识”，它包括本我、自我和超我中被压抑的内容，比如原始冲动以及种种欲望，由于社会标准不容许，得不到满足而被压抑到无意识之中。但它们并没有消失，而在积极活动。无意识往往通过语言中的断裂，如做梦、口误和笔误等凸显出来，进入了语言结构，成为他者的话语。“这是一种空架子的结构或形式，它既不是一种有，也不是一种无，而是处于象征界中心的能指侵入实在界

① Catherine Liu. *Oriental Girls Desire Romance*. New York: Kaya, 1997.

② 黄作. 不思之说——拉康主体理论研究. 北京：人民出版社，2005：252.

留下的痕迹。”[①]无意识的言说是实在界、想象界与象征界之间相互分裂却又相互协商的话语。通过进入语言结构，无意识中的自我欲望与象征进行了协商，主体在无意识言说中实现自我的欲望幻想。

意识流与无意识密不可分。“意识流”一词最早出现在威廉·詹姆斯（William James，1842 – 1910）的著作《心理学原理》中，指大脑中的思想流或者主观生活之流，是人自我存在的心理真实。正是在弗洛伊德“无意识”理论的影响下，很多作家在表现手法上大量运用内心独白、梦幻和白日梦、象征手段等，试图捕捉人脑中一闪而过的感觉和印象，以发掘冰山之下的真实自我。而与此同时，对意识流的书写，又昭示着理性与非理性之间永恒冲突的暂时和解，“它是对斗争的、敌对的因素的流动性解决。意识流本身就是对先锋艺术的反照，即对风格、样式、方法或模式中出现的犹如浮云流水一样转瞬即逝的张力的反照”[②]。

在刘恺悌的作品里，意识流技巧的运用也同样带有这样的目的，华裔对历史的断裂感和自我身份的不确定使得内心世界的冲突加剧，而天马行空的联想对自我欲望进行了逼真的描述，这是受到周围他者压抑下的自我建构突围。

1. 无意识的自我记录

刘恺悌于1964年出生于台北，4岁时随父母来到美国。她于1985年获耶鲁大学的学士学位，1994年获纽约城市大学（City University of New York）法国文学博士学位，目前在明尼苏达大学（University of Minnesota）的法语和意大利语系任教。刘恺悌从小对文学感兴趣，12岁就开始写科幻小说，写作在她的心里依然占据着极其重要的地位。“如食物和空气一样不可缺少。”[③]《东方女孩想浪漫》于1997年写成，作品中主要以意识流的技巧叙述了一

① 黄作. 不思之说——拉康主体理论研究. 北京：人民出版社，2005：265.

② 弗雷德里克·R·卡尔. 现代与现代主义一艺术家的主权（1885—1925）. 陈永国，傅景川译. 北京：人民大学出版社，2004：320.

③ Neda Atanasoski. http://voices. cla. umn. edu/vg/Bios/entries/liu_catherine. html. May 17, 1998.

位匿名的20多岁的华裔女孩“我”刚从常春藤学院(Ivy College)毕业,遇到很多不如意,如儿时不公平的对待,与情人和朋友的冷漠关系以及与中国文化的冲突,而使她不快乐的因素最终都没有得到治疗和解决。

小说共十二章,每章围绕一个人物或事件,进行了大量心理活动的描写。第一章标题是“周一与布鲁诺(Bruno)逛公园”(Monday in the Park with Bruno),以逛公园为线索,抒发自己内心的冲突和对变装演员(drag queen)哈皮(Hapi)的佩服。第二章为第一章续,两人继续逛公园。本章叙述了表演者汤姆(Tom)昙花一现的遭遇,发表对布鲁诺大男子主义的不满,对朋友凯伦(Karen)和哈尼·比(Honey Bee)的虚伪和敌意也报以不满。第三章“女孩”(Girls),继续发表对布鲁诺的不满,也记录吸毒和性等反叛事件。第四章“东方”(Oriental),对中国各种现象进行了批判。第5章“胖男人”(The Fat Man),剖析父亲形象,同时对父亲产生反叛情绪,觉得自己一直生活在父亲专制的阴影下。第6章“吸血鬼”(Vampire),叙述自己与女伴苏珊娜(Susanna)的纠葛,承认接受女人的爱是在弥补自己爱的缺失,可她最终还是被苏珊娜抛弃。第7章“作业”(Exercise),叙述自己对老师的评价,这些老师让人失望,如性格怪异、多疑、有偏见、教法平板,她还在课堂公开反对老师。第8章“迷幻”(Trip),叙述自己通过吸毒来麻醉,在迷幻中回忆对成长身份的困惑。第9章“男人”(Boys),叙述与男性朋友的感情纠葛。第10章“蒙特书”(Monte),主要叙述对母亲的怨恨。在她的眼里,母亲专横、霸道,而自己努力要获得母亲的爱却失败。于是她把自己埋在书本里,拥抱幻想世界,而自己喜欢的蒙特书就是关于复仇的故事。第11章“M. B. A.”,介绍自己的兼职和学习等。这些都是自己与世界联系的窗口,自己在兼职时老在白日梦中幻想拯救世界。第12章“艳舞表演”(Go-Go),叙述自己在俱乐部跳艳舞,体会到在那个世界里,大家“是在未知力量控制下的物体”(p. 343),而自己“是活的木偶”(p. 344)。

从作品每一章的安排来看,作品其实是叙述者发表自己对周围人际关系的见解,比如对朋友、对父亲、对母亲、对中国文化、对美国文化的理解。从叙述者的态度我们可以看出，她对任何一方都持怀疑的态度。她怀疑凯伦在背后说她的坏话，怀疑布鲁诺送的书是从书架上撤下来的垃圾，这是主人公在这个陌生的世界中格格不入的身份感知。在作品中，主人公随时都在感叹“我不知道去哪里。我想走出来，但是无处可去”(p.73)；“我无处可去，无事可做，无人可看”(p.90)。而与世界疏远的生存空间来自自己的中国血液，是因为自己身上的中国性在美国的不适应。“我来到纽约，当人们都说着本地语言时，我感觉自己失去了这座城市。”(p.19)“我走进城市，在曼哈顿的街上一直走啊走。我想要消失，永远不回来。但我害怕我还没走到世界的尽头就绝望了。”(p.53)在繁华的大街，在孤独的深夜，感觉自己是被流放的灵魂。“为了在美国这个最不容易生存的地方生存，我想要抛弃中国。”(p.24)可是无数次与父母、与中国的接触，“我”明白，“我的中国性就像警卫一样挡在我的面前，让我窒息”(p.116)。面对不了，躲避不了，留下的只有绝望，于是她反叛父母，把父亲称为胖男人，把女情人称为吸血鬼，把自己称为母亲面前的狗，在课堂上公开反对老师。而一切的反叛和怀疑导致更加的虚无，她开始尝试短暂的感官刺激或者中国的禁令，比如吸毒、性、跳艳舞，而这些却让自己更像“活的木偶。”

“对我来说谁是中国人？对赫克犹巴(古希腊人)来说我又是谁？”(p.234)身份带来的压抑和窒息是全篇独白的主题，而没有出路的结局说明问题依然存在。而主人公的不安全意识又与种族歧视、女性歧视、经济状态紧密相关，这部小说其实是包含着极强火药味的社会批判小说。从作品的标题就可以看出文本的讽刺意味。题名“东方女孩想浪漫”来自一个征婚广告，而故事的内容远远不具浪漫色彩，“浪漫对于东方女孩来说其实是最后才考虑的事情。我觉得当东方女孩签字成为邮购新娘之后，她不会去寻找真爱和快乐，这些女孩会实际到可怕的程度。而美国男人订购中国女孩像订购自己的袜子、鱼竿、空调、毛衣，或者内衣。”(p.76)

刘恺悌把自己的小说描述为虚构性自传(fictional autobiography)。为了增强作品的真实性，她尽量不雕琢。通过意识流的写作手法，让外部世界悬置，把内心世界逼真地呈现出来，而内心独白中的压抑和反叛、困惑和焦虑都是边缘主体渴望得到认同的期待。

2．自由联想中的真实

意识流的主要特点是自由联想，从一个事物联想到另一事物，模仿大脑思维的连续不断，具有描述心理真实的作用。那么作品中是怎样体现出心理真实的呢？在好友布鲁诺说“我”像小说《正午色情》（*The Blue of Noon*）①中的主人公巴塔耶（Bataille）后，作品中马上出现了两页故事原文的摘录，而“我”在兼职打字纠错时，也把自己打好的信全部附录出来，以给出真实的证据。这些都是模仿人思维的走向，以图描绘出自然的心理活动。

第八章“迷幻”中，作者几乎全是运用自由联想的方式，描述主人公吸毒回家后从晚上到早上的心理活动。关于现实的时间关联，只用短短的几句一笔带过，而主要笔墨用在了对主人公内心世界的刻画上，有对过去的反思，也有对未来的幻想，有自己，有他人，它们通过自由联想得到流水般自然真实的连接。在睡眠和药物的作用下，主人公沉入到自我的无意识中，为自己言说：

1．回到公寓后，看到乔时联想到乔出生在美国中部——自由美国——自己刚到美国的情景——乔与她的关系——乔对她朋友的看法。

2．关灯后，联想到印第安人给予蘑菇却报以屠杀的悲剧——如何伸张正义。

3．看到T房间的灯光后，有人在哭——感觉死去的印第安人在传送给她视觉预言——思考该如何传递印第安人的信息。

4．闭上眼睛，看到了两条扭曲的紫色螺旋，像蛇一样——

---

① 此书名由赵汉英自日语转译为《蔚蓝的天空》，沈志明译为《天空的蓝色》，也有译者译为《正午蓝色》。这是法国作家思想家乔治·巴塔耶（Georges Bataille，1897－1962）1916年的作品，1957年出版，小说讲述了一个发生在西班牙内战前夕关于醉鬼、色情和文学上的污秽的故事。巴塔耶对理性的批判对后现代哲学家福柯和德里达有深刻的影响。

肮脏和美丽共存——我们生活在病毒世界里。

5. 乔在睡觉，不相信他为什么在床上——不信任他和自己——想要从困境中解脱——活着——不知道怎样才能做对事情。

6. 要起床了。感觉自己的身体发现皮掉了，像蛇在蜕皮。

7. 乔还睡着，想他停止呼吸——无法理解乔——感觉世界是等在楼梯下的狗，等着撕裂"我"的喉咙和软腭——不信任所有人——想要从生活中解脱——绝望的感觉。

8. 马上就凌晨了。T房间的电视还开着——斯蒂文与T的关系。

9. 神经质——药物的作用在褪去——感觉孤单，像海上古老的水手——想有一番作为，但失败——不愿意听批评——对自己的作品进行评价，认为自己在挖掘空缺——对自己写作提出见解，觉得是可怜的生存方式——对生活的身份的困惑，觉得自己在模仿——后悔自己没有继续写作。

10. 乔的后背对着"我"——"我"感觉一种使命，可却感到祖先的失败，和对自己阻碍的反作用。——迷惑自己对现实生活的恐惧——忘记了使命是什么——一切都在变化、变异和背叛——感觉恐惧和迷惑——反省自己的笨拙和失落，觉得智者根本不存在，只是幸运饼干的神话。——再一次对身份进行怀疑和迷惑。

以上大量的心理活动通过半梦半醒时的独白和幻想表述出来，主人公从一个事物联想到另一个事物，这种自由联想的方法自然生动地再现了失眠中的心理真实。在自由联想中，真实与虚幻共存。"T房间有灯光，T好像在哭，不知或者是死人在哭而不是T?"(p. 221)"乔在睡觉……他为什么在我的床上。我不知道他是否友好还是敌意。我上钩了?"(pp. 223 – 224)"我要起床了。我听见到处都有水。我不会害怕。在盥洗间我摸自己的身体发现皮掉了。一点都不痛，像蛇在蜕皮。"(pp. 225 – 226)这些表达真实地表现了主人公在半醒半梦时的心理活动，现实与幻想的结合使主人公的思绪由现实进入到完全幻想的渠道。

主人公的自由联想中有乔的陌生和陪伴、T或者死人的哭泣、紫色的蛇、蜕皮的自己、印第安人的悲剧、自己作品的空洞、祖辈带来的困惑。"我不相信任何人"的语句出现了好几次，暴露出主人公在陌生环境里孤独无援的凄凉。而幻想中关于如何在历史与现实中定位成为主人公矛盾的症结。主人公在哪里都没有安全感，她在现实的身份是空洞缺失的，而书写空洞的故事正是无意识进入语言的途径，在这一刻，无意识的"无"化成了语言中的"有"，成为自我与他者协商的言说。

自由联想中还出现了主人公对自己作品的评价，"我的作品的独特之处在于，有很多空白，不讨编辑的喜欢。我知道缺了一些东西，但我想其他人来填补空缺。空白处才正是我想要挖掘的。"(p. 230)空缺是对外部世界悬置后着力刻画内心活动的需要，也是主人公在现实生活地位缺失的体现，正因如此，写作这一极具幻想性的文学创作成为身处边缘的"可怜人的存在方式"。所以作品中会出现如此多的主人公与叙述者和作者的重合点。作者曾叙述写作对自己很重要，"如食物和空气一样不可缺少"，自己13岁开始写科幻小说，在作品中也可以找到同样的经历。作品的"自传体似的虚构小说"形式使主人公等同于叙述者，等同于作者，三者合一，作品显得真实可信，令人同情。在真实与虚构的合成中，幻想淋漓尽致地发挥着自己的无意识想象，而无意识中对现实世界中的"空缺感"却更鲜明地标明主体在象征界的缺失，无意识通过幻想叙述，进行建构主体的言说。

3. 内心独白中的冲突

作品中还出现了大量的内心独白。根据法国意识流小说家兼评论家埃杜阿·杜雅尔丹(1861—1949)的论述，内心独白"具有近乎诗的领域的性质，是人物内心深处的、接近无意识地带的思想，是摒弃逻辑关系的、未加分化的状态，是在没有听者的情况下，在沉默中进行的语言"①。内心独白是人内心在说但没有表达出来的

① 王诺.内心独白：回顾与辨析.外国文学评论，1993(4)：58——75.

语言，它具有人心理活动的真实性，是探询人内在思想的独特模式。那么在“我”的内心独白中，体现了主体怎样的声音呢？

作品的每一章，都围绕某一个人物或事件展开，这是主体通过与周围的人际关系，建立自己的主体意识。从作品中与周围人的关系来看，这是与他者的较量，在充满他者的困境中的反叛，也是直面他者的勇气。首先主人公毫无掩饰地表达自己的困惑，在开篇就通过内心独白发表了无所归依的身份困惑，“离开很久的我刚回到纽约，我承受着文化冲突的痛苦”（p. 1）。作品中关于逛的现实时间场景描述并不多，更多的笔墨却是回忆与朋友布鲁诺讨论电影和演员的经历，在此期间主人公发表了很多看法，中心点则是游移不定的空虚，“每一天的晚上都是无法忍受的空白。当我不能让生活的每一天前后相连，我怎样使生活变得有意义。我的存在中有一种我一直想治疗的不协调的感觉”（p. 15）。无所归依的心需要寄托，这是主体的呐喊。关于主体的内心独白，文中采用了间接引语来表达，而这是所有引语中叙述者的主体性最强的方式，从而使主人公的声音上升到叙述者的地位，更具有权威的效应。叙述中的“我想，我认为，我觉得，我幻想……”，都是主体意识的凸显。

在内心独白中，主人公与他者呈现出既疏远又接触的矛盾。“我”的行为与“我”的心理活动出现较大的偏差。比如，“我”喜欢布鲁诺，为了跟他接触，“我”给他送生日蛋糕，而同时“我”却在怀疑他给我的书是想从书架上撤下的废书；“我”想跟凯伦打电话，却在怀疑她们背后说“我”的坏话；“我”跟苏珊娜好，可是后来她却背叛了“我”；“我”爱父亲，可父亲却要求“我”必须无条件服从；“我”爱母亲，可却感觉是她面前受奴役的狗；“我”去兼职，希望与世界多联系，却感觉受轻蔑。从外表来看，“我”身边有朋友，有情人，有父母，而交往中的“我”却没有处于与他们的亲密和理解的状态，朋友、亲人、情人都是主人公眼里的他者，主人公处于被他者包围的困境中。被忽略的身份是主人公真正的失落，渴望被关心是我对他者发出的真诚的邀请，“想要成为荣耀的宾客，想坐在丰盛的饭菜前，但是我害怕。我想把自己与贫穷的身份定位在一起可以保证我的安全感”(p.144)。“我只想被人爱,我想被人告知我很美丽,我想被人看中,我想被人挑选出来认识到我个体的存在。我想要舒适和被人照顾。”(p.163)这些内心独白透露了主人公心理真实的矛盾。在内心世界里,充满着自我与他者的矛盾和冲突,在这个世界里,“我”是被忽视的,他者对“我”是不友好的。在人与人之间疏离的空间,“我”所做的只有反抗,通过发出自己的声音,表达“我”的存在以及自己需要关心和呵护的灵魂。

主人公不光行为与心理活动不相符,而且心理活动具有很大的偏差。主人公一方面渴望爱的表达,另一方面却是在堕落中逃避,“为了消磨时间,我跟自己玩投瓠子的游戏。我要看我可以跟多少对我有兴趣的男人吃免费餐”(p.45)。一方面怀着宏伟的拯救世界的计划,“我努力了解发生在这个星球上的一切,以拯救我的民族和这里的民族”(p.291);另一方面却认为自己没有任何抱负,“或许我并没有一种使命感。或许都是傻傻的梦幻”(p.234)。这是主人公内心苦闷挣扎但没有出路的绝望。

作品的内心独白是欲望不被满足的挫败,作品中的内心独白迫不及待地发出不被关注的埋怨。在内在意识中,自我与周围世界完全没有沟通和交流,只有误解和怀疑,而主体的突围通过对世界的怀疑和反叛来完成,可是这些反抗最终并没有给主人公出路,主人公堕落的外表下依旧是苦闷的内心,她依旧是“孤单地站立在满是碎玻璃的流放土地上的路人”(p.35),是“深夜还轻飘飘地踯躅在街头”(p.54)的灵魂。

4. 意识流中的幻想

作品中通过意识流的技巧,凸显内部的真实心理,着力突出主人公与周围人物的纠葛,从空间上来表达自己与他者的冲突,反映出主人公无所归依的身份。此外意识流的叙述还有历时的作用,即借助意识连绵不断的河流重新整合自己对过去、现在和未来的认识。正是在意识之流的连绵中,自我的身份得到了历史的黏合。让我们来看叙述者是如何将过去的历史与现在无根的身份与未来的幻想结合在一起的。

作品首先抛出一个现实中对身份迷惑的主体形象,这是“承受着文化冲突的痛苦”的我。“我独自在家的时候，我在想我可以给谁打电话，我可以做什么，我可以到哪里去……当我不能让生活的每一天前后相连，我怎样使生活变得有意义。我的存在中有一种我一直想治疗的不协调的感觉。”（p. 15）现实中自我身份的不协调，使主人公不得不把内心的视角转向了历史和幻想。主人公回忆起儿时与弟弟玩下棋的游戏，因为自己老是输棋，一气之下掀翻棋盘。因为弟弟“要玩我赢不了的游戏”（p. 22），而弟弟却说“我”很笨，因为是个女孩。游戏的失败是对现在无奈身份的影射，而掀棋盘又是自己不甘失败的反叛意识。而失败是因为自己是女孩的谬论又再一次被作者用来作为反叛的材料，因为“做一个女孩似乎跟不能赢游戏对等，然后被称为笨蛋一样。做一个女孩意味着你会被男人误述、误证以巩固他们的名誉”（p. 22）。这是不甘成为弱者的女性的宣言，她通过历史的回忆再一次嘲笑了藐视自己的他者。

作品中关于儿时的回忆是寻找自我身份的武器，而回忆中的中国是对历史最沉重的追寻。“我”必须有身份，有依托，既然在美国的城市里找不到，“我”开始到中国寻找我的中国之根。可是“我”依然失败，因为“中国对我来说是我失去自己的最终尝试”。“我”回中国教书，喜欢上一个中国男人，可是在中国看到的清一色的衣服，保守的作风，浓厚的意识形态，都是主人公无法认同的，而父母参与政治活动的狂热也被主人公嗤之以鼻。母亲尊重周恩来被她认为是因为周恩来长得比较帅气。在无情的批判中，中国也离她远去，成为陌生的国度，而她想写一部关于中国的书籍也被父亲认为是不可能的：“我父亲说，你了解中国多少？你觉得你可以写什么呢？”（pp. 178 – 179）

对历史追寻的失败使得自己在绝望中试着抛弃，抛弃中国就是抛弃自己的历史。“我渴望爱，我要抛弃中国，在这块土地上生存下来。”（p. 24）而没有历史的漂泊导致现在生活的更加艰难，英语不好听，可她也不想说汉语，她喜欢中国男人张，但“想到要拥抱他和他代表的中国性就又受不了”（p. 116），这是典型的中西文化空间夹缝处的矛盾心理。而抛弃中国的幻想实际仅仅是主人公的意气之语，因为作品中无数次提到中国和父母的中国情结，以及她曾到中国来教书，寻找自己骨子里的中国性，说明主人公依然在历史中找寻自己的记忆，也在似曾相识的感知中，体会到自己无法免除的中国之根。无法忘却也无法抛弃，追寻的失败导致目前自我身份的建构举步维艰。“我感觉自己的灵魂被偷走了。我感觉有人把它拿走了，留下空洞的躯壳。”（p. 207）现实中的主人公陷入了绝望和反叛中，主人公通过吸毒来面对唠叨的父母，通过挑战中国文化中的性禁忌，与无数男人发生性关系来麻醉自己，而文章最后主人公甚至到俱乐部跳艳舞来麻醉自己。可惜吸毒并没有带来真正的快乐，性也是过眼云烟，而跳艳舞更使她意识到这个世界里男人和女人赤裸裸的欲望。

既非中国人又非美国人的窘境，使既堕落又不甘堕落的主人公只有在幻想中追寻历史与现实的黏合，现实中的失落使主人公把目光投向内心世界的幻想中，“有时我幻想自己来到贫瘠的西西里岛，那里是古老被征服的人。他们孜孜不倦的努力，要弥合真实与虚幻，真理与谬误，高与低的缝隙”（p. 23）。现实中的不协调在通过幻想进行弥补，意识流的连绵不断恰到好处地给了主体缝合断裂的机会。

作品中大量运用自由联想、内心独白等意识流技巧，模仿心理活动的特点，对被外界忽略的自我进行了真实地刻画，为被遮蔽的主体进行言说。我们还该注意到，模仿无意识的书写并非等于无意识本身，断断续续的自由联想以及内心独白进入了文本之后，无意识中的欲望就被语言化了，它不再是无意识地带，而上升为了与语言象征符号共存的主体，此时，实在、想象与象征之我在无意识的言说中得到共存，实现了自我的主体建构，因为，“存在的真正居所不在别处，就在无意识中”①。

① Fontanille, Jacques. *Soma et Séma*. Figures du corps. Paris: Maisonneuve et Larose, 2004:22 - 23.

小　结

弗洛伊德的本我、自我、超我的划分帮助人们了解冰山下的自己。而存在符号学家塔拉斯蒂认为,“主体”一词的提法本身就包含了“对自己进行思考的我”和“被思考的我”,然后他着重描述了“被思考的我”的状态。此时,“被思考的我”分为“自我”(Moi)和“自身”(Soi),即“个人自我”和“社会他我”。“个人自我”来自于身体的律动,而“社会他我”来自于社会对我的定义。而主体要实现自我的超越,必须首先发出自己身体的声音,与此同时他要冲破社会他者的束缚,才能实现自由的状态。本章作品的主要内容是发出身体的声音,进行本我的言说。

根据丰塔尼耶的身体符号学,身体是符号体验的感觉运动支点。身体承载“自我”,也支持“自身”。因此身体有两个维度:作为能量的维度和作为延展的维度。①能量作为模态性,在我们之中形成并为我们出现,而延展在行动者—时间—空间的原则上或话语生成的原则基础上出现。因此身体言说自我内在的动能,是“能够”和“想要”的模态,是自我的姿态和语调,是子宫间的律动。此外,自我声音的发出要经过时间和空间层面或话语层面来实现。在新生代华裔小说的话语表述下,其内容是以来自身体的欲望来态表现的。

在刘绮芬的小说采用了日记式的自传书写。日记是关于自我真实的描述,通过这一文体排除了外在的干扰,逼迫读者来关注这一群被忽略的主体。那么主体的声音是什么呢?是欲望,是渴望温暖,渴望被人接受的愿望。

在刘绮芬的作品中,主人公“我”14岁,在父亲—母亲—女儿的三轴关系中,开始疏远母亲,走向父亲。此时父亲是家庭中的欲望对象,可是父亲的失业和对母亲的言听计从使自己的欲望受到

---

① Fontanille, Jacques. *Soma et Séma*. Figures du corps. Paris: Maisonneuve et Larose, 2004:24.

挫折,在女儿的心中,父亲是缺失的。而在街头的流浪生活中她接触了两种男人,一种是跟她有性关系的嫖客,一种是社会救助中心的心理医生。对亲身父亲的欲望缺失使她迫不及待地把社会其他男人置换成父亲去依恋,然而欲望反而使她成为被欲望的客体,只有理智的心理医生才给予她真正的关心,让她重新找到被社会容纳的自我。而走向主流,则悖论性地把自己的女性欲望给取消掉,只剩下无欲望的"人",《逃跑》的主人公最终仅仅从恋父的小女孩走向无欲望的社会象征秩序,她们从幻想的欲望符号走向的是无欲望的中性符号,而与男性相对的女性身份仍然还在缺失中。

于是在《新女郎》中,她把目光继续投向被主流驱逐的边缘女性身上,通过控诉男人来揭示女性的客体位置。在《另类女人》中,她仍然选择了主流不允许的"第三者",通过反叛象征婚姻的法律,描述与已婚男人的感情,来建构自己的主体,作品中弥漫的漂泊感是自己追寻主体地位的缘由。在《选择我》中,他再三表达对男性情人或丈夫性无能的厌恶,以及对身边男人的欲望想象。从小姑娘对父亲的依赖到成熟女性对欲望男性的追求,边缘女性的欲望书写得以完成。

而在刘恺悌的作品中,主体的欲望是潜意识的呓语,主人公任由自己的潜意识进行天马行空的想象。刘恺悌与刘绮芬一样,强调自己写的是自传体小说,以便让读者了解真实的自我,可是这个自我却仅仅是无意识中的本我欲望,主人公与朋友、父母、情人的纠葛告诉了读者,自己以外的一切人都是无法容忍自己的他者,而自己能做的就是顺从、反叛、麻醉、追寻。而从主人公的经历来看,与他者沟通的效果微乎其微,在一起只能是无数的误解,顺从只能导致自己的主体性进一步丧失,而追寻历史的痕迹在主人公眼里也是失败的举动。唯一剩下的是反叛、麻醉和幻想。反叛一切意识形态,从而使人发现自己的存在;麻醉可以使自己沉浸在短暂的快乐中,不去追寻永恒的意义。而这无数的行为都是主人公左冲右突的现在进行时,主人公依旧在漂泊。

我们可以把刘绮芬与刘恺悌的作品进行对照阅读,比如把刘恺悌与周围人的疏离看做刘绮芬逃跑的原因,而刘绮芬逃跑后在街头的流浪与刘恺悌四处突围的努力又何其相似，只是在小说最后刘绮芬通过摆脱父亲形象和书写欲望男性来建构自己的女性主体，而刘恺悌则仍然在不被主流认可的同性恋中、在吸毒和艳舞等身体刺激中寻找被压抑的无意识欲望。

在刘绮芬的作品中，主人公离家出走后，选择了卖淫、当第三者等，而刘恺悌作品里的主人公选择了吸毒、同性恋和跳艳舞等极端措施。她们为什么选择了这样的措施而不是其他？原来这些与性欲有关的经历，是无意识的“欢愉”在起作用。[①]在拉康的理论里，“欢愉”指无意识中的欲望享受。在主体走向象征秩序后，无意识欲望就被“阉割”了。而对于未能进入象征秩序的主体来说，无意识欲望则继续活跃，帮助主体在规则之外进行极度的体验，比如兴奋、激动、沉闷、痛苦等。一般人极力避免的极度体验却是无意识感到欢愉的享受。通过这种方式，无意识在压抑中所受的痛苦得到减缓和消解。此时我们可以明白为什么她们作品里的主人公都选择了与性和幻觉有关的活动来刺激，她们的无意识欲望通过“欢愉”的“转换”得到实现。而这一体验也使她们关注边缘，关注超越文化规则之外的欲望，并为之进行言说，从这一点来讲，边缘的体验使她们具备了后现代的文化颠覆意识。

刘绮芬和刘恺悌都声称自己的作品是自己“存在的方式”，的确如此。自我欲望通过话语层面进入语言系统，以保证被压抑的无意识进入到意识系统里进行言说。突出重围，寻找身份，是她们执着的努力。在她的笔下，主人公真正具有了生命力，主人公叛逃、闯荡、寻找，都来自对身体里内在自我的呵护和张扬。虽然在她们的书写中，主人公依然无所归依，但是，发出声音总归是突破自我的方式之一。她们的言说是被社会淹没的个体的身体言说，是突破社会他者，走向超越的第一步。

---

① 马云龙．雅克·拉康——语言维度中的精神分析．北京：东方出版社，2006：95．

第二章　历史回归中的自我反思

在日记和无意识的自我书写中，自我在幻想世界恢复了生命与活力，可是在现实中，她们依旧是两种文化之间的流散者、无家可归的灵魂。在"新生代"华裔女作家张岚(Lan Samantha Chang)和伍美琴(Mei Ng)的作品中，主人公开始走向中国文化，在寻根中进行身份建构。在张岚的短篇小说集《饥饿》(*Hunger: A Novella and Stories*)①中，华裔通过与代表中国文化的象征意象的接触，试图在精神原乡中实现身份的追寻。在长篇小说《遗产》(*Inheritance*)②中，主人公回到20世纪的中国，在历史中反思自我的解放。在伍美琴的长篇小说《裸体吃中餐》(*Eating Chinese Food Naked*)③中，主人公经过徘徊回到了充满矛盾的家庭，试图对家庭成员之间的冲突进行协商，实现自我解放的梦想。总之，作品中的边缘主体通过回归历史，反思自我，解放自我，在历史画卷中着力刻画着自我的痕迹。

第一节　象征中的原乡回归
——张岚小说研究(1)

对于生长在异域的华裔后代来说，中国是遥远的他处，可是无法融入新环境的苦闷，使她们不知不觉地想象父母曾经居住过的家乡。张岚的作品《饥饿》就集中表达了身处边缘的华裔主人公通

---

① Lan Samantha Chang. *Hunger*. New York: W. W. Norton & Company, 1998.

② Lan Samantha Chang. *Inheritance*. New York: W. W. Norton & Company, 2004.

③ Mei Ng. *Eating Chinese Food Naked*. New York: Scribner, 1998.

过象征性意象对中国文化的追寻，作品中的主人公左冲右突，企图消弭对于历史所产生的断裂感和对现实的虚无感。作品中运用的大量象征意象是作家本人与传统文化距离遥远的投射，而作品中主人公与传统文化相遇时擦出的火花又是主体追寻原乡的痕迹。

1. 触摸原乡的历程

作家张岚于 1965 年出生于美国威斯康星州（Wisconsin）的阿普尔顿（Appleton），父母在二战期间为逃避战火来到美国。张岚中学毕业后，进耶鲁大学攻读东亚研究专业，并获哈佛大学公共管理硕士学位，后又进入爱荷华大学（Iowa University）继续深造，获得艺术硕士学位。张岚从小酷爱文学，28 岁就开始在《大西洋月刊》（*Atlantic Monthly*）、《犁铧》（*Ploughshares*）等杂志上发表作品，其作品还被收入 1994 和 1996 年度《美国最佳短篇小说选》（*Best American Short Stories*）里。张岚毕业后曾先后在斯坦福大学、沃伦·威尔逊学院（Warren Wilson College）、哈佛大学教授创作。2005 年，张岚被任命为爱荷华大学作家工作室（University of Iowa's Writers' Workshop）主任，从而成为这个享誉美国的作家工作室成立七十年以来担任这一职务的第一位亚裔女作家。

作者的文学天赋加上华裔家庭出身，成就了她一次次走向原乡的精神之旅。作者的成名作——小说集《饥饿》由中篇小说“饥饿”和其他五个短篇小说组成，包括《饥饿》（*Hunger*）、《伞》（*San*）、《以水为名》（*Water Names*）、《难忘》（*The Unforgetting*）、《鬼节夜》（*The Eve of the Spirit Festival*）、《琵琶的故事》（*Pipa's Stories*）。

中篇小说《饥饿》描写移居美国的华人小提琴手田（Tian）在美国苦苦奋斗，想成为令人瞩目的小提琴手，却未能实现梦想，连在学校做助教的资格也被取消。于是他把自己的未竟之志强加给女儿露丝（Ruth）和安拉（Anna）。露丝不负期望获奖，可是她想在田从前的上司那里工作，这一点成为她与田冲突的导火线，露丝忍无可忍，离家出走。女儿安拉则因放弃弹琴被父亲忽略，妻子明（Ming）也因为田的事业忍受着被忽视的命运。田后来中风死亡，露丝回家探望后继续流浪，安拉读了博士，母亲得了癌症，故事在母亲对过去的回忆中结束。

小说《以水为名》讲述了几姐妹在夏日的傍晚依偎在外婆身边，听外婆讲述长江的神话。神话里渔夫文之清（Wen Zhiqing）的女儿不顾父母劝说，梦想水里有白马王子，在暴雨中跑到河边去，想与梦中的白马王子约会，却再也没有回来。孩子们听着神话，却看着身边干硬的土地，茫然不解。

小说《伞》叙述了父亲为了富裕去赌博，倾家荡产，最终在女儿生日那天给女儿买了伞后自杀的故事。在小说中，主人公的数学很差，父亲经常给她补课，还用色子教她如何学乘法，而女儿不明白父亲的色子为什么并不仅仅是算术的工具。以至于后来女儿虽然数学成绩很好，却很恨这门课，她不明白为什么简单的数字后面会含有那么多生活的辛酸。

小说《难忘》叙述了华裔家庭明（Ming）一家在美国打拼时，如何面对中国传统文化这一无法抹去的记忆。他们在移民生活中慢慢忘却中国的文化，妻子三三（Sansan）学会做西餐让明带到办公室，明也不愿意别人问他关于中国的事情，而自己带来的瓷碗和书籍也已经放到了地下室和书架上。为了儿子查尔斯（Charles）的英语发音，他们尽量少说汉语，多看英语电视节目。可是儿子让他们记起了中国：成绩优异的儿子决定去不知名的外地学院读书而放弃最近的爱荷华大学时，他们感觉到儿子对自己不尊重，不像传统中儿子对父辈的态度。而儿子用伤感的语气说希望他们为他的选择高兴时，他才感觉到了儿子还是自己的儿子，那种悲伤是一致的。

小说《鬼节夜》讲述了另一个华裔家庭冲突的故事，母亲因病去世，大女儿艾米莉（Emily）责怪父亲不愿意用西医治疗而导致了母亲的死亡，对父亲耿耿于怀，不断与父亲争吵，18岁后出走，直到父亲去世后才回来。而小女儿克劳地亚（Claudia）则一直守在父亲身边，在鬼节夜里，艾米莉会看见父亲不散的灵魂。

小说《琵琶的故事》中，琵琶（Pipa）的母亲是一个整天念念有词，不停地熬中药的神秘巫婆形象，琵琶不想生活在母亲的阴影里，想远离母亲，到他乡生活。临走前母亲给她梳头念咒语，还给了她一块石头，叫她到名叫“文”（Wen）的人那里去上班，还要她把石头埋在那人屋中心。她不信，认为文很好，可好友梅兰（Meilan）被文打跑了，她有点相信母亲的话，后来还梦见了母亲。半夜军队打过来，琵琶逃到台湾。后来她听说母亲和文都被枪毙了，自己成长的生活在战火中被分成了两半，一切都已成为过去。作品中念咒语熬药的母亲，缭绕的中药味道，以及镇心石等，在主人公似懂非懂的认知中，成为萦绕不去的纠葛。母亲行为的正确给了女儿反叛的绝望，而最后文和母亲被判死刑，又带给了主人公无奈的结局，远离故土后被割断文化血脉的自我，获得的只有缺憾和无奈。

作品中出现大量的象征性意象，使文本弥漫着淡淡的哀愁和遥远的乡愁，此书出版后好评如潮，评者赞扬作品，“时而闪耀出想象之花”。“如中国的水粉画：精致、自如、宁静。”作品获得一系列荣誉，如“加利福尼亚图书银奖”、“洛杉矶时报图书奖”、美国“湾区图书奖”等。

2. 在象征中想象原乡

作品中的华裔主人公被割断了文化的血脉，她们的身份焦虑通过家庭冲突得到呈现，又通过象征式的原乡追寻去缓解。“象征”（symbol）一词，最早来自希腊语“symbolon”，指“一块木板或陶片分成两半，双方各执其一作为再次相见的凭证和保持友好的信物”。对于华裔个体来说，“象征”是手执“一分为二的木板或陶片”来追寻“联系和友好”的理想追寻。作品本身也如失散的木板或陶片，主人带着具有缺憾意味的信物，在茫茫世界中追寻原乡的痕迹。

在小说《以水为名》中，传统文化象征在主人公眼里是神秘、权威的，成为华裔个体追寻原乡的起点。小说讲述年幼的外孙女依偎在外婆身边，听外婆讲述关于长江的神话。第一则神话里，长江倾泻而下的气势和与洪水抗争的祖先暗示了对祖先的崇敬，这一崇敬最终化作对后代的嘱托：“我们必须尊敬长江。”（p. 106）另一则神话从反面阐述了不尊重长江的教训。神话里渔夫文之清的女儿不顾父母劝说，梦想河里有白马王子，在暴雨中跑到河边会梦中的白马王子,却再也没有回来。故事中关于长江的神话是中华民族文化的镜子,是关于自我身份归属的文化象征,因为水是人类生存的基础,带着生存家园的痕迹。长江神话则是中华民族关于生存空间的文学化表达,神话的再叙述又是为了加强自我在时间和空间上的重新定位。作品中关于外婆言传身教的叙述,就是族群成员通过相互影响来归依群体的象征隐喻。

神话由外婆的外婆讲述流传而来,显得神圣而且权威,只是年少的孩子缺乏感性的体验,她们与神圣的历史相遇的结果是漠然与懵懂,个体与传统文化的隔膜和冲突由此展开。在主叙述层里,外婆的语重心长带来的是外孙女天真的嬉笑以及茫然,她们对文的女儿更好奇:“我们苦思冥想:文之清的女儿长得啥样? 多大年纪? 为什么没有人记得她的名字?”(p. 109)还把故事中的水与现实中的土地相对比,怀疑自己不是水的女儿。在次叙述层中,渔夫文也遭遇了与外婆一样的窘境,女儿不明白水的危险,为幻想中的白马王子丢了性命。外婆运用神话来教育后代与文之清的女儿追随幻想来反抗长辈形成极大的反差。神话是族群历史的延续,幻想是自我成长的乐园,前者本是无数后者的积累,可是在作品中两者却无法沟通。神话中的女儿在幻想中落水而亡,而讲述神话的外婆启迪无果,体现出了自我与历史的双重矛盾:延续集体记忆的困惑和追寻自我自由的困惑。对于在异域长大的华裔个体来说接受长辈的故事是艰难的,因为呈现在眼前的并非长江。不过故事还是给了历史一块空间,外孙女围在外婆身边听故事的好奇和对外婆的敬畏就是一个证明,况且文之清的女儿反叛的教训存在于外婆的叙述中,它已经成为了过去。

作品以夏日黄昏的小院为背景,以外婆的故事为主题,营造了凉爽而又悠远的时空。作品中外婆不动声色的表情,红灯一般闪烁的烟头,以及对外孙女的问题一言不发地离开显示出她的神秘和权威。外孙女们的相互打闹,对外婆的讲述答非所问的理解以及对故事的困惑体现出孩童的天真和懵懂。在神秘与天真的背后,是中立的叙述,它暗示了叙述者对两者都给予了理解。此时,故事里长江的气势、渔夫的教诲、女儿的浪漫,和故事外外婆的神秘、外孙女的天真都显示出诗意的超脱，无形中缓和了两者的冲突。作品的结尾，“不知不觉中，星星已经爬上来了，亮晶晶地布满了天，眼睛一眨一眨地望着我们，望着卧室里的外婆，望着我们的家，望着我们生活的小城，望着周围方圆几里的草地，望着这片干硬如骨的土地”（p. 109），纵然水已成山，凝望的星星带来的美丽却是永远的回忆。

3. 在象征中呼唤原乡

文化象征在《以水为名》中是美丽而又神秘的，它对身在异乡的主人公心灵进行着滋润，并具有吸引力。在小说《饥饿》、《伞》和《难忘》中，文化象征则与主人公一起参与到现实生活中。现实的缺憾，一方面意味着象征意义的散失，另一方面也坚定了主人公呼唤原乡的决心。

小说《饥饿》中，作品以妻子明的第一人称视角旁观田与女儿的冲突，写实占的分量很重，现实悲剧成为作品的主要格调。与此同时，主人公的生活磨难时不时地与文化象征挂上钩来，使文化象征参与到了人间的悲剧写实中。

主人公明的母亲关于“缘分”的解释成为个人命运的预言式象征。母亲认为缘分是“命运安排给你的爱情”（p. 7），天作之合预示着婚姻的幸福和浪漫，可作品中明为了与田的缘分，付出一生，却未能得到缘分背后的“幸福”。小说中还有另一处象征——音叉。田表演后发现自己大衣里有一根音叉，当时并未在意，以为是自己什么时候放进去的，而后来演出时却被同事辨认出是她曾丢失的那根音叉，这无疑为田后来被同事排挤出局作了铺垫。婚姻和事业的挫折使得家庭弥漫着失落寂寥的气氛，房子里仿佛出现了一个洞，“像一张巨大的嘴，吸收了爱的话语和丢失的物品”（p. 50）。在女儿露丝出走后，“我”回忆起家里曾经被小偷光顾过的场景：“家里没有翻动的痕迹，只有窗户上的洞提示了小偷的存在，逐渐发现器物丢失后，母亲只有无助地哭泣，当时父亲已经病倒，母亲和我面临着更艰难的困境。”（p. 80）被盗和露丝出走后空洞的家是物质与精神的双重失去，象征把失落和痛苦含蓄而又形象地呈现出来。作品中“缘分”对婚姻的解释与母亲受到的冷落对应,意外得到的音叉与田事业的挫折对应,房里的洞与缺爱的家庭对应,家里被盗的痕迹与露丝的出走对应,文化象征与现实的结合带来的是对现实更加的失望,现实的残酷与象征的预测使得象征与现实一样显示出悲剧的气息来。

象征作为无奈现实的悲剧阐释,在小说《伞》中也体现得淋漓尽致。作品叙述父亲为了尽快致富去赌博,结果倾家荡产。他在给女儿买了伞作为生日礼物后,一去不归。作品中的伞在中国传统文化中具有独特的意义。《通俗文》曰:“张帛避雨,谓之伞盖。”伞遮风避雨的自然属性给人们带来了舒适感和安全感,而它的外形与早期人类的房屋建筑又很相似,这些属性衍生为人们对家园的思念和依赖的心理条件,使伞具有象征家园的文化意义,可是作品却在时时颠覆这一层意义。作品中父亲迷上赌博,家里的家具一件件地少去,给家里带来越来越重的危机感。可女儿生日那天,父亲偏偏买了伞作为生日礼物,此时伞的庇护意义已经受到了怀疑和讽刺;第二天父亲打着女儿的花伞出门,“伞上面象征福气的大红花显得格外的刺眼”(p. 110)。父亲打着花伞一去不返,使家的庇护随着父亲的离开成为了永远的空缺。作品标题用了汉语“伞”的拼音“San”,与“散”谐音,悄悄把伞的文化意义转化为“分离”,是家庭破碎的象征。作品以女儿的视角来旁观周围的世界,父亲赌博带来的伤害在女儿天真的眼里显得更令人心痛,算术与赌博不解的秘密,家具的逐渐少去,母亲奇怪的言辞,让女儿在惶惑中感知生活的悲剧。

在小说《难忘》中,文化象征在主人公的努力中似乎被逐渐地淡化,它成为主人公想要遗忘的回忆,可是西化的生活方式却无法改变主人公与原乡联结的纽带,对其叙述本身就暗含着对中国文化遗忘的不自愿,儿子查尔斯的挑战终于引发出他们的乡愁。不可抹杀的集体记忆在两代人身上起着同样的作用,企图忘记与逃离实际是在诉说“难忘”的原乡情怀,束之高阁的瓷碗和书本、妻子气愤时脱口而出的汉语和明在争吵中打碎的中国瓷器,都是主人公永远的心结。

作品中明和三三的儿子查尔斯则是华裔在异域创造的象征形

象。儿子在陌生世界内向的性格和顽强的拼搏以及骨子里的自卑是很多中国 ABC 或 CBC 的命运缩影，他们承载着对传统文化的矛盾情结，与父母和传统互为他者，只有“忘却”传统带来的悲伤把两辈人联系起来，那是面对不可抹杀的集体记忆时深深的失落。

小说通过传统的文化象征呼唤着理想原乡，此时，原乡的定义是安稳幸福之家，以及超脱诗意之家。作品《难忘》中叔父和明的形象对照更加深了对家的思考。不修边幅的叔父热爱书法艺术，却不能维持生活，靠兄妹养活，最后还是落难死去。对艺术追求的执著与现实中的潦倒是诗性坠落的真实写生，而明放弃古典书籍，学习影印机操作，却给他带来另一种失落，那是心底根深蒂固的诗性在呼唤。小说中这两人的形象实际是主体的两个侧面，一是追求超越的灵魂之所，一是追求现实的血肉之躯，两者通过不同的人物形象得到表征，实为主体精神分裂的写照。在艰辛拼搏中，精神与物质的不可兼得成为主人公永久的矛盾，分裂中难忘的文化记忆成就了原乡追寻的冲动。

4. 在象征中认同原乡

如果说文化象征在以上作品中从神圣的祭坛走入无奈的寻常百姓家，那么在小说《鬼节夜》和《琵琶的故事》中，文化象征则化作了无法摆脱的鬼魅。而主人公的态度则是暧昧的反叛以及反叛后的理解。

小说《鬼节夜》中，中医和鬼节成为萦绕人心的不安因子。“中医”是古代中国人长期与疾病斗争经验的总结，是中国独特的传统文化象征，可是在作品中中医并没能治好母亲的病，这意味着传统文化在新环境中的无能为力，不过它又通过“鬼节”这一传统的祭祀仪式显示出威信来。“鬼节”本是中国传统文化中每年农历七月十五日对死去的亲人进行祭奠的仪式，仪式也是一种象征，仪式的共同行动把同一族群联系成一个集体。而艾米莉对“孝”的挑战，使得守灵让女儿更加惊恐。对传统文化象征义无反顾的反抗和抛弃后要承受的却是对传统更加的畏惧和愧疚。艾米莉在鬼节夜里看到了父亲的鬼魂，是对反叛潜在的遣责，艾米莉的恐惧证明了传统文化带给人们无法抛弃的痕迹，艾米莉在鬼节夜对“爸爸”

的呼喊显示出暧昧的妥协来。鬼节是传统文化给人们带来的梦魇，给人留下难忘的痕迹。

与此同时，作品中的妹妹克劳地亚则是为姐姐赎罪的形象。克劳地亚善良懂事，艾米莉出走后她一直待在父亲的身边，还劝姐姐回家看望父亲，而对父亲的理解和关心也使她能坦然面对鬼节夜。从两姐妹的不同态度和结局可以看出个体对文化象征反叛和拒绝似乎并不是明智的作法，过滤掉文化象征后的亲情，才是真正应该珍惜的。作品采用乖巧的妹妹克劳地亚的叙述视角，对父亲的后悔和姐姐的反叛进行单纯的旁观，同时也寄托着对父亲的同情和对姐姐反叛的温和谴责。

作品中，中医是矛盾的缘起，鬼节夜是矛盾的结束，传统的文化象征起着不可理解却又神秘操纵的作用，主人公逃不掉它的影响。在另一篇小说《琵琶的故事》中，缭绕的中药味道、念念有词的母亲也给人带来紧张和恐惧。神秘的中药和母亲成为女儿逃离的理由，而母亲的正确却给了女儿反叛的终结，梦见母亲则是女儿理解之后对亲情的认可。

面对不可回避的传统文化，华裔对其的态度犹如儿女对自己的父母，是剪不断理还乱的情怀。现实矛盾引发的身份焦虑在与文化象征接触的一瞬间，找到了温暖的怀抱，又在那一刻开始了无休止的埋怨和倾诉。反叛的背后是任性的撒娇和无条件的依赖，或许反叛仅仅是为了父母理解自己，使自己的压抑获得宣泄。在理解的一瞬间，华裔认同了中国这个原乡。

作品中大量运用传统中国文化象征，如鬼节、中医、中药、“缘分”、伞等。它们属于“公用式固定象征”，是通过长期文化积累，进行二度规约之后的“所指优先”象征。①此时，其“文化”所指成为了华裔个体触摸历史的唯一痕迹，成为族群对自我识别认同的信物。可是，透过文化象征来回归历史只会是残缺不全的，并且在异域空间中触摸历史，又导致了文化象征在移植过程中受到抵触。难怪文化象征与主人公之间形成永恒的纠结，它是主人公追寻原

---

① 赵毅衡. 文学符号学. 北京：中国文联出版社，1990：183.

乡曲折历程的写照。

作品以文化象征为主要对象，有其精神治疗和审美超越的深意。“象征的意义都依据于它自身的在场，而且是通过其所展示或表述的东西的立场才获得其再现性功能。”①作品通过在场的文化象征意象表达无意识中自我追寻的乌托邦之梦。“生活在无意义和无价值世界的人们……需要象征的灌溉……这个象征的宝库在我们自己身上。”②诉诸象征、追寻意义，成为处于边缘空间的华裔的诗性追求。

并且，主人公的原乡之梦并非代表着要回到现实中的中国，而是对自身存在的审美超越。其对原乡的怀念和追寻“是身份神话的一种形式，也是借以寄寓悲剧感的一种表达框架、一种审美形态，在此种框架和形态中，悲剧感或悲剧式的处理也未必是他们海外生活成功与否的直接写照，毋宁说，它是前述现代史上整个中国移民问题作为文化失落、失根的后果这一点的情感化投影和审美性升华”③。

作品中随处可见的文化象征冲击着人们的灵魂，也升华着人们的乡愁。这正是作者运用象征的良苦之处，它体现了作者对跨文化语境冲突的人性关注。作者坦言自己曾受犹太作家伯纳德·马拉默德（Bernard Malamud，1914 –　）早期作品中蕴涵的悲哀、博爱、冷酷和寓意的影响。④正因如此，“作品既触及华裔社群的切肤体验，又从中发掘出普遍人性的关怀”⑤。从这个角度讲，小说集《饥饿》确实“开创了卓越新时代”⑥。

---

① （德）伽达默尔. 真理与方法. 黄颂杰等译. 上海：上海译文出版社，1992：93.

② （美）安东尼·史蒂文斯. 人类梦史. 杨晋译. 海口：海南出版社，2002：185.

③ 钱超英. 流散文学与身份研究——兼论海外华人华文文学阐释空间的拓展. 中国比较文学，2006(2)：77——89.

④ An Interview with Lan Samantha Chang. http://us.penguingroup.com/static/rguides/us/hunger.html, Mar 19, 2003.

⑤ Jennifer Howard. Review of *Hunger*. *Washington Post Book World*, 2000(10).

⑥ Michael Kress. Interview with Chang. *Publishers Weekly*. 1998(51).

第二节　历史回归中的自我反思
——张岚小说研究(2)

在《饥饿》出版之后,张岚马不停蹄地开始了长篇小说《遗产》的构思。这部小说历时7年终于完成,写作期间张岚还亲自到中国进行实地考察,足见她对作品历史背景的重视程度。小说讲述姐姐如男(Junan)和妹妹易男(Yinan)相依为命,可是妹妹易男与姐夫李昂(Li Ang)出轨,最终导致两姐妹反目成仇。

故事开始于20世纪20年代的中国,红(Hong)的外祖母婵伊(Chanyi)因未生育儿子,未能阻止丈夫娶妾,于是跳湖自尽。外祖父则不求上进,贪恋赌博,为了还赌债把女儿如男嫁给赌友国民党军官李昂。婚后如男为了牵制远在重庆的丈夫,把妹妹易男送到他身边,名义上是照顾,暗地里是牵制。李昂与易男日久生情,发生了肌肤之亲,易男还有了身孕。妹妹与丈夫的背叛让如男无法容忍,在新中国成立前,她坚决反对带易男跟自己和已是国民党将军的李昂一起迁往台湾,最终如男带女儿红和华(Hwa)赴台,李昂则选择留在大陆与易男在一起。之后红与妹妹华先后在美国求学工作,母亲也来到美国。可是红思念大陆的父亲和姨妈,就瞒着母亲回大陆探亲。原来,父亲和姨妈生活得很不容易,他的国民党身份使得他坐牢,妻儿都受牵连,现在他们已经是饱经风霜了。不过岁月并没有改变他们对如男的思念,他们都希望如男原谅自己。回美国后,红向母亲讲述了父亲和姨妈的愿望,却招来母亲的斥责。为了完成病入膏肓的易男的心愿,李昂又亲自到美国来请求如男原谅,可是也被拒绝。易男和如男先后含恨去世,只留下红在人群中沉浸于对往事的回忆。

作者试图对整个20世纪的中国进行真实的描述,而融入其中的主人公是四处流散的华裔,张岚试图通过流散者的视角来还原自己从未经历过的父辈历史。通过作品《遗产》,流散主人公回到中国,开始了栖身其中的历史之旅,同时她又尝试着超越历史,建构自我的主体地位。因此在历史这个大舞台上,"自我"是关键词，回归和反思历史的目的是发现自我、反思自我。

1. *在历史回归中寻找自我*

故事历时70年，地点由大陆延伸至台湾以及美国，记录了如男一家的流散经历，而作品中对中国20世纪的历史大事，如抗日战争、国共战争、“文化大革命”等都有所记载，叙述者对主人公的家世进行了孜孜不倦的还原。对于主人公红来说，“我的家世像一块石头，我经常琢磨它的真实维度，重量以及形状。很多年以前它被投进深深的水面，一阵风吹过，只留下圈圈涟漪”（p.13）。在叙述者红的回忆中，华裔回到中国历史，回到自己的过去。我们可以从涟漪的荡漾中感受到“真实”的中国历史之河。我们来看作品中主人公的历史记录：

1. 在服役期间，正是国民党的抗日战争，新闻头条是蒋介石急需钱物等供给。（p.118）

——“新闻头条”代表着事件的真实性，蒋介石的名字也是那个时代的标记，暗示了当时社会抗日的主要局势，故事极具真实性。

2. 1941年12月，敌人袭击了美国。英国失败了，新加坡陷落了，日本侵略了缅甸。我父亲的那一支队伍被派到美国将军约瑟夫·史迪威（Joseph Stilwell）手下……日本投降了，他晋升为将军，1948年又接到命令，暂时转移到台湾。（p.213）

——父亲参与美国将军约瑟夫·史迪威的部队联盟，是当时局势的“真实”写照，是个体参与历史的真实记录。

3. “我”在图书馆查询的资料：

李昂（1909—1949）

浙江杭州/1926步兵/1928少尉/1931结婚/1932中尉/1936加入国民党/1936上尉/1937警官/1942上校/1945少将/1949被抓或者死亡（p.309）

——“图书馆的资料”意味着李昂是真实地存在于历史之中的个体，可是当时还在世的他却被记录成了“被抓或者死亡”，暗示了历史记录的“不可靠”，以及在意识形态中“个体”

的无足轻重。

作品里关于抗日战争以及国共战争的记录都来自主人公红的亲身经历，而当时的历史重要人物如蒋介石、孙立人等的出现使作品极具真实感。那么这是否是一部华裔家史写实呢？并不是。根据作者在《遗产》扉页上的自述，“尽管故事中涉及一些历史政治人物，不过小说中的主人公纯属虚构”。作者并未亲身经历这些故事，它们也并非其父母的经历，作者关于中国文化历史的了解大多来自书本和实地考察，作品中对人物的刻画全属想象，原来作者试图在似真的历史语境中还原华裔流散主体在历史中的位置，因为过去无法回避，人是历史中的人。

在作品的叙述中，作者采用了过去的“我”的所见所闻与现在的“我”的回忆的混合叙述技巧，在儿时红的视角中，一切都显得不可捉摸，从单纯的视角来看复杂的社会变化，使乱世事端在主人公眼里显得格外不可捉摸。而凡是遇到感情的描述，则又转换为成年红的回忆视角，对当事人的情感进行诠释和理解。比如：

儿时红的视角：

1. 我从窗子上看见胡牡丹来了。我看她爬楼梯，疲惫但坚定的步子。她偶尔停下来看看房子，她的脸遮在帽子下，无法琢磨。她进来了。我离开房间，赶紧跑到门口。看见母亲和妹妹，我很高兴。可是母亲站在那像瓷器花瓶——高高的身子，修长的手，生动的笑容——一切都在她的控制之中。（p. 170）

——在幼小的红的眼里，长辈胡牡丹的情绪“无法琢磨”，母亲站立的姿势是“瓷器花瓶”，她们的表现与孩子“看到母亲和姐姐”时的高兴形成极大的反差。体现出孩子对于母亲的愤怒和牡丹的复杂情感的不可感知。

2. 你去控制他……感冒了……我成为一个人了……他被上司派遣走了……将军……现在我的母亲怕阿姨，怎么会这样？（P. 187）

——红在内心复述易男跟母亲说的话。这些话在孩子的记忆里重复，说明它们给母亲带来极大的心理冲击，可是在最后，主人公以"怎么会这样"结束了对长辈恩怨的猜测。毕竟恩怨在孩童眼里是不可理解的，或许也真不用去计较。叙述者天真的想法让父辈的恩怨在孩童的关注下成为可有可无的纠葛，这是对他们恩怨潜在的批评。

成年红的视角：

1. 我不记得我的母亲有多担心我的父亲……我也不记得我的外祖父，在圣诞节前夜，他没回来，原来他在卖棉花的时候因嫌日本士兵给的价钱太低而拒绝卖，结果被日本人杀死了，人头被挂在城门上。(p. 92)

——"我不记得"的故事却出现在主人公的叙述里，这是叙述者在叙述主人公当时不知情的情节的策略，即用了现在的"我"的回忆视角来表达当时的情景，对日本侵略中国的惨景进行了愤懑的描述。

2. 我开始向往过去的踪迹。我试着保持镇静，让过去浮上来。它们在我一切自我的背后，是我的另一个故事，在我的生活之下发着光。经过一段时间以后，我发现这些元素不断逸散出来，整个世界在我的记忆深处闪着光。深夜，会浮现出轮廓，最开始比较模糊，后来逐渐清晰、丰富，直到融合多年岁月的图画浮现出来。就像湖底的世界，仅仅在一些日子能看见，但它一直存在着。我在美国的生活越稳固，记忆就越生动、有力、珍贵。(p. 286)

——对于成年的红来说，过去是无法绕过的自我，是"我的另一个故事"，只有回到历史，自己的灵魂才不会无所归依。这是华裔通过对历史的回归寻找精神家园。

中国20世纪的历史，通过主人公的视角得到呈现。重写历史，一方面使历史与自己的经历结合起来，真实感人，另一方面也体现出对处于历史中的自我的重视。在主人公的感知中，宏大的历史不再宏大，而化成了自我存在的寓所，从此关于历史的故事就是关于自我的故事，自我在历史反思中建构着自己的主体。

作者采用历史叙述并非偶然。张岚的家庭教育使她与中国历史断裂而产生了强烈的失落感。张岚的父母为了让她融入当地的生活，尽量回避中国故事，使得张岚感觉家里似乎出现了历史的"空洞"，从而对中国更为好奇。"很多年以来，我们家小心翼翼默默地绕开这个洞，我明白过去是他们不惜一切代价要回避的。可是，我渴望了解更多，因为这是我了解我最爱的人——父母的唯一线索。"①父母对中国历史的缄口不言，与华裔在主流文化中的边缘位置一对照，更增添了作者要回到中国历史的决心。

处于文化中空中的压抑和焦虑，使华裔个体急切地想要回归遥远的中国，在历史的坐标中重新寻找位置，建构身份。因为历史本身就是一个宏大的文化宝库，是储藏自我的栖息之所。因为"人没有本性，他所有的只是……历史"②，"人性的存在寓于历史性中"③。叙述对于个人建构具有极其重要的作用，拥有共同的历史经验和共有的文化符码是共有的集体自我，隐藏在族群集体中的自我获得了文化之家的安全和庇护。④而主人公对历史的回归则说明个体希望回到集体自我中获得安全感，这是对华裔没有稳定身份的焦虑感的缓解策略。

2. *在历史反思中建构自我*

而与此同时，对历史的叙述本身却并非为了跟随历史重新经历，因为个体的文化身份不是永恒不变的，它是动态变化的身份建构过程。通过叙述历史，是为了建构"真正的现在的我们"，而"过去"始终都是一种"想象"，它无法确保我们正确地定义"真正的现在"。⑤所以在回顾历史之后，叙述者开始反思在宏大历史中个体

---

① "An Interview with Lan Samantha Chang, Mar 19, 2003". Ibid.

② (西班牙)奥特伽·伽塞特. 历史是一个体系. 历史的话语. 桂林：广西师范大学出版社，2002：434.

③ (匈)阿格尼丝·赫勒. 日常生活. 衣俊卿译. 重庆：重庆出版社，1990：32.

④ 参见斯图亚特·霍尔. 文化身份与族裔散居. 罗刚，刘象愚. 文化研究读本. 北京：中国社会科学出版社，2002：209——223.

⑤ 参见斯图亚特·霍尔. 文化身份与族裔散居. 罗刚，刘象愚. 文化研究读本. 北京：中国社会科学出版社，2002：209——223.

的命运,通过重叙历史,个体对历史的反思也开始进行。

作品以主人公红的所见所闻,揭示了20世纪中国的社会变迁,而个人对历史的关注,是为了在历史维度中揭示出个人的无奈以及反思。故事以婵伊在杭州雷峰塔寺庙里算命为开端,让主人公悄然出场,寺庙里的沉寂,婵伊沉重的心事,让人喘不过气来,反映出社会对个人的强烈束缚。

作品中每个角色都在历史文化的影响下进行着选择。跳湖自尽的外祖母婵伊就是深受传统文化歧视的影响,不能自拔。她在雷峰塔寺庙里与尼姑的对话可以看出她无奈的宿命感,而尼姑的斩钉截铁则是陈腐文化规则对个体的深重束缚。

> "自从生了易男后,这么多年我一直都没怀上孩子。我曾经尝试了各种办法,就差没有找医生拿药了。"她停下来,深深吸了口气,"我不再年轻了,过了年我就三十五了,不过其他像我这么大的人都还在生孩子,我想你告诉我——我是否还能生个儿子。""恐怕你的丈夫要另娶了。"尼姑一字一句地说,每一个干瘪的词就像医生的手在触摸伤口。"不过有一个原因你要知道,更重要的原因。"婵伊闭上了双眼。"你有病,从你的嘴角可以看出来,你晚上失眠。你无法入睡是因为你想知道发生了什么事情。让我来告诉你吧,了解这些是无用的,你明白吗?"她的话像风中飘落的枯叶。语气中有一丝冷漠,没有回声也没有重量,如男知道这种冷漠的语气表示她说的是真话。(p.8)

尼姑的冷漠和坚定与外祖母的惶惑和无奈形成鲜明的对比,尼姑"诅咒"式的话语代表了不公正文化对人的强烈束缚,最终把婵伊逼上了自杀的道路。在易男收集的婵伊的诗歌中,也可看出婵伊在历史长河中的无奈,"她把它攥在冷冷的/苍白的手心/水的墓碑/水的坟墓/悄然地落在梦之湖"(p.306),在历史之河中隐藏着冷冷的坟墓,扼杀着人的欲望之梦。对于不堪文化规则重负的女性来说,死亡是唯一的选择。

那么这个时代对于李昂来说又意味着怎样的命运？10 岁就成孤儿的他，毫无选择地卷进社会的洪流之中。李昂在一次日本军队的袭击中救了当时还是下士的孙立人，自己则被弹片划伤。为了感谢李昂，孙帮助他进了军校，从此他开始了军队生涯。李昂的荣耀来自政治运动中的表现，这是他走向未来的第一步，从此他的生活与政治紧密联系在一起，这里有荣耀，也有耻辱。比如他执勤时抓捕的地下党员竟然是自己的弟弟，使弟弟得以脱险，可是在解放战争时，他的国民党将军的身份却成了他被捕的缘由，还要靠弟弟来救赎。而新中国成立后一系列的政治运动让他蹲监狱，妻子、儿子也受到牵连。李昂是被社会生活操控的无奈个体。

也正是在不可控制的历史沉浮中，李昂逐渐对自我进行反思。在最初因救孙立人而上军校的荣耀来临时，他感到自豪的同时也感到一丝忧虑："对于李昂来说，伤口是他引以为豪的符号。表示他将迈向荣耀的未来。而与此同时，他又对自己的身体感到迷惑。它还属于他吗？或者它已经与他分离，如同电影里闪烁的人像？带斑痕的肩膀真的处于下士和敌人之间了吗？它真的要以伤疤来标明吗？或许它和爱存在于他看不见的地方，似乎一切都没有发生？"（p. 27）社会洪流中留下的伤疤似乎使他把自己忘记了，这是对生命本身朦胧的反思。在他从台湾回大陆的飞机上，看到第八军团聚集在长江岸边，他更感觉到了命运不可把握的迷茫。"假如自己还在乡下待着，会不会加入国民党呢？或许会待在长江北岸，等待过江，征服城市和乡村。"（pp. 226 – 227）后来当他决定留在大陆与所爱的易男一生相守时，他对自己开始了真正的思索："我不是真正的国民党——我从来不是。我仅仅是一个男人。我是一个中国人，我要与中国一起承受一切苦难。"（p. 255）在危难之时他选择了与自己的爱人同生共死，这是爱的力量，他超越了政治意识形态，也超越了对命运的恐惧。

那么故事的主人公如男和易男在乱世中如何对待自己的命运？如男是那个年代的典型女性，她"读孔子的书，这是关于家庭中的严格等级服从规定：妻子对丈夫服从，女儿对父亲服从，年幼对年长服从。根据这些律法，她对易男负责，而易男则必须服从她”(p. 17)。这些孔孟之道成为她无法原谅和宽容的罪魁祸首，她是受封建道德约束的傀儡。

如男跟李昂并没有感情，可是她还是答应了父亲的安排，而结婚后她更感觉李昂与自己不能分开。在女友闲言碎语的怂恿之下，她开始担心丈夫李昂因为孤独娶别的女人，于是把自己能控制的妹妹易男送过去牵制。可是没有想到的是，妹妹与丈夫竟然有了肌肤之亲，这让她的自尊无法容忍，她虽然在表面答应妹妹相安无事，可是妹妹生了男孩，再一次成为她的眼中钉，在新中国成立前夕，她终于撕破脸皮，不让妹妹跟自己和丈夫一家到台湾，即使在几十年后的垂暮之年，她也拒绝妹妹和丈夫以及女儿的求情，在临死前还拿着佛珠(对于女儿来说，佛珠象征母亲不原谅的固执)。

而爱好诗文的妹妹易男对政治似乎并不热情，一次在谈论关于中国与日本的关系时，她说日本是外人，像男人，而中国是内人，像女人。日本侵略中国，闯进屋子，要强奸她。那么女人该怎么办呢？易男的态度是，她要再找一个强壮的男人把日本人赶跑，可是如果没有其他男人，她会让他进来，尝试与他一起生活。(p. 83)这一观点简直是大逆不道之语，受到姐姐的训斥。而妹妹却振振有词，举自家仆人的态度来证明。因为对于仆人来说，谁当主人都无所谓。(p. 84)从易男的言辞里，可以看出她对于社会文化的规则看得太透，在社会这个机器中，个人仅仅是从属的奴隶，无法摆脱，也无法抗争，一切豪言壮语和理所当然的规章制度原来都是束缚个体的工具。

如男与易男这两种不同的性格实际是个人性格的两面，很难说哪一种更具有优势。一味的强与弱都并非解决问题的最佳途径，如男在台湾一个人打天下，未能与丈夫团聚，而易男因为国民党丈夫的原因与儿子都受到牵连和歧视，生活窘迫，她们姐妹之间的怨恨一直未能得到和解，最终都含恨而去。作品表面在描述如男、易男与李昂的三角恋情，可是却并没有将他们之中任何一方浪漫化，令人沮丧的结局意味着个人强或弱的性格都无法拯救人生。正如尼姑准确地预测婵伊要面对丈夫娶妾，也预测如男要嫁给军人一样,命运对人的诅咒让人挣脱不开,即使在四处的迁徙中,也无法获得真正的解脱。

面对父辈们的无奈和不幸生活,叙述者红的命运又如何?“红出生之时正是曾祖母去世之日,如男给取名为红,一个不属于任何一个家族的名字。这样是为了避免曾祖母的影响,此外“红还指鲜艳的颜色,象征生命的活力。”(p. 74)红的名字代表与过去的隔断和对未来的憧憬。因此红在观察父辈的恩怨,也在反思自己的命运。母亲、父亲与姨妈的恩怨使她对情感和欲望避而远之,可是“身体把我们带到绝望的边缘……我无法不想它”(p. 200 – 201),在欲望与理性面前,她选择了欲望和背叛,“我叛逆了,跟胡然(Huran)做爱”(p. 209)。她怀孕了,母亲把她赶出家,丈夫胡然又在乘船到台湾时失踪,在极端困难的情况下,她再一次思考自我的定位:“我是谁?我无法说出来。我的一生中,除开与胡然在一起,我从来就不是一个人,而是别的什么碎片……”(p. 260)于是为了自己的爱情结晶,她开始求助于外国朋友凯瑟琳·罗达尔(Katherince Rodale):“当我用英语给朋友写信的时候,我逐渐看见了我的轮廓,几乎看清楚了,我像是在追寻夜空的星斗。”(p. 261)这是冒着危险追寻爱情的游子,从此爱情不再是她竭力回避的话题,而是勇敢面对未来的精神支撑。

从外祖母对爱情的绝望,到如男对爱情的监护,到易男和李昂对爱情的顺应,再到红对爱情的选择,可以看出一家三代人在历史束缚中对欲望的不同态度。人在历史的长河之中,到底具有怎样的地位?是无法挣脱的傀儡还是充满激情和欲望的身体?易男承认爱情,“我成为了一个人”;李昂承诺爱情,“我不是国民党员,我只是一个男人”;红认可爱情,“我发觉我全心地爱着胡然”。这些从传统文化束缚中挣脱出来的爱情宣言,是追寻主体的决心。小说通过反思终于发现,历史仅仅是个体的一层外衣,真正的主体在个人的心中,正如文中出现过好几次的禅语:“色不亦空,空不亦色,色即是空,空即是色。”(p. 39, p. 101, p. 335)万事是无,又是有,无与有共生,欲望情感也如此,在刻意要掩盖欲望的文化中,欲望反而更加倔强地要凸显出来。

3."遗产"的真实含义

作品以红的视角真实地再现了20世纪中国的历史场景,让主人公在世事沉浮中反思自己的命运。社会如此压抑,人如此无奈,可是叙述者却并非当事人如男、易男或者李昂,而是耳闻目睹的女儿红。旁观者的身份产生了与当事人的距离,使爱恨情仇没有那么激烈,保证了平静客观的叙述。此外,作品中的叙述者从幼年的红逐渐过渡到成年的红,幼年的红的笔调是懵懂和纯真的,以及对欲望的感性跟随,而成年的红的语气却是理智、沉思和反省的。不同年龄的叙述者的共同参与增添了主人公成长的逼真性,也为主人公成长的结局进行了设定,她在自己的回忆中由天真到成熟,两个"我"的逐渐合一暗示了红在历史回忆中缝合自己的成长轨迹,体现了没有中国经历的华裔后代在想象中追寻原乡以弥合断裂的历史。他们通过各种各样的回忆书写,在中国文化中定位自己,寻找自己的精神家园,中国历史是他们不可回避的族群之根。这就与作品的标题"遗产"有了关联。

什么是"遗产"(Inheritance)?是金银财宝,还是房屋车辆?文中有两次提到"遗传"(Inherit)的说法:"我跟其他女性没有不同,或许就高一点,定居晚一点。任何人从我的外表也不会了解我的家世。可是事实上,我已经被遗传所分裂,被我的国家和家庭,以及我的离开和背叛。"(p. 281)"遥遗传了她母亲的特点。"(p. 304)由此可见,作品标题"遗产"并非固定的物质财产,而是繁衍带来的遗传后代。物质遗产在迁徙流散中已经失去了光彩,真正能留下的是一代代繁衍而来的黑眼睛、黄皮肤的炎黄子孙,他们是族群留下的宝贵遗产,同时又对中国的文化进行着传承。

小说中这些作为炎黄的后代之"遗产"具有怎样的命运?受儒家思想影响深远的如男牵制丈夫的目的落空,而妹妹因此受到她的排斥,李昂与李兵兄弟参与社会的不同选择也让他们成为不同时期的压迫对象。受传统文化束缚,随社会沉浮的华夏儿女未能摆脱社会意识形态给人的控制,让人喟叹。

作品中刻意描述了几对恋人不合乎传统婚姻制度的未婚先孕地繁衍后代。小说开篇就讲述胡牡丹为女主人操劳,不愿意结婚,却在卖鸡贩子的引诱下，感觉到火热的力量，最终在后房生下儿子胡然（Huran）；易男与李昂出于冲动，生下儿子遥（Yao）；红与胡然也出于反叛的冲动，生下女儿牡丹（Mudan）。那么，让他们心动的对象具有怎样的特点呢？

胡牡丹喜欢的卖鸡贩子，"是个强壮的男人，红润的脸颊，有力的肩膀，他的生命力在一举一动中表现得淋漓尽致。他看见牡丹在瞅他，露出一排白白的整齐的牙齿。然后他拿出长笛，放在嘴边。他厚实的嘴唇放在长笛边，瀑布般的音符就流散出来，这是胡牡丹没有听过的调子"（p. 20），这是具有生命力的男人。

让李昂动心的易男则是只爱诗文、不关心政治的女性。"她的新衣服要在衣柜放半年才穿，她不学家务，不学绣花，也不学礼仪。她一切的生活就是读和写，以及跟那些小鸡们说话。"（p. 58）她对世俗和政治的超越，给了她追求爱情的理想和勇气。

红选择的胡然，也是青梅竹马的可爱男生，"一个好看的男生从街上走过来，他穿着粗布夹克工作服和厚重的鞋子。头发翘在前额上，浅平头，显出壮的骨骼和浓黑的眉毛，还有高而挺的鼻梁。他只是一个平凡的男孩，却是每走一步都充满着自信的男孩"（pp. 204 – 205）。这是对未来充满希望的活力男生形象。

他们都使对方眼里产生了奇妙的幻觉，因为他们之间的感情代表了爱情最基本的规则——"心心相印"而非文化束缚中的包办婚姻。那么他们挑战传统文化规则产生的结晶命运如何？胡牡丹的孩子胡然从小被如男歧视，后见胡然与红感情很好，如男就把他赶走。易男与李昂结合的孩子遥也不被如男承认。红与胡然有了身孕后，也被母亲赶出去，在美国另谋生路。这些文化规则之外的"遗产"都无一例外地被如男抛弃，是因为如男的爱在骨子里是对传统文化规则的遵守。这种保守的爱，引起了她的恨以及不宽容，更使得周围人个个感觉受控制。这种固执的情感来自她对文化规则的偏执狂一般的遵从，所以天性好强的她，竟然答应为父亲还债，把自己许配给陌生男人李昂；为了像传统女人那样拴住丈夫，她期待为丈夫生个儿子；因害怕丈夫娶妾，把妹妹送到他身边。因为对一个严守社会文化规则的女人来说，这些都是天经地义的，好强的性格加上严格的遵从，导致她对一切非主流的现象嗤之以鼻，并竭力打击，造就她个性的悲哀。如男的偏执导致自己没有朋友，亲近的人都在愧疚中度过余生，只有叙述者红看出了母亲爱与恨的复杂心态，一直在努力为他们协调，并认为自己回大陆探亲实际是在为母亲这样做。

如男在爱恨交织中的挣扎，是任何普通人都会产生的困惑。作者张岚曾在接受采访时表示她最喜欢的主人公就是如男。如男就像赌徒一般，固执地维护自己的利益，最终犯了更大的错误，她没有小说中其他人物那样有心理发展变化的过程。不过从如男的身上，读者可以看到关于人"更真实的一面"①，她对爱和恨的偏执理解或许是很多人会犯的错误，这才真正让人深思。

所以历史留下的最珍贵的遗产是人，最珍贵的感情是爱，难怪红在妹妹华的婚礼上引用了长长一段牧师诵读的圣经经文，来抒发自己对爱的看法：

> 我若能说人和天使的方言，却没有爱，我就成了鸣的锣、响的钹。我若有申言的恩赐，也明白一切的奥秘，和一切的知识，并有全备的信，以致能够移山，却没有爱，我就算不得什么。我若将我一切所有的变卖为食物分给人吃，又舍己身叫人焚烧，却没有爱，仍然与我无益。
>
> 爱是恒久忍耐，又有恩慈；爱是不嫉妒；爱是不自夸，不张狂，不作不合宜的事，不求自己的益处，不轻易发怒，不计算人的恶，不因不义而欢乐，却与真理同欢乐；凡事包容，凡事相信，凡事盼望，凡事忍耐。爱永不停止。（p. 274）

作品中父辈的恩怨和子女的反叛给人深深的思索。中华民族繁衍的珍贵遗产——炎黄子孙该如何面对中华民族现存的文化规则？是盲目地遵从，还是清醒地反拨？是保守地坚持，还是开明地

---

① Brian O'Grady, Adam O'Connor Rodriguez. A Conversation with Lan Samantha Chang. http://www.ewu.edu/willowsprings/interviews/chang.html. Oct 28, 2004.

改变？这些复杂的问题在如男一家人的爱恨纠葛中得到了感性的表征。作为中华民族的后代，他们的选择或许有悖于传统文化观念，却依然作为“人”在进行生命的探索，这才是最为珍贵的，而一味的控制，把人看做了自己的“财产”，进行占有和支配，是对“人”本身的侵犯。如男就把与爱人的关系转变成了“占有”关系，最终导致了易男、李昂和红的背叛。

小说在朴实的旁观者逼真的叙述中对父辈爱与恨的平实记录，让读者浸润在过去，深深思考。本书似乎是送给无数有过类似流散经历的华裔的，作为历史回忆的还原；也送给断裂历史中的华裔后代，以追寻原乡的痕迹；更是送给一切有心的读者，促人反思文化与个体的关系。作品中流散者的喜怒哀乐呈现出受一定历史环境束缚的个体关于人之本性的思考，也在回归历史、反思自我中发现了历史主体，即处于一定社会历史文化环境中，从事历史活动并能对这种活动进行认识和反思的个体。①作品中的悲哀与博爱的特质与犹太作家伯纳德·马拉默德的作品有异曲同工之处，其博大的胸怀以及深邃的思考使得她既超越华裔的经历，也超越中国的历史，触及历史变迁背后的自由“人性”。

第三节　复调中的多声部对话
——伍美琴小说研究

华裔的边缘地位，使得华裔族群与主流之间以及华裔内部都出现了复杂的冲突，这种冲突体现在小说中，就成了“各种话语的艺术组合，是个性化的多声部”②。在“新生代”华裔女作家伍美琴的长篇小说《裸体吃中餐》里，主人公直面矛盾，并试图通过多声部的对话缓解冲突。这是试图跳离个人视界，与他者面对，从宏观上把握自我身份的策略。

作家伍美琴出生于1967年，排行老三，在美国纽约皇后村

---

① 万斌. 论历史主体. 浙江大学学报，1993(3)：21.

② 巴赫金. 小说话语. 文学与美学问题. 莫斯科：莫斯科文艺出版社，1975：170.

(Queen's Village)长大。她于1988年毕业于哥伦比亚大学的女性研究专业,后在布鲁克林学院(Brooklyn College)读研究生,学小说写作,目前为纽约同性恋反暴力研究协会(The New York City Gay and Lesbian Anti-Violence Project)顾问。小说《裸体吃中餐》写成于作者读研究生期间,小说中的故事就发生在纽约皇后村一个华裔家庭里,在这个家庭里有三个孩子,主角鲁比排行老三,在哥伦比亚大学从事女性研究。

故事的开端,开洗衣店的李家被误解的灰尘笼罩着,父亲富兰克林(Franklyn)是个固执、专横、悲观的男人,他自己从来没有乐观的话题,对妻子贝尔(Bell)多年来都是挑剔尖刻的态度,对爱好弹吉他的嬉皮士儿子范(Van)和成绩平平的女儿莉莉(Lily)也没有好感。他嗤笑妻子的衣着和厨艺,把范赶出家门,把他的吉他扔掉,对莉莉采取不理不睬的态度,结果贝尔更加沉默,范对吉他更加痴迷,莉莉更加内向。家里只有老三鲁比(Ruby)考上哥伦比亚大学(Columbia University),成为他唯一的希望,可鲁比却学"女性研究",帮助母亲反对他。

在误解和矛盾背后,家庭中每个成员各藏心事,让人扼腕叹息:父亲与母亲是包办婚姻;父亲因为当年深爱的女孩是白人而未能与之结婚;渴望爱的母亲得到的一直是冷漠;儿子范在公司被人耻笑;大女儿莉莉在父亲的控制下敏感胆小。故事的女主角鲁比也不愿意生活在这个家庭里,在四年前搬到了学校,"学习做一个正常的美国女孩"(p. 25)。鲁比从大学毕业后回家住宿,开始积极面对家庭冲突,努力调解协商。她为受父亲忽略的母亲说话,为遭受误解的哥哥正名,她为自己的同性恋情结言说。小说最后,父亲给母亲买了飞机票作为生日礼物,与母亲和解,鲁比也搬进女生公寓,开始了自己独立的生活。总之,这是一个变化中的华裔家庭的故事,通过主人公的家庭革命,使更多人了解到华裔跟其他美国家庭一样通过日常生活的细节在发生日新月异的变化。①

---

① Silvia Schultermandl. Biography and Criticism of Mei Ng. http://voices. cla. umn. edu/vg/Bios/entries/ng_mei. html#bio. Aug 8, 2005.

作品中，看似平静的华裔家庭里，代表权威的家长、代表男权的父亲、代表弱者的母亲与代表反叛的儿女之间进行着激烈的思想交锋。作品中主人公的自我意识通过与其他意识形态的冲突通过对话得到展示，也通过对话来解决。其多声部的声音是建构自我的重要基地，因为："自我存在于他人意识与自我意识的接壤处……一个意识无法自给自足、无法生存，仅仅为了他人，通过他人，在他人的帮助下展示自我，认识自我，保持自我。最重要的构成自我意识的行为，是确定对他人（你）的关系。"①"而单一的声音，什么也结束不了，什么也解决不了，两个声音才是生命最低条件，生存的最低条件。"②

作品中，对话贯穿在文本的各个层面，从每一层次内部的对话关系以及与其相关层次的对话关系可以看出文本是如何构建出各自的言说话语，来达到交流的目的的。而小说由内到外的层次通常包括：情节层（人物之间），叙述层（叙述者和接受者），阐释层（隐指作者与隐指读者），交流层（执行作者与事实读者）。③隐指作者是根据文本叙述推导出的作者价值观，而执行作者是写作文本的人，虽然作者在不同的文本中有不同的价值观，但在同一文本中，作者与隐指作者可以画等号，这里用作者来代称。因此，小说层次可以简化为：情节层、叙述层和交流层。在文本中，对话具体体现为情节层中主人公之间的对话，叙述层中叙述者与主人公的对话，以及交流层中作者与读者的对话。

1. 人物之间的对话

作品中情节层的对话是通过故事不同主人公的视角来呈现的，来自不同视角的复调叙述使人物的冲突尖锐地冒现出来，鲁比则一次次调解家庭矛盾，使家庭成员走向和睦。这是以矛盾为开端、以和睦为结局的罗曼史，其作品具有鲜明的问题意识与强烈的沟通意识。我们来观察家庭中不同主人公的视角：

---

① 巴赫金.论陀思妥耶夫斯基一书的改写.语言创作美学.莫斯科：艺术出版社，1979年：309.

② 巴赫金.陀思妥耶夫斯基诗学问题.上海：三联书店，1992：344.

③ 赵毅衡.四川大学《叙述学》课堂讲义，2007年3月8日.

母亲的视角：他怎么从不说点乐观的话题？他怎么不安静点吃饭呢？（p. 11）

——这是贝尔看到富兰克林唠叨时的心理活动，她对丈夫的言谈和行为很不满，可是却压抑着，没有说出来。

父亲的视角：富兰克林将近50岁时有了鲁比。他没有以前那么凶了，想要女儿爱自己，可女儿对母亲很好，这使他恨不得撕碎妻子。（p. 38）

——富兰克林喜爱的女儿跟自己并不亲近，他感觉很失落，也更恨妻子。

鲁比的视角：她思想挣扎了好久才回家。（她感觉有人从背后扭住她的手。）（p. 15）

——女儿对家庭中的矛盾很失望，也为华裔家庭的身份感到自卑，不愿意回家，很无奈。

范的视角：范喜欢摇滚。他说了好久要组建一支中国摇滚乐队。（p. 36）

——范热爱吉他，带着极大的抱负。可是父亲却为此打骂他，觉得他没出息。

莉莉的视角：她（莉莉）知道自己很小气，可是不想阻止自己这样说。总得有人在家，她不知道为什么总是她留在家。范走了，鲁比走了。现在母亲也走了。她越大（31岁了），越觉得胆小，而母亲似乎越来越坚强……（pp. 98 – 99）

——在父亲的管束下，莉莉变得胆小自卑。看到母亲和妹妹开心地计划出游，感到更是孤独，产生了不满，想阻止她们的计划。

从以上各视角人物的心理活动中，可以看出主人公之间的不和谐。母亲对父亲有怨言，父亲嫉妒母亲夺走了鲁比；父亲不喜欢范弹吉他，范却想建庞大的吉他乐队；鲁比想带母亲去佛罗里达，却被莉莉阻止：同在一个屋檐下的家庭成员竟然相隔如此遥远。视角人物的不同心理活动外化为成员之间对话中的火药味，冲突由此产生，与此同时，鲁比对成员进行了劝说和协商。

鲁比对哥哥范的理解是通过纠正其他人的错误印象来实现的。在父母眼里，范性格孤僻内向，不合群，挨打也不怕。范成绩不好，却迷恋吉他，结婚后与妻子老吵架。在同事的眼里，范更是个怪人，他的举止给人不伦不类的感觉。而这些叙述仅仅是他人眼里的范，鲁比的重新叙述为范正了名，她告诉范同事的评价，来嘲笑歪曲的事实，而父亲对范弹吉他的误解也通过鲁比的争辩得以纠正。

范在生日那天，请全家人去吃烧烤，可客人去了，他还未准备任何东西，却跟两年未见面的朋友着迷地弹吉他，妻子则带着孩子回了娘家，一怒之下的父亲带全家离开。与朋友陶醉于吉他演奏本来是范逃避现实的手段，可是这种做法却带来更大的麻烦，这是华裔孩子在家庭里不讨好的标志。于是，鲁比回家后与父亲争吵，试图使范得到父亲的理解。

> 鲁比哭着说："我很难过。"
>
> 富兰克林说："弹吉他是一回事，可他老上蹿下跳地装成明星样。"
>
> "他很投入。"
>
> "他不会弹。"
>
> "不对，你没有听，他会弹。"
>
> "你觉得我错了？"
>
> "我知道你伤心，可是你一定要伤他的心吗？"
>
> "伤心？谁的心被伤了？你告诉我，宝贝。"
>
> 鲁比希望父亲不要叫自己宝贝。（p. 187）

吉他成为父子冲突的导火线，期待事业成功的父亲没有理解喜爱吉他的儿子的苦衷，而是横加阻拦，两代人的鸿沟由此产生，而鲁比把同情给了受委屈的哥哥范。她为范据理力争，为受压抑的范进行了正面的阐释，父亲眼中范不务正业的形象在鲁比的调解中得到了纠正。

而家庭中的主要矛盾——父亲、母亲的感情纠葛也在鲁比的努力下逐渐化解。鲁比对母亲一生被父亲忽略而感到愤懑不平，产生带走母亲的念头，后来她通过劝说和协商来解决父母的冲突。

鲁比对父母矛盾的协调措施是首先了解父母结婚的背景，挖出他们矛盾的症结所在。通过和母亲谈论一张母亲年轻时的老照片，牵引出父母包办婚姻的不幸。

> “你爱他吗，妈？”
> “我觉得他很小气。”
> “你逐渐爱上他了吗，妈？是不是？”
> “中国人不相信爱情。”(p. 28)

这是鲁比看到母亲年轻的照片时与母亲的谈话，是对他们矛盾追根溯源的了解，原来家庭冲突来自无爱情基础的婚姻。

面对母亲的伤心和冷遇，鲁比开始对母亲进行劝导，希望她能为自己的不公平待遇反抗。

> “看你妈，笨蛋一个。里面的衬衫跑出来了，纽扣也扣错了，连裤子都是皱的。”鲁比看了下母亲，母亲的内衣是富兰克林以前穿过的旧衣服。“她的袜子也不搭配。”鲁比看着他们，记得自己曾跟父亲一起笑。而她从6岁起就开始恨母亲看到父亲进屋就沉默的方式。
>
> 鲁比说：“他是头老牛，叫他闭嘴，不许他多管闲事。妈。”
>
> 有一次，水烧干了，锅燃了，父亲说：“你要把房子都烧掉？一切都夷为平地你就高兴了？是不是？”母亲想说什么，但喉咙被烟熏住了。(p. 57)

这是父亲随时对母亲苛刻挑剔的言辞。勤恳做家务的母亲在父亲眼里竟然是傻瓜模样，这让依恋母亲的女儿和学女性研究的孩子感到愤怒，所以她运用自己的知识劝母亲反抗。可是“母亲想说什么，但喉咙被烟熏住了”，没有知识和觉悟的母亲已经习惯和顺从，没有一丝反抗的念头。

母亲的沉默只得让鲁比自己出面，向粗暴苛刻的父亲进行了劝说，当父亲又一次嘲笑母亲傻时，鲁比反抗了。

“爸爸，不要管她。你为什么不对她留点情面呢？”

“什么？她是个笨蛋。本来就这样。”

“不要说了。不要笑她。根本不可笑。”

“你看她。她是很可笑。”

“不要说了。”立刻，大家都安静下来，情形似乎更糟糕。(p. 58)

这是父亲对母亲奚落后鲁比与父亲的对话，对话中鲁比大胆地帮助母亲反抗。沉默中家人都在反省，暗示了父亲的收敛和母亲自我意识的萌芽。

在母亲逐渐具有了反抗的意识，父亲开始受到冷淡的对待后，母亲与父亲之间进行了微妙的沟通。

“问你爸爸要什么不？”

“爸爸你要买什么不？”

“买点 Half And Half①。”

“你了解你爸爸，像个小孩。如果不能照自己的想法做，他就不高兴。”

“自己的想法？他想要怎样？”

“哦，你知道。”

“什么？”

“不管它。你看这些花真好看。”母亲指着玫瑰花说。可是鲁比觉得那些花没什么特别的。(p. 139)

这是贝尔通过鲁比的转述间接地与丈夫进行交流。在母亲眼

① 一种香烟的牌子。

里，父亲像孩子一样淘气，所以她还是注意到父亲的需要。母亲对父亲的关心暗示了母亲对父亲的感情，而与丈夫的矛盾在女儿面前欲言又止又是母亲对女儿有所保留的交流。无论如何，母亲开始面对与丈夫的矛盾并尝试着解决。

> 鲁比说父亲不吃饭。
>
> “他又不是小孩。他想吃就吃。告诉你爸爸不吃对胃不好，他本来就有胃溃疡。”
>
> 他只吃了一点就走了。
>
> 鲁比说：“他不高兴你扔掉了他的松鼠夹子？”
>
> “该扔了。”
>
> 他一直希望母亲站出来反对父亲，可现在却感到很悲伤和渺小。
>
> “他不想吃西红柿是一个原因，松鼠夹子是另一个原因。房子该刷漆了。然后我们就可以去佛罗里达了。”
>
> 可女儿想起了松鼠。（p. 178）

对话中，母亲反抗父亲的声音逐渐强大，可原来鼓励母亲的鲁比却感到了失落，她对父亲感到了愧疚。这是女性主义理论在实践中的尴尬情况，学“女性研究”的鲁比在书本中学到的解决办法在这里遇到了阻碍。

母亲答应与鲁比一起去佛罗里达，这意味着母亲反抗父亲到了高潮阶段，此时的鲁比已经不愿意继续充当破坏家庭的因素，她开始了与父亲的协商。

> 鲁比对父亲说：“我和妈要去佛罗里达。”
>
> “佛罗里达？”
>
> “几周以后。你要去吗？”鲁比脱口而出，她自己都不知道这后一句话是怎么冒出来的。
>
> “你知道我晕飞机。”
>
> “你为什么对她那么苛刻呢？”鲁比平静地问。

“是她告诉你的吗?”父亲也平静地问。

“上帝！她用不着告诉我。我有眼睛。”她几乎在吼了,然后又平静下来。“你会失去她的,你知道。可能我搬走后她会去跟我住。”鲁比知道母亲并不想离开,但她就要这样想。

父亲说:“你母亲属于这里,这栋房子。你的母亲不会去任何地方。”

“如果她走了,你会在意吗?你从不给她说点好听的话。她累了。”

父亲用手捂住眼睛,“我也累了。有时我的眼睛累得睁不开”。

“你要不要吃东西?三明治?”

“我吃一半。”然后他们没有再说话。(pp. 202 – 203)

鲁比把带母亲去佛罗里达的计划告诉了父亲,希望父亲对母亲好一点。这些劝说生效了,父亲用手捂住眼睛,是抑制的失落和悲伤。

华裔家庭成员之间的纠葛通过主人公不同的视角得到呈现,他们各自发出自己的声音,在成员之间形成对话关系。在不同的视角中:母亲的压抑、父亲的孤独、莉莉的胆小、范的反叛和鲁比的烦恼成为家庭矛盾的综合表现,而矛盾的中心是父亲:这个专横、自卑、传统的老人。鲁比通过与家人的对话让父亲认识并反省和弥补自己的错误。不同主人公的声音通过不同视角使矛盾得到呈现,同时又得到化解,这些都是小说情节层中复调叙述带来的效果。

2. 叙述者与主人公的对话

小说主人公鲁比与作者一样在家里都是排行老三,都在皇后村长大,都读哥伦比亚大学,作者在反暴力同性恋协会当顾问,也有同性恋倾向,无数的雷同会让读者联想到这是自传体小说,似乎“作者 = 叙述者 = 主人公鲁比”。不过,叙述者却没有使用一贯的第一人称,而用了第三人称来代替,于是主人公鲁比也成了反思对象。叙述者跳出了“我”的思维,超越了自我书写的视角,同时第三人称的隐身优势使得她可以自由出入其他主人公的视角，使得叙述者与主人公之间的对话成为可能。在作品中，我们可以发现，叙述者与鲁比和其他主人公都进行了对话，其目的则是为了交流协商和抹平矛盾。

第三人称的叙述者超越鲁比自身的视角，随时利用客观公正的角色为主人公谋取地位或者评价、批评主人公。我们来看以下例子："不了解的朋友会认为鲁比不是个东西，而了解的知道她爱他（尼克），但是很迷惑。"（p. 21）此时的叙述者是全知全能的上帝，他知道别人对鲁比的评价，也知道鲁比本来的人格，通过与他人的偏见对话，刻画出鲁比的正面形象。

在作品中还有这样的叙述：

> 富兰克林和贝尔只谈些日常琐事，比如牙医啊，鞋子啊或者绘画潮流什么的。但他们不提更重要的事情，比如富兰克林的脾气越来越坏，把范赶到盥洗室抽打，而妹妹们只有在门外哭叫，贝尔把她们支开，不断地捶门，向丈夫吼叫，说要把儿子打死了……他们不谈富兰克林拿着小玩意远远地走开，拒绝跟莉莉说话。当时莉莉还是中学生，她怎么努力也没有哥哥那么聪明。所以她选择消失，不吃饭，不说话，跟父亲一样顽固……他们也不谈贝尔的梦。在梦里鲁比丢了。（p. 92）

夫妻两人谈话的内容只限于日常琐事，并不是交流，因为没有涉及矛盾的根源或解决方法，而叙述者把这些问题揭示出来了，"他们不谈……"说明夫妻对问题的回避，而叙述者却揭开了伤疤。主人公回避对儿子的毒打、对女儿的不理睬等事件恰恰让叙述者挖掘出来让其反省，家庭中专横的家长制作风在叙述者的披露下显现出来了。而他们不谈的还有关于贝尔的梦，这是贝尔在家庭中没有地位的体现。叙述者谈主人公所不愿意谈之事，这本身就是对主人公的超越和反思，是叙述者与主人公通过反其道而行之的办法揭示矛盾，促人思考。

叙述者还对主人公进行了嬉笑怒骂的批评，比如对富兰克林、富兰克林的父亲以及贝尔。“富兰克林的父亲很满意儿媳妇，以至于想引诱她。贝尔告诉了丈夫，然后把丈夫对自己怒吼所带来的伤害藏着。或许是她自己的错，是她引诱了这个老家伙。”(p. 31) 这是贝尔被公公骚扰后的叙述，在第三人称的客观叙述中，贝尔的经历看似轻描淡写，可是文本中却以反讽的语气透露出批判。“富兰克林的父亲很满意儿媳，以至于想引诱她。”“满意”是褒义，“引诱”是贬义，可叙述者用了“以至于”把两者的联系说成理所当然。“或许是她自己的错，她引诱了这个老家伙。”长得漂亮真的是自己的错吗？原来这是叙述者的不可靠叙述。[①] 叙述者通过“戏仿”主人公的语言反话正说，把主人公的心理活动给揭露了出来，对引诱儿媳妇的公公和忍气吞声的媳妇都进行含蓄的批评。

作品中对范这个人物更是通过各种人物的外在叙述来刻画。范在父亲眼里是不务正业的，在公司老板那里是古怪的，而在鲁比眼里却是个热爱音乐的好哥哥。让我们来看公司记录的关于范的档案：

> 李先生老是迟到。李先生把自己的作品贴在办公室。他还把墙缝里的小动物抓来玩。人家问他在干什么，他说在净化环境。李先生把办公室的音乐设备开得很大，维护人员又去关小。李先生上班时穿牛仔裤，体恤和休闲鞋。被警告后，他就穿紫色播尔卡点的领带，菊色的星形纽扣，和薰衣草颜色的衬衣。李先生三天没上班，也没请假。问他在干什么，他回答，弗朗西斯科。(p. 155)

档案里记载的是表现奇怪的华裔职员，记录暗示了范与社会的不融洽。可是叙述者站在他的位置，马上从另一个角度对此进行了正面的刻画。

---

① “不可靠叙述”指叙述者与隐指作者之间的意识形态不一致，所言非所指，是通过反讽的语气在文本中实现意识形态的冲突。“不可靠叙述”来源于叙述者的视角自限，故意扣留关键信息，避免平铺直叙的局面。参见赵毅衡．当说着被说的时候．北京：中国人民大学出版社，1998：47．

"我在一个公司兼职,知道我发现了什么吗?我看到了你的档案。"

"你都长大了可以工作了?来我这拿钱吧,离工作远点,对你不好。那些狗娘养的会怎么说我?"

"傻事。比如你穿奇怪的衣服,在办公室墙上订画,大声放音乐。跟在家让父亲头疼的事情一样。"(p. 161)

范的表现"跟在家里让父亲头疼的一样",说明范确实怪异,但细看这些表现,并不是大错,他顶多也就是举止打扮怪异一点。并且从范对妹妹的关心上可以看出他是一个很体贴的人。叙述者通过档案的引述、范自身的表白和旁观者的评价来为范塑造正面形象。

作品中一贯的第三人称具有权威公正的特点,它可以是全知全能的上帝视角,也可以是出入某个主人公的视角,对意识形态有所侧重地描述和评价。在叙述者的优势下,人物的声音得到控制。与此同时,作品中还时而夹杂着第一人称的斜体叙述,露出了叙述者与主人公亲密关系的尾巴。

五月,我回家了。回到皇后大街李记洗衣店的房间里。这不是你碰巧能在旅途的终点站发现的,是你刻意找才找得到的……在这个不起眼的街道,李家的洗衣店更是难以辨识:在街区的中间是李记洗衣店,那是我长大的地方。店门上摇晃的标牌"LAUNDRY"(洗衣店)在一次暴雨后就掉下来,不再摇晃。我的父亲很高兴当时没人走过,否则就要被起诉了。另一个标志是漆在玻璃窗上的红色字体,已经斑驳不清了。你几乎看不出"李记"这两个字来……(pp. 16 – 17)

在介绍李记周边环境的叙述里,一贯的第三人称换成了第一人称,在第一人称叙述视角中,我们看到了偏僻的皇后街,连店名都模糊不清的陈旧的李记洗衣店。这是一个被遗忘的老店,一个处于边缘社区的华裔家庭。

而主人公“我”(鲁比)“回到皇后村李记洗衣店的房间里”与之前第三人称的叙述者“她(鲁比)买了新衣服,幻想自己不是来自皇后村”一对照,泄露出了叙述者与主人公原来为同一人。通过不同人称的叙述,极力逃避的鲁比通过第一人称的叙述真实地呈现出来,她的华裔家庭也呈现出让人心痛的真实。

在母亲与父亲婚姻的叙述中,也用的是斜体和第一人称的语气。

> *我的母亲听见她父母在争吵。“她必须去。他是美国人。他带她去美国,然后她就可以给我们寄钱来。那里的人都很富裕。”她的父亲说。*
>
> *“可是你难道没看出来她不愿意嫁给他?她还是孩子。她可以跟我们再多呆一段时间。”她的母亲争辩道。*
>
> *“她明天就跟他走。”他说话的语气中大男子气十足,她知道不能再跟他争辩了。(p. 28)*

“我的母亲听见她父母在争吵。”标明了这是叙述者“我”记录母亲对当年婚姻的回忆,父亲的武断和专横炮制了女儿的包办婚姻。为什么不用母亲的视角却用女儿的旁观者视角来叙述呢?原因有两点,一是女儿的视角暗示了对包办婚姻的不满和反对,此外,女儿栩栩如生的叙述却是长辈的经历,再现了逼真的情景,给人身临其境的印象。“她知道不能再跟她争辩了。”这是母亲视角中的心理活动,叙述者“我”通过转述,真实地再现了母亲的故事和母亲的想法。母亲的话题由女儿来转述也体现出母亲对此的沉默,是母亲主体意识的缺乏。

回忆父亲当时娶母亲的经历,用的也是第一人称旁观者叙述。

> 是他父亲的主意。老人说,你为什么不回中国娶个老婆?富兰克林之前没有想过婚娶的事情。他30岁了,他不一定要个老婆,他想要的是取悦这个他称为父亲的人。如果他娶个

漂亮老婆，他的父亲就会另眼相看，说：“儿子，好样的。”（p. 191）

父母的婚姻对父亲来说也不公平，都是包办婚姻惹的祸。父亲的表现实际上是那个时代和环境的悲剧。而鲁比无意间发现的名叫伊冯（Yvonne）的女人送给父亲的照片揭示了父亲无奈的秘密。

“你为什么不娶她？”鲁比的声音很低，可是怀着对照片中女人的憎恨。她恨帽子下面那张瘦小的脸，恨父亲念到她名字时的温柔。

“你说什么啊？她是白人。”然后一声不吭，反复熨着同一只衣袖。（p. 191）

此处，以第三人称旁观者鲁比的视角来刻画，鲁比的内心非常清楚，是要与父亲正面地交锋，审问对母亲的背叛。处于她的视角下，读者只能旁观父亲的反映，“父亲一声不吭，反复熨着同一只衣袖”，泄露出了亲内心的矛盾和无奈，使读者对他产生了同情。个人化的家庭悲剧过渡到充满文化冲突的社会背景中。

在叙述父亲儿时的经历时，官员的问题也使用了斜体。

你在哪出生的？你家的房子在哪里？你父亲来美国多久了？你们村谁家房子的间数是排名第6？你们家房子有几间，朝哪个方向？每间屋子睡着谁？你母亲结婚前叫什么名字？她裹脚了吗？你们村有几头水牛？好多公的？好多母的？

我的家在第四排第二栋。堂屋靠西，村里有很多水牛，有很多公的，还有很多母的。我的母亲没有裹脚。(p. 190)

这是无数华人初到美国时要接受的问讯，问讯中，官员的问题琐碎而且刁钻，让人难以回答。在问讯对话中，作者采用的是直接引语式转述语，转述语中，直录了当事人的话语，逼真地还原了问讯场景，可是却用斜体替换了引号，使说话人的主体性降低，化解了问讯的权威，同时又把问讯事件本身突出了，表明这是主人公对过去的回忆，说明问讯在他们心里投下了很深的阴影。这种写法表明了叙述者对问讯的愤怒态度，也对受讯者富兰克林所受到的歧视寄予了极大的同情。

作品中以上几处用斜体和第一人称叙述者的方式记录了家庭周边环境，父母当年的经历，真实地再现了华裔家庭的生存状况，刻画了无奈的边缘华裔形象。第一人称的真实感引起了读者的同情和理解，与此同时，一贯的第三人称又超越了主人公鲁比的视角，站在更高的位置上俯视和审视这个华裔家庭；同时，它又可以随时穿梭于其他主人公的心理，使其他主人公跟鲁比一样受到关注。第三人称叙述者采取的中立立场和客观化描述，使作品中的冲突和解决具有普遍的意义。

3．作者与读者的对话

作者是一名华裔研究生，对华裔家庭成员真实正面的记录不得不让人联想到这部作品是来自华裔的集体声音。作品通过不同视角主人公的轮番言说来体现华裔家庭成员可理解和同情之处，又通过叙述者与主人公之间的对话来发掘家庭成员的正面形象和需要改进之处，通过“单言，共言和轮言的叙述方式来体现边缘群体或受压制的群体声音”①，力图为边缘的华裔家庭做客观公正的描述。从叙述者对华裔家庭的倾斜可以看出叙述者的身份立场，而叙述者与作者千丝万缕的一致，也暗示着作者通过文本来建构华裔的集体身份，这个身份是不断发展变化着的，是对糟粕的摈弃，也是对被遮蔽身份的挖掘。文本中华裔集体自我的身份建构在对话中悄然发生，建构的阴影来自强大的他者话语世界，是主流世界对华裔的歧视空间，而文本也成为华裔家庭与西方他者交流对话的场所。

在西方他者的视野中，华裔受着歧视和误解，其矛盾并没有得到解决，所以文本与西方他者的对话还属于进行时状态，对话的目

---

①（美）苏珊·S．兰瑟．虚构的权威．黄必康译．北京：北京大学出版社，2002：23．

的在于获取主流族群的理解。在文本中我们随时可以发现西方他者的形象，比如厌恶鲁比中国性的尼克，对鲁比不冷不热的尼克母亲，公车上故意绊倒华裔女孩的乘客，鲁比无理取闹的老板和对范歪曲评价的上司。华裔遭受的不公正对待揭示了华裔生存的困境，而同时也是文本希冀通过对话来寻求理解和同情。在他者的歧视下，华裔一方面隐藏自己的中国性，另一方面努力为自己的中国性正名。父亲一方面不愿意使用有中国文字的购物袋，另一方面却向顾客夸奖自己的女儿成绩优异；范一方面拒绝与父亲闹僵，另一方面拒绝与同事处好关系，而是与朋友通过弹吉他来寻求心理安慰；鲁比为了成为美国女孩而拒绝接受华裔家庭，而大学毕业后自愿回到家中；女同学乘公共汽车受到乘客挑衅，鲁比故意站在公车上迎接挑衅；鲁比一方面承受着儿时受到女教师无端批评的痛苦，另一方面却在父母面前装着没事一样。他们在歧视中受压抑，又在挑衅中反抗，显示了华裔不甘示弱的态度和维护自己尊严的勇气。

作品以《裸体吃中餐》为名，也是中西文化在冲突中协商的隐喻。作品中有一个场景是鲁比跟尼克做爱后吃湖南菜。裸体和吃中餐似乎并不违背，是中西文化融合的可能性。只是获取融合的机会却很艰难，因为在吃中餐时，鲁比承认喜欢上了一个女生而跟尼克分手，鲁比代表的“中餐”文化似乎赢得了胜利，殊不知，小学女教师对鲁比的无端批评却是她心中永远的痛，华裔在充满歧视的场所发出了争取平等和理解的呼喊。

贯穿全文的线索是“佛罗里达旅行”计划，有的批评者认为“佛罗里达之行”是“变形的弗洛伊德蜜月”(twisted Freudian honeymoon)①，也有评者认为这是家庭中成年女性的典型形象，而非华裔族群的固定形象②。对于女主人公的同性恋倾向，作者坦白自己“就喜欢挖掘家庭生活中的病态扭曲的成分”③，这句话跟另

---

① Carol Morin. Rev. of Eating Chinese Food Naked. *The Scotsman*, 1998(3):14.

② Jeffrey J. Santa Ana. Gender and Sexuality in Asian American Literature. *Signs*, 1999 (Autumn):171 - 226.

③ Dan Cryer. Rev. of Eating Chinese Food Naked. *Newsday*, 1998(1):B11.

一位新生代华裔女作家刘绮芬所说的“再现阁楼上的阴影”如出一辙。只有在边缘世界的阴影和扭曲中,才会闪现活跃的话语冲击,扭曲和阴影背后的根源才真正让人思考。

在“佛罗里达旅行”计划中,母亲的态度变化是:不想去,想去又不想去,想去,不想去又不想不去。最开始的“不想去”是没意识到要对丈夫反抗,“想去又不想去”是在犹豫中不知道是否合适,“想去”是有了反抗的意识,而“不想去又不想不去”成为故事的高潮,母亲叫人退票,说太贵了,却没有表态自己到底去不去,而只是说那里不好住,这是超越冲突的矛盾解决方式。与此同时,女儿对是否去佛罗里达有着与母亲相反的态度,最开始的“想去”是想带母亲离开,一是解放母亲,二是满足自己潜意识的恋母情结,“想去又不想去”是在犹豫自己的作法是否妥当,“不想去”是不想让父亲一人待在家里,害怕伤害了父亲,希望家庭圆满,而“不想去又不想不去”是鲁比想法的升华,她默默地搬进女生公寓,用对父母的美好祝愿来安慰自己的潜意识。

如果把母亲和女儿的态度进行对比,就会发现母亲与女儿之间也包含着对立和冲突,两人对于同一次行动的不同理解揭示出两者对感情的不同态度,比如,最开始的想和不想是对立出现的,导致去佛罗里达的计划没能实现,而最后态度似乎是一致的,却是两人出于对父亲的考虑进行的进与退的策略。母亲是进,考虑与父亲的爱情,而女儿是退,放弃与母亲的爱恋,接受了被阉割的事实。

作品里的情节纠葛是对同性恋理论和女性主义理论的思考,在女性主义者那里,女人是受压迫的,而压迫的结果就是反压迫,可是鲁比运用知识进行家庭变革,劝导母亲反对父亲,却没有成就感,最后还是采用了协商的对话办法来沟通。在酷儿理论(Queer Theory)中,女同性恋者认为跟女人在一起生活是对男人的最大反抗,可是母亲一贯的犹豫和对父亲的原谅却在暗示,异性恋是大多数人的选择,而自己的恋母情结来自缺爱的家庭和社会的伤害,这是对同性恋研究新的启发。

作品中还出现大量的中餐宴会,鲁比与母亲亲密的感情都在做饭与吃饭时体现出来，家庭成员的争吵和喜庆，也在聚餐中发生。母亲一直与厨房为伴，成为被压迫的女性无声的控诉，为女性被束缚在家务事中声讨。母亲是女性歧视的牺牲品，母亲的逆来顺受和父母与丈夫对其的约束成为她追求幸福的障碍。母亲听从父母安排与陌生的美国人富兰克林结婚，却发现这里没有大米吃，也没法听懂周围人的语言。一筹莫展的母亲在丈夫眼里却是最好的控制对象，他害怕妻子跟别人学习，说“母亲用不着出去学英语，自己什么都可以教她”（p. 23）。于是父亲就成了母亲交流的唯一对象，家庭成了限制母亲的场所。“这是……这是……这是做爱，生孩子……”（p. 34）从模仿丈夫不厌其烦的叙述语气可以看出父亲对单纯的妻子的控制。而母亲不明白其中的内幕，还期待丈夫能爱上自己，努力为丈夫做最好吃的饭菜，可是丈夫的苛刻和挑剔使她越渐沉默，以致引起女儿的同情，鲁比从 6 岁起就“开始恨母亲看到父亲回来就沉默的态度”（p. 57），沉默中的无奈和失望只有在中餐中给她补偿。

做中餐对母亲来说是体现自己爱丈夫和儿女的情感，也是对不能获得丈夫情感和适应陌生环境的创伤替换，是她在沉默中的言说。“厨房成为她的庇护场所，她的家。”（p. 50）在她眼里，西餐不好吃，烧烤也不卫生，似乎只有自己做的才最营养，这是在食品享受中替代生活中失去的乐趣。所以在鲁比努力想改变厨房的颜色时，发现漆成新的颜色还是不好看，其实颜色并不是问题，问题是母亲还在围着厨房打转，关于母亲的叙述实际是在为华裔女性受到的不公平地位声讨。与此相对，女儿则通过做饭来表达对母亲的爱和对中餐神经质般的亲密。她会半夜爬起来做东西吃，会帮母亲做饭，在故事的末尾，电话里还是母亲教女儿如何做鱼。贯穿全文的中餐是揭示华裔家庭矛盾的工具，也是女性解放的舞台；是联系家庭成员的纽带，也是华裔的集体记忆；是迎接西方他者的战场，也是主人公自我建构的空间。主角的烹饪实验和多重文化饮食经验和她多彩多姿的异/同性恋情互相辉映，反映出当她努力寻找真正自我时，“拥抱感官逸乐的渴望和对身份认同的渴求”时必须面对的挑战。①

作品中的主人公之间，叙述者与主人公，作者与读者之间都进行了对话，“这是具有同等价值的不同意识之间相互作用的特殊形式”②。通过对话，父亲的专制受到了妻子、儿女的反抗，边缘的华裔也与西方他者进行了思想的交锋。不过对话并非对抗，而是通过多声部的复调叙述模式，竭力为读者呈现真实的华裔家庭生活，为华裔家庭所承受的压力做了真实的记载，试图弥合华裔个体成员之间的伤痕，并积极展开与西方他者的对话，因此小说可以看作是华裔自我的言说。在言说中，华裔个体中涉及的专制和男权思想在主人公的审视和批评下开始转变，这是女性主义理论在华裔家庭中成功的实验。可是对话远未完成，华裔家庭成员与周围人相处的困难意味着文本向西方读者寻求理解的目的。

作品文字含蓄细腻，以小见大，在平淡中见冲突，读来让人感慨万千。作品中复调叙述的对话模式成为作品的一大特色。通过不同音部的言说和对话，华裔家庭成员内部之间达成一致，实现了内部的和谐，与此同时，家庭与社会千丝万缕的联系说明华裔家庭的冲突并非偶然，背后的跨文化冲突成为文本面向西方读者的对话指向。歧视华裔的女教师、尼克、顾客以及陌生人，是华裔家庭生活的阴影所在，因此作品通过主人公、叙述者和作者努力与西方读者交流，为华裔集体谋取身份。总之，作品为跨文化中的女性以及华裔的出路进行了探讨，一方面为华裔女性所受的双重压迫进行了揭示，也对华裔所受的西方文化他者的歧视进行了控诉，另一方面又试图通过对话的途径来解决矛盾。

小 结

自我的超越从发出身体的声音开始，然后走向“自身”——社

① 雪利·费许·费雪金. 跨国美国研究与亚洲的交会. 蔡昀伶译. 中外文学. 2006(1)：108.

② 巴赫金. 论陀思妥耶夫斯基一书的改写. 语言创作美学. 莫斯科：艺术出版社，1979：309.

会他者。从本章作品分析可见，华裔“新生代”女性已经从自我书写的潜意识幻想转向了面对他者，重新定位自我的方向。对于无根基的她们来说，他者包括中国传统文化和西方主流文化。而对两种文化，她们都采用了冲突和对话结合的形式以实现文化的归依和协商。

在张岚的作品《饥饿》中，传统文化化为神秘权威的象征，让人无法拒绝，而主人公对传统文化的反叛，犹如孩子在母亲怀抱里无休止的埋怨，虽然火药味十足，却并不愿意离开。主人公对中国传统文化象征从反叛到接受的过程，反映出华裔自我在象征中回归中国原乡，以寻找精神寄托的乌托邦幻想。

在《遗产》中，华裔个体则从象征走向现实，试图在中国历史中见证自我的存在。张岚主修东亚研究专业，并到中国进行实地考察，促成了她与中国更多的亲近，也使主人公更加坚定地回到历史，反思历史。小说主人公如男、李昂都是深受传统文化教育的社会个体，其传统的教育束缚了他们对个人生存的看法，所以如男至死不原谅易男，李昂也在不断的政治追求中，承受着政治带来的痛楚。只有旁观者女儿红清醒地面对他们的矛盾，并试图为他们抹平创伤。红生活的地点跨越中国大陆、中国台湾与美国，成为流散华裔的典型，她的反思也成为华裔自我对历史的反思，那就是，历史留下的最珍贵的遗产是黄皮肤、黑眼睛、充满梦想的中国人。远在天涯的游子对历史反思的目的在于，让个体摆脱文化意识形态的束缚，以孕育新的自由“人”。作者通过对历史的重新叙述，把华裔自我与传统历史结合起来，弥合了华裔自我的历史断裂感，同时又对历史进行反思，实现了历史主体身份的建构。

在伍美琴的《裸体吃中餐》中，主人公鲁比也回到家庭，成为矛盾的协调者。家庭成员之间矛盾重重，可是鲁比却跳出了自我的视角，以第三人称的视角再现各成员的心理活动，又积极地协调矛盾，使华裔之家走向和睦。华裔家庭是中国传统文化的文化基地，对于华裔家庭的回归，也是认可历史自我的途径。与张岚《遗产》中的主人公一样，鲁比没有嫌恶和埋怨家庭，而是运用自己的知识来反思成员的命运，解放被束缚的华裔个体，她劝母亲反抗父亲以及为热爱吉他的哥哥争辩就是典型的例子，在她的眼里，父亲只有摒弃身上的父权和夫权等传统糟粕因子，才能还原出活生生的自我。小说以父亲给母亲买票作为生日礼物结束，体现了反思的有效性。

与此同时，华裔家庭又不懈地与西方他者对话，以实现华裔在主流中的身份。羞辱鲁比的教师、挑衅的乘客、误解哥哥的上司等，代表了主流权威阶层对华裔集体的误解和歧视。而鲁比通过对话，也再现了矛盾，向他者发出了尊重和理解的协商。

总之，本章的作品通过对历史的书写来重新定位自我。历史对于"新生代"华裔来说，是自我容身之处，与历史结合，身份不再断裂，同时栖息于历史又赋予他们建构自我的机会，因为"叙述就是历史，而民族是一种叙述性的建构"①。对历史的重新叙述，让自身也参与历史之中，从而与之牢牢地粘贴在一起。他们对历史本身的重写性建构是为了让自己回到历史，反思历史，最终定位历史中的自我身份，是试图找到"以发掘过去的我来建构现在的我"的道路。其实"认同"一词本身就包括两个含义，一是"identity"，二是"identification"，前者指固定的历史身份，是过去的我，后者指变化动态的身份，是现在的我。② 前者是后者的基石，后者是发展的保障。总之，作品中体现出"新生代"华裔女性将自己嵌入历史叙述，让自己回归社会他者也即自身，以寻找自我的栖息之处。

---

① 王宁. 叙述、文化定位和身份认同——霍米·巴巴的后殖民批评理论. 外国文学，2002(6)：49.

② 参见斯图亚特·霍尔. 文化身份与族裔散居. 罗刚，刘象愚. 文化研究读本. 北京：中国社会科学出版社，2002：209—223.

第三章　文化跨越中的多元融合

华裔的边缘空间是华裔反思自我身份最活跃的场所。“新生代”华裔女作家作品中的潜意识和日记书写使被压抑的自我欲望得到宣泄，而在象征中回归历史，则是缝合断裂自我的另一策略。与此同时，在华裔“新生代”女作家邱静瑜(Christine Chiu)的《闯祸精及其他圣人》(*Troublemaker And Other Saints*)①和黄锦莲(Kim Wong Keltner)的《点心》(*The Dim Sum of All Things*)②(也有评者译为《点心的一切》)和《佛的孩子》(*Buddha Baby*)③中，作品开始对华裔身份进行了调侃式的化解，对文化他者也采取了宽容大度的态度。

在邱静瑜的《闯祸精及其他圣人》中，边缘华裔自我似乎参破了人间烦恼，开始乐观面对自己的现实命运，主人公在艰辛的体验中感悟出人性的善良，并对他者采取乐观的宽容态度。在黄锦莲的《点心》中，中国性从身份的绊脚石转化为主人公的调侃追寻，在续集《佛的孩子》中，主人公更是以佛的宽容、大度和单纯来要求自己，勇敢承担起跨文化交流的责任来。作者在作品中通过化解族群身份、走向跨文化交流，演绎了多元融合的乌托邦理想。

---

① Christine Chiu. *Troublemaker and Other Saints*, New York: G. P. Putnam's Sons, 2001.

② Kim Wong Keltner. *The Dim Sum of All Things*. New York: Avon Trade, 2004.

③ Kim Wong Keltner. *Buddha Baby*. New York: Avon Trade, 2005.

第一节 闯祸精与圣人的融合
——邱静瑜小说研究

小说集《闯祸精及其他圣人》由11个短篇小说构成。包括《一无是处》(*Nobody*)、《医生》(*Doctor*)、《妈妈》(*Mama*)、《闯祸精》(*Troublemaker*)、《女族长》(*Matriarch*)、《绅士》(*Gentleman*)、《星星》(*Star*)、《商人》(*Trader*)、《漂亮》(*Beauty*)、《拙劣模仿者》(*Copycat*)、《小偷》(*Thief*)。作品从各个角度对边缘华裔进行了正面书写,同时也对华裔进行了反思,作品语言"原汁原味,辛辣写实,冷峻理性"①,反映出作者对华裔身份的深度思考。作者邱静瑜1972年出生于美国纽约,获贝茨学院(Bates College)东亚研究的学士学位和哥伦比亚大学创新写作专业文学硕士学位,小说集是她的硕士毕业成果。选编的小说中《闯祸精》曾获得"花花公子"小说比赛三等奖,《女族长》获埃尔多拉多作家协会写作比赛二等奖(El Dorado Writers' Guild Writing Contest),《绅士》获英格兰世界范围作家大赛奖(England's World Wide Writers Contest)。邱静瑜是亚裔作家工作室的积极发起人,看似冷峻的写实中,却折射出她关于华裔主体建构的深刻思考。

1. 闯祸精的自述

小说集《闯祸精及其他圣人》中,主人公都是生活在边缘的华裔,在他们玩世不恭的背后是被忽略的辛酸,也同样是在这些闯祸精身上,读者却可以看到圣人的影子。在小说《一无是处》中,主人公是一名小女孩劳拉(Laural)。疼爱自己的奶奶去世了,她感到非常孤单,成绩不好,与父亲关系紧张。一次父亲在盛怒之下,掀倒饭桌,而劳拉也把自己关在房间里不去上学。有一次在外面看《罗密欧与朱丽叶》,发现邻居华裔女孩莎拉(Sarah)也在演练这个戏剧,于是两人消除彼此的敌意,成为了好朋友。她们的友谊被

① Allyssa Lee. Review of *Troublemaker and Other Saints*. *Entertainment Weekly*, 2001(3):62.

同学猜疑成同性恋,这如同压在身上的最后一根稻草,劳拉失去了生的希望,准备去卧轨,在那一瞬间,好友莎拉拉起她跑开,她们听着火车隆隆地开过。

小说《医生》中,年轻的华裔医生乔治安娜(Georgianna)努力救治厌食症女孩劳拉,她还劝导自闭的叔父出来吃饭,与周围人接触。这些病人都体现出不能适应社会的综合症状,而视角人物乔治安娜与黑人男友马克(Mark)快乐生活,说明她已经从不适应中解脱出来,开始对其他无法适应的华裔人群进行解救。从乔治安娜对病人精心的治疗可以看出她对病人的同情,或许这也是过去自我挣扎的痕迹,不过在她看来,应该为健康着想,改变内心的阴影,改变自闭的状态。华裔医生的幸福与华裔病人的状况对照,体现出部分华裔已经从身份焦虑中走了出来。

《女族长》叙述了华裔老人为曾抢了姐姐的爱人而赎罪,希望姐姐不要让孙女莱可(Raicho)离开自己作为惩罚。作品中的女族长年岁已高,经常出现幻觉,在幻觉中,她害怕姐姐报复,害怕孙女离去,一心向往已故丈夫的关怀,可是在现实中,她却极其傲慢,对周围人不屑一顾,体现出华裔老人无法融入周围环境的孤单和自闭。不过在她烧香拜佛期待姐姐放弃报复时,孙女莱可却感到很是迷惑,她"头也不回地走向自己的未来"(p. 76)。

小说《妈妈》叙述了华裔母亲理解自己孩子的双性恋倾向。小说以妈妈的视角来适应新出现的情况,比如女儿的双性恋。本来希望女儿跟其他华裔一样,找个帅气的中国男孩子,结婚生子,可是女儿竟然是双性恋。小说中母亲的态度是温柔宽容的,对女儿大度开明,接受了女儿的双性恋倾向,还跟女儿的女伴伊莲(Elaine)一起吃饭。后来在女儿失恋后,给予受伤的女儿无微不至的关心。

《闯祸精》讲述了嬉皮士年轻人埃里克·崔(Eric Tsui)与好友西蒙(Seymour)打赌,用啤酒罐把经过楼下的华裔老人老工(Lao Gong)击倒,后来在母亲的敦促下,每天给老人送饭。他发现老人家里满是成堆的旧报纸,老人每天的任务就是阅读这些陈年老根,还不时对尼克松等人发表评论,幻想带侄女思梦回老家。可据母亲说，其侄女已经去世，老人明显地表现出自闭的精神病症状。后来老人报纸看完了，身体也跨了，起不了床。闯祸精很是忧伤，悄悄关上门，他想起了自己爱吃的上海面。

《绅士》讲述了香港跨国集团的董事长菲利浦（Philip）在香港回归时的复杂情感。他在英国接管的时候发迹，为女王做宝座，可是在回归时，政府要查封，姐姐要收买，自己面临破产的边缘，心里很不平衡。作品中主人公是一贯的绅士风度，随时检查自己的举止，不过在周到的礼仪背后是幸福和快乐的丧失，对妻子爱的失去，对侄女邀请的答应，都是自己对既定生活的失落情绪，在作品的最后，他的五金店被毁，只有在失望中回到妻子身边寻求安慰。

《星星》讲述了同性恋人的故事，主人公斯蒂文（Steven）与男朋友（Jack）住在一起，母亲并不知情，说周五姨妈要来访，叫杰克回避，于是杰克与好友弗雷德（Fred）和内尔（Nell）约会。在接待姨妈的宴席上，他们意外地碰见了杰克，姨妈和表妹为杰克的女性化打扮吃惊，气氛很难堪。斯蒂文决定宣布与杰克的关系，还告诉母亲说不会跟介绍的女孩联系，母亲临走时留下无奈的叹息。

《商人》讲述了在跨国公司工作的乔纳森·崔（Jonathan Tsui）对女友贾斯汀（Justine）颐指气使，对弟弟埃里克辍学并与异族女孩梅莉莎（Melissa）谈恋爱耿耿于怀，后来他在贾斯汀的感化下，逐渐发现了贾斯汀善良的心地和弟弟爱情的宝贵。

小说《漂亮》中，华裔女孩艾米（Amy）因儿时受到男生的辱骂，对男性耿耿于怀，于是开始游戏和报复与之约会的男人。在情人节那天约会的对象竟然是吉姆（Jim），这个儿时嘲笑她的男生，此时他已经是好友安吉尔（Angel）的男朋友。羞辱加上报复的游戏中，安吉尔在门外敲门，艾米开始为自己感到后悔和心痛。而与此同时，电话铃响了，是上一次约会的对象托马斯（Thomas），他真诚的道歉让艾米感觉到自己的肮脏。

《拙劣模仿者》叙述了华裔父母因女儿莎拉（Sarah）自杀，家庭关系僵化，后来儿子托德（Todd）回家，他们为儿子准备了快餐和可乐，讨儿子的欢心，可是儿子的言谈举止非常奇怪，还冒出很多佛教用语，让人捉摸不透，原来儿子已经是佛教徒了。在儿子离家之后，母亲埋头继续写作，让自己作品中的主人公约翰(John)选择自杀，自己则开车在公路上飞驰，来宣泄自己的绝望。

《小偷》讲述了小偷西蒙(Seymour)溜进华裔沈家去偷项链，发现首饰中那枚蓝紫色的戒指很熟悉，让他怀疑沈太太可能是曾经抛弃自己的母亲。后来他听说沈先生得心脏病死去，沈太太则报了警，向警察详细地介绍了西蒙的特征，“像是在描述自己的儿子一样”(p. 276)。他终于体味到了老太太所说的“报应”(Baoying)一词的含义。西蒙把那枚熟悉的戒指送给女友，开始逃亡。

这些作品记录着违反文化规则的行为，如暴力、自杀、犯罪、同性恋、厌食、种族歧视等，其主人公大都是典型的“闯祸精”。可是作品中的“闯祸精”到底该如何定义？在《医生》中，有这样的描述，“我(乔治安娜)的姐姐艾米是一个闯祸精，得分 F，在商店偷东西，被送到新罕布什尔(New Hampshire)的寄宿学校，大家老拿我与她对比，说我总是得 A，数学总是高分。这就是我，高分，奖学金，医学院。我是个闯祸精”(p. 32)。艾米不求上进，违反规定，是大家眼里的“闯祸精”，乔治安娜的出色表现也给周围同伴带来了压力，是自己心中的“闯祸精”，前者是从社会文化规则上讲，后者则是从个体的反思出发来讨论。在以“闯祸精”为标题的小说里，埃里克·崔用啤酒罐击倒邻居老人老工，是个“闯祸精”，可是在目睹了老工回乡心切，竟然把生活的全部精力都投入到旧报纸上，又让他同情和辛酸，最后他耐心照顾老工，为“闯祸精”身份进行了救赎。

作品中还有其他主流不容忍的“闯祸精”，如小偷、同性恋者、自闭症者、无业游民、玩世不恭者等，对于这些“闯祸精”，作品里都使用第一人称有限视角叙述，通过主人公的现身说法，真实地再现了华裔群体的心路历程。视角人物中，劳拉的天真，医生的理智，绅士的落寞，商人的烦躁，“闯祸精”的自暴自弃，艾米的憎恨，以及小偷的报复都在第一人称描述中呈现出了值得同情的因素。与此同时，华裔在底层边缘的身份中闪现出人性的光辉，他们揭自己的短处，也揭示背后的辛酸，以期望得到主流的理解，为华裔形象正名。同时他们也在反思自己，超越自己。第一人称叙述个体性很强，各小说中的主人公并不一样，有花甲老人，有自闭孩子，有主流医生，有嬉皮士青年，他们通过“单言，共言和轮言的叙述方式来体现边缘群体或受压制的群体”①，为在西方文化主流叙述中缺席的华裔沉默群体进行了集体书写，构成华裔群体言说的“权威”，为华裔身份建构奠定了基础。

与此同时，作品中似乎还不满足于“闯祸精”的自述，还通过自由自在的象征之物“鱼”来为他们言说。鱼缸出现在好几个小说中。在《一无是处》中，劳拉受到父亲的责骂，回到卧室，看着鱼缸发呆，“我看着鱼，它的嘴一张一合，或许在说我爱你，我爱你，我爱你”(p. 13)。当莎拉来找她一起排练戏剧时，“鱼游上来呼吸。她的嘴一张一合，一张一合”(p. 25)。鱼是劳拉渴望爱和自由的精神寄托，父母、同学和老师眼里一无是处的女孩最渴望的是爱，她自身的沉默通过了鱼得到表征。在《医生》中病人劳拉也同样养着金鱼，“橘色与黑色相间的颜色，假的城堡。金鱼在里面转圈，想找出路”(p. 32)。这也是劳拉在孤独中无法突围的困境暗示。《星星》中桌上的鱼缸，让同性恋主人公如获至宝，小心呵护。“母亲盯着厨房柜台上的鱼缸，金鱼用鼻子拱着鱼缸，想要出来。”(p. 156)在如履薄冰的生活中，金鱼是他们唯一的寄托。与前面主人公对金鱼的呵护相比，《漂亮》中的艾米则在报复游戏中打碎了金鱼缸，“任凭鱼缸里的水四处流淌，鱼在地上艰难地翻动”(p. 228)。鱼缸里的鱼是华裔在异域生存的象征，又是他们在狭窄的空间里寻找出路的隐喻，主人公的小心呵护和打翻鱼缸意味着华裔在追寻中反思自己的得与失。

2. 边缘人的自我反思

主人公在看似玩世不恭和绝望的背后，包含着对人生新的希望。从作品的主题内容我们可以看出华裔对自我的追寻(比如《一无是处》《绅士》和《星星》)、对群体成员的关注(比如《医生》和《妈妈》)、对自我的反思(比如《商人》《女族长》《美丽》《拙劣模仿》和《小偷》)。这三类主题是华裔主体的成长历程，饱含着对人

① (美)苏珊·S. 兰瑟. 虚构的权威. 黄必康译. 北京：北京大学出版社，2002：23.

生的感悟。主人公从追寻到接受再到反思,从不同角度认识自我和超越自我。

《一无是处》中的故事发生在下雪的冬天,雪地里只有松鼠的脚印,寒冷、凄凉而且孤独。小女孩劳拉在奶奶去世后,与周围世界格格不入,只有书本和金鱼与之为伴。在孤独中,劳拉与邻居逐渐由隔阂转向理解,演绎出单纯的友谊。在劳拉的视角中,莎拉抽烟,满口脏话,是坏孩子的典型,而莎拉也骂劳拉变态。可因为排练戏剧,她们成了好朋友,这是人与人之间沟通的乐观假想,为华裔与周围环境的融合进行了乐观的前景描绘。劳拉与莎拉的友谊使劳拉走出孤独,体现出个体逐渐与周围环境构成友好联系。

小说《绅士》看似是政治事件影响之下的小人物故事,却折射出个体在变化中不适应的过程。作品折射出"英国绅士"无所适从的寂寞和空虚。电视上的回归仪式,街头的欢呼,是周围人面对新生活的庆祝,可是,这位华裔"英国绅士",与中国产生了距离,在举国欢庆的时候却感到落寞。作品中的"绅士"头衔和与伊丽莎白二世的照片,是上流社会身份地位的象征符号,在追求这个符号的同时,他失去了天伦之乐。与此同时,身份符号也不稳定,瞬间的变化使他在失去符号的同时,也失去了方向。看似成功的事业和优越的身份却不堪一击;看似绅士的风度却不能轻松面对美女的挑逗;看似成功的家庭,却充满着斗争;看似幸福的夫妻,却没有爱情。相比而言,小说比《一无是处》更加伤感,成为华裔生活的悲观现实写照。在现实中,他们苦苦奋斗,可前景却不能把握,这是在奋斗中失去自我的感叹。幸好《一无是处》中莎拉救起了劳拉,《绅士》中妻子对丈夫依旧温柔,使得主人公孤独悲观的心有了依靠。

如果说《一无是处》和《绅士》还在自我的追寻中周旋,《医生》和《妈妈》中的主人公则开始走出自身的阴影,把目光投向了社群成员,为他们倾注了自己的同情。在《医生》中,华裔精神病医生乔治安娜努力医治一名得厌食症的华裔女孩劳拉,她也劝自闭的叔父出来与周围人接触。孤独的劳拉,在失去关爱的环境中扼杀自己的生命;叔父从不愿意见任何人转为与侄女出去吃饭,从自闭中走出来；乔治安娜适应良好，学习优异，社会地位高，找了个黑人男友，走出了跨文化交往的第一步。作品中的劳拉和叔父都有着不适应社群的综合症状，乔治安娜则成为救死扶伤的医生，她与黑人男友的快乐生活，是华裔个体从不适应中解脱出来的乐观预测。此外，乔治安娜努力拯救病人劳拉和叔父，为华裔的边缘生活进行了医疗上的解脱，则是乔治安娜为族群同伴寻求出路的写照，是一种回归主流的保守措施。

在作品中，乔治安娜是救人的医生，看似走出了华裔边缘的身份，不过她交黑人男友，吃外国菜，在具有多元身份的同时逐渐远离了自己的社群，站在了他者的视角来观看同一族群的个体，所以在她眼里，劳拉得厌食症死去是不值得的，叔父与世隔绝更是值得同情，需要去看精神病医生，可是殊不知，他们疾病的根源在于缺乏社会的关爱。他们表现出来的厌食和自闭实际是社会问题。从而，作品把矛盾的靶子对准了冷漠的社会，升华了华裔人群精神病理的层次。在小说最后，叔父亲切的劝诫和筷子的声音，让乔治安娜明白了叔父的亲切和家的温暖。所以作品中的医生在救人的同时也在自救，在融入当地社群时没有忘记自己的华裔身份，在多元文化混杂身份中没有忘记对弱势群体的关心。

在《妈妈》中，视角人物是开明的母亲，母亲面临的还是老问题，希望女儿找个好丈夫，结婚生子，可是当女儿的双性恋倾向得到妈妈的认可后，妈妈在女儿失恋时，承担起安慰女儿的责任。小说中有一个细节，当他们在街上行走时，楼上一位老人被推下来，撞在伊莲身上。老人是华裔，伊莲是同性恋，他们成了暴力发泄的对象，说明社会并非那么宽容。不过母亲还是比较开明地接受了女儿，结局依然乐观。

追寻自我获得了解救，理解他人获得了心理的平衡，这些都来自对自己的反思。这是追寻自我和超越自我的根本途径。所以作品中有大量的心理刻画，主人公在心理剖析中反思自身，从而实现了“闯祸精”与圣人融合的主题。

小说《商人》讲述了在跨国公司工作的乔纳森·崔言语粗俗，行为傲慢，大男子主义倾向严重。而女友对其弟弟的理解和对自己温柔的劝告,使商人逐渐意识到自己不对。来自上流社会的商人从言谈粗暴到理解他人,是反思自己、理解他人的故事,故事的结局是女友送给弟弟钻石作为结婚礼物,暗示了对未来乐观的幻想。

在小说《女族长》中,华裔老太太也由傲慢和幻想中解脱出来,面对儿孙离开自己的现实。作品中大量的描绘集中在老太太与死去丈夫的对话上。老太太沉湎于内心,与周围世界脱离,甚是孤独,而孙女们先后离开她也被她想当然地认为是姐姐在报复,增添了对未来的恐惧。在故事的最后,老太太终于卸下心中的重担,了结自己无法挽回的牵挂。

小说《闯祸精》更是华裔反思自己,走向圣人的写照。作品中主人公埃里克·崔与好友西蒙都玩世不恭,脏话连篇,惹是生非。可是击倒邻居老人老工后,他逐渐理解了华裔老人的乡愁,开始为老人奉献自己的关爱。

作品中华裔老人的举止让读者嘘嘘不已。老人是“花 100 万年才能跟上时代”(p. 124)的落伍者,其古老过时的想法、犹如偏执症一般的精神幻觉,是对社会不适应的表现。在他看来,新的环境并非家园,他不愿意融入其中。华裔这个边缘群体的生活环境和看似怪异的举止背后实际有数不尽的心酸。对家的执念与受社会的排斥如孪生姐妹一样缠绕着他们,他们忍受着两边的压制,无法寻找到安全稳定的港湾。居住国文化对他们来说格格不入,而回归故里、寻求港湾的舒适也仅仅是梦里的乌托邦,反而使老人愈加封闭在自己狭窄的小天地。

小说中的“闯祸精”们在客厅滑滑板,在楼顶踢飞花盆,用罐头瓶砸老人,与人打架,骂脏话,做了很多社会不容忍的事情,可是背后却有心酸,“闯祸精”埃里克在失去父亲后就一切都不在乎了,好友西蒙的母亲跟人跑了,而与埃里克打架的约翰(Johnnie)既没有女朋友,也没有工作,机会和美好没有向他们敞开,这是一群被遗忘的边缘人。小说从“闯祸精”的视角出发,反省了自己的同时也呼唤着社会的关注。

小说《漂亮》中的主人公艾米也在自己的约会游戏中感觉到自己的肮脏。艾米在小时候被同学吉米谩骂说中国人肮脏,可吉米竟然成为了好友的男朋友，这让她耿耿于怀，对男人进行报复，可是在最后报复的对象竟然是吉米。安吉尔的敲门，鱼缸的破碎和电话中男人的道歉都足以让艾米忏悔。

小说《拙劣模仿者》中，忏悔的父母却仍没有精神归宿。老人本来因女儿莎拉自杀而懊悔，尝试以新的思维理解儿子，可是儿子却成了佛教徒，讲着让人琢磨不透的语言，两代人无法沟通。以下是他们围绕"儿子带回的女孩是谁"这个问题进行的对话：

> 我看到了托德带回来的女孩，问道："她叫什么名字？"
>
> 托德放下包裹："记得我曾经给你讲过的诗人吗？"
>
> "诗人？"加里迷惑不解。
>
> "恩，有一个诗人。一天，他问师傅：'古代的镜子不光滑，怎么能反射蜡烛的光？'你知道那家伙怎么回答吗？水晶容器装满了冰，可是却没有痕迹（影子），猴子在水里捞月。"
>
> 加里搓着手。
>
> "所以，诗人——是无踪可寻的，你明白吗？——诗人说：'这些东西都不反射光，你能继续解释下吗？'师傅说，'如果没有任何答案，你要我怎么说呢？'"
>
> 托德带着期待的眼神看着我们："懂了吗？"
>
> 加里点头，我却不甘心，冲口而出："什么？"
>
> 托德微笑着，好像小时候做对了一道多项选择题一般的骄傲。"这是一宗公案。"
>
> "哦，公案可以翻译成女朋友吗？"
>
> 托德笑了："她是我一个朋友。"（p. 234）

对于简单的"女孩是谁"的问题，儿子使用了冗长深奥的公案来解释，父亲加里疑惑不解还假装明白，而母亲则傻傻地以为公案就是女朋友，两代人的对话如此困难。父母为了儿子爱上了时尚，可儿子却为了父母选择了深奥，两者都是拙劣的模仿者，以至于交流依旧错位。在故事的最后，老人在自己创作的小说中让男主人以自杀结尾，而她本人则开车在外面狂奔，因为"已经没有等待了”(p.251),这是对自己的行为反思无果的懊恼。

小说《小偷》中,小偷西蒙最初的举止是残忍的,可是在内心深处却是一个被母亲抛弃的孩子,他也因偷了熟悉的戒指让自己陷入更艰难的选择。因为戒指即使是母亲的,他也无法去面对。就像沈太太所感慨的“报应”二字,母亲离开孩子得到了儿子的报复,而儿子对母亲偷盗则是放纵自己的报复,而母亲的报警则是对儿子报复行为的惩罚。所以,小偷的行为到最后是值得反思的,虽然他的经历值得同情,行为却不可取。

在这些小说中,《女族长》中的老太太为自己的过去后悔,《漂亮》中的艾米为自己的报复游戏感到肮脏,《闯祸精》中的埃里克为自己伤害老人道歉,《拙劣模仿者》中老人为曾经的专横而忏悔,《小偷》中的西蒙为自己的偷盗行为付出代价。这些主人公都在对自我的反思中走出自身,对自己进行了反思和拯救。从他们的行为中,我们可以欣喜地发现他们都在反思中走出身份的焦虑和自责,而抱之以豁达和宽容,如《妈妈》中对双性恋女儿的理解,《星星》中母亲对同性恋儿子的理解,《医生》中对自闭症华裔病人的拯救,都体现出华裔已经走出自身,走向同伴,一方面努力使自己成为多元文化中的强者,另一方面又承担起解救族群成员的责任。

3. 华裔族群的集体书写

作品中华裔个体的焦虑在反思中释然,错误在反思中纠正,理解在反思中获得,作品中一个个故事演绎出华裔个体走出身份阴影,带领同伴走向多元融合的社会。作品中的主人公要么是孤独的老人,要么是无所适从的中年人,要么是向主流奋斗的年轻人,要么是玩世不恭的嬉皮士,他们中大部分人都生活在社会金字塔的底层,不过人性的关爱还是使他们超越了自己的恩怨,把宽容和理解带给了周围人。除了边缘人,主流中的绅士和商人也如此,他们看似掌握了权利,却对边缘人更加的排斥,也只能在边缘人的宽容中获得拯救,所以作品中的拯救主题贯穿全文,对无论处于哪种环境下的人,都进行了反思教育。正如作品标题“闯祸精及其他圣人”的暗示,“闯祸精”在自我反思中超越,力所能及地走向了善良的圣人。所以“闯祸精”为老人送饭,无怨无悔,医生为华裔病人做治疗,尽心尽力。总之,他们都体现出边缘与中心的融合,调皮与善良的融合,报复与宽容的融合,误解与理解的融合。

作品中各小说虽然单独成篇,不过同名人物在不同小说中反复出现,小说之间的人物相互联系,把小说集连接成有机的整体,我们可以归纳出每个人物在各个小说中的影子:

劳拉,是《一无是处》中被人歧视的小女孩,在好友莎拉的拯救下走出孤独。她在《医生》中是得厌食症不治而亡的女孩。她还是《小偷》中西蒙单纯的女友。

莎拉,是《一无是处》中抽烟、骂脏话、滥交男友的叛逆女孩,后与劳拉建立坚实的友谊。在《拙劣模仿者》中,她因朋友柯班(Cobain)自杀,自己也自杀而去。

乔治安娜,在不同小说中多次出现,《医生》中的自述和《女族长》《妈妈》以及《星星》中旁人对她的描述一致,她从哈佛大学毕业,精神病医生,为拯救病人劳拉和叔父尽心尽力。她与黑人马克结婚,成为家里的叛逆者。乔治安娜是成功华裔也是跨文化交流的核心代表。

埃里克,在《商人》中是中途辍学的玩世不恭者,他在异地爱上异族女孩梅丽莎,希望得到哥哥的同意。在《闯祸精》里,父亲去世,母亲管不了,他与玩伴西蒙打赌,砸倒邻居华裔老人,后来忏悔自己的过错。

西蒙,在《闯祸精》里,是失去双亲的孩子,母亲抛弃了自己和父亲,父亲也去世。西蒙在《小偷》里为了女孩劳拉,去偷项链,发现那人可能就是母亲,感受到“报应”的含义。

思梦,是《闯祸精》中华裔老人老工的侄女,已去世,老工还整天说要带她回家。在《医生》里,乔治安娜的叔父也叫乔治安娜思梦。

艾米,是《绅士》中绅士的侄女。她也是《漂亮》中约会游戏的主角。

梅丽莎,在《拙劣模仿者》中是托德的女友。在《商人》中是埃里克的女友。

艾歇尔，是《绅士》中的姐姐，是《星星》中的姨妈。

同一名字在不同小说中的交替出现，使故事之间呈现出紧密的联系，似乎这些故事来自同一个家庭，这是把华裔看作大家庭来对华裔群体进行刻画，更具有普遍的意义。作品中的老工、姨父和女族长是华裔老一辈乡愁的代表，商人和绅士是人到中年，已经进入主流文化的典型，乔治安娜是年轻一代中学习优异、有稳定报酬、与异族通婚的代表，埃里克和西蒙是流浪嬉皮士，艾米是游戏中报复的年轻华裔，莎拉和劳拉是孤独中不知所措的华裔孩子，而代表边缘同性恋的斯蒂文则在父母的理解下继续自己的生活。作品描绘了一个完整的华裔家庭梯队，在这个家庭中，老一辈在自闭和忏悔中走出来；中年华裔在主流中、在专横中变得善良；主流青年在理解中帮助同伴，玩世不恭的年轻人则在游戏和犯罪后忏悔过错。总之，他们都在心底对自己进行了反省和拯救，从而使作品中具有代表意义的华裔走出了身份的压抑和焦虑。作品中的人物相互关联，视角人物轮番言说，他们“努力与羞辱相抗争，期待发现一个可以被称为家的地方”①。这是华裔主动走出自闭与世界交流的新的生存方式。

作者在扉页引用了爱因斯坦的语言：“深藏着的东西肯定在某事物的背后。”作品为此拨开了误解的面纱，把视角集中在西方的他者眼中“怪异”的边缘华裔群体，挖掘出他们内心善良的一面，试图为华裔个体正名。劳拉给金鱼取的名字是汉语拼音“YU”，《拙劣模仿者》中孩子说出的一系列深奥的语言来自东方的佛教，《小偷》中的西蒙在犯罪后为自己可能抢劫了母亲家而领悟到“Baoying”的含义。在他们的追寻中，代表中国文化的语言和思想已经给他们留下深深的烙印，成为他们身份的深层结构。所以作品中的华裔个体一方面把华裔追寻自我的声音扩大，另一方面却在为自己寻找族群之家。这体现了华裔在多元文化氛围中建构自

---

① Review of *Troublemaker and Other Saints*. *Publishers Weekly*, 2001(2):59.

我的态度，希望自己既能走向主流文化，又能维护华裔地位的多元身份追求。

作品中华裔主人公积极反思，主动走出自身狭窄偏激的观点，为走向多元的融合进行了准备。其中，乔治安娜就是多元文化影响下的积极产物，她学习优异、收入丰厚，与华裔曾经反对的黑人联姻，实现了跨文化交往的第一步。而其他成员有的明白过去无法挽回，所以女族长走出惩罚阴影，绅士走出失落的过去，迎接儿子的老人不再等待，以及叔父走出自家的屋子；有的摒弃对异族的偏激态度，比如对西方男性的反感和敌视的艾米的懊悔；有的摒弃自己对华裔的偏激态度，比如埃里克对伤害华裔老人的挽救，约翰对弟弟与异族女孩通婚的接受，母亲对女儿双性恋的接受，西蒙对华裔本族成员实施偷盗后的“报应”。这些都是主人公走出身份阴影，积极面对自己和群体的象征。总之，主人公在反思中检讨自身、拯救自身，从狭隘民族主义的偏激走向了宽容自己和他人的圣人之路。自我与他者的关系原本是多元文化冲突中的尖锐主题，主人公把注意力聚焦在自己之外的其他人，是自我与他者相遇后的责任感的体现。

第二节 寻根与寻善的糅合
——黄锦莲小说研究

在美国华裔女作家黄锦莲的作品《点心》中，华裔主人公林赛·欧阳（Lindsey Owyang）对中国身份的自卑转化成自愿追寻行动，与此同时，作品中的幽默使寻根主题化作了夸张的喜剧表演，从而减轻了华裔身份的焦虑，而主人公林赛与迈克（Michael）的浪漫爱情则是多元融合的快乐大结局。

作者黄锦莲是第三代旧金山（San Francisco）华裔（她的母亲7岁来美）。她毕业于柏克莱加州大学（UC Berkeley）英文和艺术专业，目前与丈夫和小女儿住在旧金山的桑瑟特（Sunset）区。《点心》是黄锦莲的处女作，2000年开始撰写，其原始动机是纪念她过世的外婆。黄锦莲说，她几乎是外婆带大的，与外婆的关系特别亲密，所以外婆过世后，她希望趁着记忆犹新，把外婆的故事写下来。

1. 寻根中的中国情结

作品讲述了处于中西文化夹缝中的华裔女孩林赛·欧阳如何面对中国文化。林赛是第三代旧金山华人，父母是土生华裔，她对祖先文化并不了解，极其美国化。林赛小时候上过中文学校，但经常逃课；在大学里，林赛学的是法国文学专业；在生活中，林赛也只对白人男性感兴趣，所以林赛是典型的香蕉人。

从加州大学毕业的林赛，却大材小用，在一名为《素食捍卫护者》(Vegan Warrior)的杂志编辑部工作，她对上司的歧视很无奈。为了与周围人打成一片，她尽量避免自己的中国性，喜欢日本基蒂猫却从不希望别人发现，喜欢吃中国菜却从不愿意带到办公室，而宁愿跟同事去吃肯德基，喝可乐和咖啡，她对外婆屋里的虎骨膏和中药味道也很是反感。她脚上长的畸形脚趾，也被她一再掩饰，即使在酒醉后也不让好友知道，因为据外婆说，短脚趾是源于祖辈的缠脚习惯而遗传下来的畸形。

中国性在林赛那里是自卑的根源，无法释怀的困惑。与此同时，她对西方男士对中国女孩的追捧也很是反感，认为他们是"亚洲事物的猎奇者"(Hoarders of All Things Asian)，把东方女性看作不加尊重的欲望他者。不过办公室同事迈克的爱情表白使她逐渐，消除了对白人男性的偏见，也乐意让迈克走近自己的生活。后来从迈克的嘴里得知，他的外婆来自夏威夷，是中国人，迈克有1/4的中国血统。迈克与林赛的爱情是香蕉人(西方化的黄种人)与鸡蛋人(东方化的白种人)的融合，成为多元文化交流中乐观的浪漫。

两人的爱情也增添了她对中国文化的信心，对于身份的思索促使她跟外婆回中国，走上了追根寻踪道路。在去中国的途中，她了解到外婆坎坷的流浪身世。外婆的祖父开茶厂，不过外婆很小的时候父亲去世，母亲改嫁给富人，外婆被母亲以仆人的身份带过去。后来外婆长大后跟朋友去跳舞，认识了言谈举止很西方化的外公，虽然外婆的母亲不喜欢他，外婆还是跟他结了婚。不幸的是，外婆的父母先后去世，又遭遇日本侵略战争，外公在外工作，外婆带着年幼的母亲到处避难。母女在船上,侥幸躲过了日本人的搜查,后与外公在昆明会合,外婆学英语,跟外公乘船去了美国,开始了新的生活。对于外婆来说流浪经历是苦难生活的必然选择,不过她到美国后,并未忘记自己的中国身份,对中国的亲戚朋友带着很深的思念。外婆的坚决深深打动了林赛,虽然与外婆到中国实地考察时发现中国还很落后,亲戚还很贫困,不过外婆好友家的墙壁上挂着林赛的照片,让林赛感受到了亲情的温暖以及她和中国的联系。回美国后,林赛终于接受了自己的华裔身份。小说最后,林赛请迈克到家里来参加外婆操办的中餐大聚会,完成寻根的大结局。

小说是华裔后代寻根的经历写真,林赛从受歧视到掩饰中国性,到与迈克恋爱,再到回祖国寻根,这是一个连锁的因果关系。中国性如果不受压抑,这一切将不复存在,而文化政治中主流文化对第三世界的他者想象,使得“中国”这个词成为华裔个体自卑的根源,而斩断联系的华裔后代犹如无根之木,受着身份的困惑,因为其黄色的皮肤和中国文化特色的饮食起居习惯,一次次暗示自己的中国特点。林赛寻根的结局是认同了中国这个家,也使得她远离了中国性带来的困惑。从某种意义来说,迈克和外婆都起着沟通的积极作用:迈克耐心地听林赛讲中国的过去,也积极地面对林赛的家人,这给予了林赛寻根的勇气;外婆坚持自己的中国习惯,给林赛关于中国的感性回忆,促使林赛坦然面对自己的中国性。

2. 调侃中的身份化解

作品一出版就获得好评,成为《旧金山记事报》(*San Francisco Chronicle*)最畅销书籍,很多读者对作品中的轻松、风趣和幽默赞叹不已。作品中使用的20世纪七八十年代的时代语言更增加了作品与平辈沟通的亲切感,为很多人所喜爱。作品中的幽默轻松来自作者对语言的时尚化选择和浪漫夸张的情节安排,从而作品中的矛盾被掩盖在轻松的书写中。

对于林赛与迈克的爱情故事,在林赛收到迈克“I LOVE YOU”的爱情表白的时候,她的反映是这样的:

这八个字母，就像心形的气球、最独创、最新鲜的笔画连接。

几分钟后，她的想法是：不许招惹我。

然后，她愤怒地盯着桌子足有十秒钟，然后她让自己去猜想，到底是什么意思？人不可能对每个人说这样的话。是真的吗？这个从来连咖啡杯都洗不干净的迈克爱上她了？她不确定，不过她完全陷进去了。

一小时后，她确信迈克是在捉弄她。（p. 26）

久违的爱使怀春少女开始心动，不过西方男性对东方女性的猎奇也让她退避三舍。林赛的心理活动跌宕起伏，从最开始的高兴，到愤怒，到怀疑，最后到否定，反映出林赛在经历了爱情挫折后对真爱渴望又害怕面的矛盾情绪。而她情绪中的夸张成分，又使林赛的情感更加逗人，增添了娱乐的成分。

林赛逐渐爱上了迈克，可如火的内心世界却以冷漠外表来表现，当迈克问她是否有自己的电话时，她回答："没有你的电话，不过我想你该编个更高明的理由来跟我说话。"（p. 59）而实际上，林赛开始留意自己的打扮，期待与迈克约会甚至还去跟踪迈克与其他女孩的约会，后来才知道那女孩原来是迈克的妹妹，两人的爱情误解在真诚中冰释，两人开始了浪漫的爱情旅程。不过好事多磨，与迈克吃午饭的暗示被迈克误解，他们都等着对方约自己而错过时间。她还在迈克家发现了原坯布、沙地靴子、Wallabee 和 Rockports 牌子的鞋，这些是"东方美女猎奇者"典型的打扮。迈克设计的名为"Slant"的幽默栏目，也被林赛理解为西方人对中国人抢饭碗（job-stealing slant）的贬称，而产生误解。迈克在林赛家中的约会则因林赛害怕外婆不高兴而显得过度紧张。不过这些误解都是曲折情节中的高潮和低谷而已，最终迈克获得邀请，参加了林赛的家庭联欢，他们的跨文化爱情修成正果。

作品中曲折的情节和主人公夸张的反映让读者忍俊不禁，也让林赛的爱情经历和骨子里自卑的华裔身份化解为轻描淡写的玩笑，既增添了作品的可读性，也使林赛对种族歧视的误解在浪漫的爱情旅途中逐渐得以消释。

作品里以林赛的第三人称叙述者视角为主，不过偶尔会出现第一人称叙述者的评价，对林赛的行为进行幽默的调侃。在林赛对迈克的表白胡思乱想的时候，接下来的大写字母明显不是林赛的语气："磁带第一面结束，请倒回。过去的回忆在脑海里可以倒一千次。她约会男生，憎恨男生，激怒男生，她想要真爱。后来她把心思放在了学习上。"（p.30）林赛对迈克的误解来自林赛对过去不公平对待的回忆，这本是林赛的真实想法，"磁带第一面结束，请倒回"是第一人称对第二人称的"言语行为"，第一人称叙述者的插话把林赛的想法和行为化成了表演性极强的行为，对林赛的心思进行了调侃。

在迈克拿外套准备跟林赛吃午饭时，他顺手拿了口香糖，后面是大写的"暂停播放"（p.78），紧接着用了一大段话来介绍使用口香糖通常的目的是为了亲吻之类，后面紧跟着"按播放继续"，叙述林赛拿包回来时，迈克说主编召集编辑开会。"倒回，暂停和播放"都是叙述者出场，来对林赛进行善意调侃。叙述者的调侃使主人公林赛成为叙述者控制下的表演游戏者，使林赛沉重的负担在轻松的叙述下有所缓解，既给读者带来轻松的气氛，也让林赛在身份问题上得以释怀。

在林赛答应与"东方女性猎奇者"史蒂夫·D（Steve D）约会时，马上出现黑色的大写字体："今晚《发现》频道的主题是：亚洲事物的猎奇者。我们将会发现这些都市食肉动物的交配习惯。"（p.182）把他们的约会形容成动物的交配，这种玩世不恭的说法既暗示了林赛揭露东方猎奇者的决心，也暗示了他们的交往在叙述者审视下的玩世不恭。

总之，让主人公感到紧张的中国性，在作品轻松幽默的笔调下焕发出时髦新奇的效果，主题的严肃性在调侃的气氛中逐渐被降低和化解。那么作品是否仅仅是娱乐读者的"Chick Lit"（美女文学）小说？并不是。按照作家的说法，小说不仅要"娱乐读者，还要展开文化对话”①,作品试图通过混杂的语言体现多元文化的特色,以新的视角为华裔进行身份建构。

3. 混杂中的多元走向

在轻松的气氛中,林赛的第三人称有限视角为华裔种族歧视进行了重新书写,比如西方猎奇者对东方女性的青睐、上司的轻视、朋友的歧视等都在她调侃的幽默中表现出来。这也体现了林赛对中国性从自卑到释然的思路转变,作品中虽然从头到尾都没有离开关于中国性的探讨,不过探讨的语言却充满都市流行色彩,作品中使用20世纪七八十年代流行的时尚术语,还出现了多种混杂语如广东话、普通话以及法语等,给读者呈现了当今时代下的语言混杂的状况,体现出对中国性关注的减弱和多元文化观念的增强。

1. 她不敢穿凉鞋,害怕热衷于畸形对象的贵族摄像师戴安娜·阿勃丝会从垃圾后面窜出来,给她的畸形脚趾拍个快照,好为电影《信不信由你》提供素材。(p. 38)

——这是在林赛对自己的畸形脚感到自卑时的夸张想象。戴安娜·阿勃丝(Diane Arbus)是当时著名的摄影师,专门对“非常态”的人物进行拍摄,于1971年自杀,《信不信由你》(*Ripley's Believe It or Not*)是1999年由巩俐参演的美国大片,描述主人公的传奇经历。

2. 她害怕这仅仅是恶意的玩笑,自己会落得电影《魔女嘉丽》中女主人公西西·斯巴克的下场。(p. 268)

——《魔女嘉丽》(*Carrie*)是美国20世纪70年代的轰动电影,主要讲述一直受同学歧视的嘉丽愤然反抗,以超能力进行报复行为。作者把演员西西·斯巴克(Sissy Spacek)与主人公嘉丽混淆了,体现出时尚年轻一代的特色,因为年轻人经常用演员来代替主人公的名字。

---

① Rasmi Simhan. Minority Authors Add a New Dimension to “Chick Lit”. *Sacramento Bee*, 2004(3):28.

3. 迈克最终会不会像《魔域奇兵》中的法师一样在她心脏还在跳的时候就给她挖出来?(p. 268)

——《魔域奇兵》(*Indiana Jones and the Temples of Doom*),1984 年所拍,是《夺宝奇兵》的续集,有中国男孩参演,描述了考古学家琼斯与中国男孩在印度拯救被法师残杀的人群。

对话中屡见不鲜的名称都是 20 世纪后期流行的电影或者轰动的人物故事,是年轻人的最爱,作品中出现这些名字增添了作品的时尚特色,易于为青年读者所接受。不过我们还该注意到,这些引用内容都与个体的非正常表现、遭受歧视以及暴力反抗有关,这可以让读者进一步思考。什么是真正的非正常?如何对待他者?受同学歧视的嘉丽、受法师控制的村民、热衷于非正常拍摄的摄影师与林赛的遭遇都有或多或少的相似性,这是对华裔边缘个体被主流歧视的暗示,只是影片中的血腥场面更多的是表演效果,减轻了中国性的重负,作品中选中的电影中有中国演员的参演也是作者对多元文化中个体平等参与的理想体现。

作品中还出现标准语之外的俚语和法语,以及外婆的广东话。比如上司叫林赛去订中国餐,林赛说"母亲假如会笑的话,准会笑得跌下椅子"(Laugh at the ass of if she could laugh),这句对母亲的调侃表明林赛玩世不恭的嬉皮士态度,是对上司跨文化交流的表面现象的讽刺,也是对母亲不管自己、不苟言笑的责备。

林赛对迈克开始着迷时,趁午饭时间在网上收集关于迈克的资料,然后用了法语"Et voila!"(哇,找到了!),既表达了学法语专业的林赛发自内心的激动,也暗示了作者对迈克的罗曼蒂克幻想。

东方美女猎奇者看到亚洲女性就会用"Ni ho ma"(你好吗)来问候她们。"Ni ho ma"是猎奇者为了与亚洲女性搭讪而使用的蹩脚普通话,表现出作者对这些群体的反感。还有唐人街的街名"Dupont Jie",意思是"杜邦街",来自不同背景的语言构成了多元文化的混杂场面。此外,作品中外婆经常冒出的是地道的广东话,如 Doong-Gwa(冬瓜)、neen-goh(年糕)等,原生态地再现了外婆的广东本土身份。

关于新年的习俗，作品中是这样描述的：我们有两次新年聚餐，一是为除旧岁，二是为迎新年。在大年夜聚餐的饭前时刻，已婚的夫妇要给孩子包红包，称为“Lay-see”。接到红包后，林赛会说“dawh jeh, goong hay faht choy”，意思是“多谢，恭喜发财”。哥哥凯文（Keven）从姨妈薇薇安（Vivien）那里接过红包说“Sun neen fail lok”，意思是“新年快乐”。（p. 260）广东话在作品中原汁原味的出现制造出混杂的文化氛围，而叙述者的解释则蕴含着跨文化沟通的观念。

作品中英语标准语、俚语、时尚用语、法语、普通话、广东话等不同语言形成混杂的语言大杂烩。这种语言混杂具有重要的文化作用，它“是在一个单一表述的竞技场上发生于两个不同的语言意识之间的遭遇战”①。“混杂跨越了一整套文化形式，批判地占用主导文化的主符码的各种因素，将其‘混合’起来，肢解给定的符号，重新阐述其意义……对‘英语’——民族语言的宏大话语——的语言控制加以解构中心、非稳定化和狂欢化。”②混杂语言避免单声的霸权和无声的沉默，是各自言说的狂欢局面，是对话进行的理想状态。通过混杂语言，主体进行着文化协商。“协商的贡献就是显示这种重要讨论的‘之间性’”③，在转译与协商中产生的混杂、杂交的状态，“并不是对政治意志的一种破坏。相反，正是在社会主义民主政治协商的刺激下，要求组织问题的理论化和社会主义理论的组织化，因为没有哪一个群体靠其内在的、根本的历史就能保证发出的是正确的信号”④。混杂的语言和文化让华裔的声音得到体现，这是华裔希望作为主流社群一员的平等和对话理念。

小说把中国性这一浓厚的政治身份特色转化为时尚的书写，使主人公自身的焦虑在玩世不恭中得到解脱，这无疑是另一种解决族裔身份的策略。作者在幽默的讲述和时尚元素的汇集中，把

---

① 巴赫金. 小说理论. 白春仁，晓河译. 石家庄：河北教育出版社，1998：146.

② 参见斯图亚特·霍尔的文化身份与族裔散居. 罗刚，刘象愚. 文化研究读本. 北京：中国社会科学出版社，2002：222.

③ Homi Bhabha, *The Location of Culture*. London: Routledge, 1994：29.

④ Homi Bhabha, *The Location of Culture*. London: Routledge, 1994：26.

复杂的身份问题呈现在读者面前,是严肃主题与大众文化的融合,是一种思维上的混杂。一方面,主人公执著于身份问题,对其不厌其烦地追寻和沟通,另一方面,调侃和幽默的写作特色又反映出主人公追求身份的表演性和戏剧性,从而淡化了身份问题本身。

此外,作品中不同语言的汇集又是多元文化中个体平等相处理想的体现,使多元文化中的沟通意识更加明显。对作者来说,“文化是每个人生命的一部分,怎样也剪不断”①,因此,她努力把主人公塑造成有着不同背景、不同思考模式的有血有肉的真实的人。所以作品中的美国时尚语言加上外婆浓厚的广东话,形成中西混杂的洋泾浜语言,这是多元文化交流的必然。而迈克对林赛文化背景的宽容,外婆对身份的坚定和对混杂婚姻的开明,以及林赛对中国身份的回归都体现出华裔个体无论面对多少问题,都在努力乐观地面对流散中带来的身份困扰,他们乐观的态度使得这些令人焦虑的身份问题在轻松幽默的书写中得到释然和解脱。

4. 交流中的宽容大度

在《点心》一举成名后,黄锦莲于次年推出续集《佛的孩子》。主人公林赛继续讲述自己的故事,她也对过去进行了进一步的反思。不过《点心》中嬉笑怒骂的时尚风格在《佛的孩子》中逐渐消失,取而代之的是林赛的旁观者视角。林赛的观察如同记者的镜头一般,瞄准交流中紧迫的矛盾。在紧张和严肃的氛围中,华裔所受的歧视得到揭露;在老师们意外的转变中,跨文化对话得以顺利地进行;在和平欢快的交流中,华裔与主流的矛盾得到冰释,多元平等的乌托邦理想得到阐发。

跟外婆回国寻根还未尽兴,林赛继续追根究底,试图对自己儿时所受的歧视进行新的视角阐释,在解决自己困惑的同时也为西方他者开脱,这一举动是林赛以跨文化交流使者的身份在华裔和主流社会之间进行沟通和妥协的努力。在故事的开端,林赛辞去编辑部的工作,重新找到两份具有文化交流意义的兼职工作,一份

---

① 黄锦莲新著《点心的一切》反映了美籍华人的成长历程.
http://www.chinaqw.com/node2/node116/node119/node162/node2222/node2225/userobject6ai158848.html. Mar 17, 2004.

是在母校圣·摩兹(St. Maude's)教堂小学任教,另一份是在博物馆里做收款员。回到阔别多年的母校,林赛回忆了小学上课时所受的歧视,比如被同学孤立和打骂,被老师训斥,在她的回忆里这些老师如巫婆一般可怕,特别是修女艾碧勒(Abilene)女士,她竟然让淘气的男孩贝多芬装扮成动物展览,供其他孩子观赏,达到羞辱他的目的。而偶然一次偷看艾碧勒修女的备忘录,发觉修女对学生所记的全部是缺点,对林赛的评价也毫不客气,说她"骄傲,爱讥讽"。林赛还统计了儿时华裔学生在学校的待遇:

> 学校总人数:240。
> 中国学生:26。
> 选去参加圣诞晚会的中国男生:0。
> 选去参加圣诞晚会的中国女生:0。
> 坐在靠近祭坛位置的中国男生:0。
> 强迫坐在最后一排的中国学生:26。(p.97)

这些心酸的回忆至今还让她心有余悸,于是她在母校开始了对弱者的扶助,她看到华裔女生金兰(Jinlan)独自一个人在跳皮筋,她就主动陪她玩,还送她回家,而金兰瞅见艾碧勒修女转身就跑,更是印证了她对艾碧勒的印象。不过她意外地发现金兰的家竟然就是艾碧勒家,而她家里的老母亲恰恰是曾经跟踪过她的陌生女人,这一切太神秘了!老妇人向她解释了原委,原来曾经跟踪她是爷爷的安排,爷爷害怕林赛在学校遇到麻烦,就托她帮着照看林赛,而艾碧勒是她的华裔养女。艾碧勒原来一直不愿意承认自己的华裔身份,不过后来逐渐发生转变,还收养华人女孩金兰。儿时的苦难在戏剧化的转变中得到了温情的修复。

在学校陈列的老照片中,林赛又发现了一个关于奶奶身世的天大秘密。当时林赛发现照片上的一个女生酷似自己,据艾碧勒解释,这张照片是学校拯救的被拐卖或被收养的孤儿合影。照片让她想起了奶奶,这个对周围一切都嗤之以鼻的性格乖戾的老太太莫非有隐私?在她的再三追问下,爷爷才讲述了与奶奶的婚姻,原来爷爷与奶奶的孪生妹妹青梅竹马，可是她很快就随全家搬走了，在偶然的机会爷爷发现楼上洗衣的孪生姐姐（也就是现在的奶奶），以为是他喜爱的妹妹，阴差阳错地跟她交往，因为“中国人只能找中国人”（p. 234），最终造就了奶奶与爷爷的婚姻。那么这个双胞胎姐妹为什么不在一起？这一直是主人公的猜测，或许是华裔家庭经济困窘的无奈，或许是华裔父母不喜欢女孩的原因。无论如何，华人家庭的无奈已经是过去，而奶奶被收养表明了学校对弱势群体的真诚对待。在林赛的劝说下，全家人（包括奶奶）答应参加学校举行的庆祝大会，林赛在家人与老师和谐的交谈中感受到快乐。

从林赛对儿时受老师歧视的回忆，到回到母校后对老师的误解，再到华裔老师从自卑到认同的身份，体现了在多元文化的氛围中，华裔不断成长的经历。同时主人公对老师的阴影也在他们对华裔弱者的营救行为中得到冰释。华裔在与西方文化的接触中把冲突化为理解，多元的文化走向了欢乐的大联欢。

在化解主流对华裔歧视的同时，林赛又马不停蹄地进行着另一种沟通的努力，就是让西方了解中国。林赛选择了在博物馆工作，希望了解中国并与顾客交流中国的历史文化，不过这一努力却举步维艰。她在博物馆里的工作原来仅仅是销售纪念品什么的，生意冷清，并且还遇到无数“亚洲事物的猎奇者”，以及对中国文化一无所知的顾客，这些顾客一开口就是“请简述中国绘画的历史”，或者“请讲述‘文化大革命’的目的”（p. 36）等，让她哭笑不得。

偶然的机会林赛遇到一个特别的华人，他就是林赛的小学同学，达斯汀·李（Dustin Lee），有四分之一华人血统的他在上学时坚决否认自己的中国性，可还是被同学耻笑，于是他把气发在林赛身上，林赛忍无可忍，用饭盒向他砸去。后来达斯汀退学了，她一直为这一点耿耿于怀，意外的邂逅让她尴尬而又惊讶，不过达斯汀现在的境况很好，跟父亲的生意做得很成功，林赛发现自己竟然在与达斯汀的再三约会中发现了两人的共通点，他们对中国性回避的困惑原来是一致的，这差点成为林赛与之发展感情的机会，不过林赛还是选择了迈克，在最后一刻，迈克给林赛戴上婚戒，继续了跨文化婚姻的浪漫旅程。

作品从第三人称有限视角出发，以林赛的感性体验和旁观来揭示事件的真相，显得逼真而又感人。在此过程中，林赛从一个具有自我意识的华裔女性转变成努力抹平中西文化鸿沟的文化交流大使，她在小学兼职，为修女老师对华裔学生的歧视进行了重新书写，原谅了老师们过去的错误，而在博物馆的工作也为交流中国文化做了进一步的努力。作品中华裔个体跳出了身份的焦虑，走向对他者的大度和宽容。

小说以《佛的孩子》作标题也暗示着这样的深意。佛像是奶奶家里供奉的“弥勒佛”佛像，“中国瓷器做的大肚弥勒佛，肩上和腿上是几个孩子在嬉戏”。面对这个具有独特中国佛教文化的意象，美国化的凯文说：“我恨这个弥勒佛，把我吓坏了。”(p. 7)可是在林赛和迈克看来，弥勒佛很友善，就像一个大孩子，单纯善良。(p. 277)这正是多元文化中个人应该具备的素质：对他人、他者的宽容和善意。而作为中华民族的后代，他们也都是佛的孩子，无法更改，所以也应该肩负起继承中华传统的重任，在多元文化中与他者交流，最终走向多元共存的和谐之路。

小说主人公以反思自我、善待他者的宽容为结局，是自我面对他者，跳出自身的努力，她们跳过了边缘身份这一道艰难的门槛。精英阶层宣传多元文化的文化观并不让人惊讶，可是对于边缘华裔来说，走出自身，迎接他者，却是极具挑战性的选择，正因如此，小说才具有了重要的跨文化意义。因为她们用行动实现了列维纳斯提倡的正视他者的责任，在面对他者的时候，呈现在自我面前的是“面孔”，这是人性本体的灵魂，而只有超越文化的身份，广泛的人性才可以显现出来。

小　结

在邱静瑜的《闯祸精及其他圣人》和黄锦莲的《点心》与《佛的孩子》中，自我走向了集体他者，且自动地被集体他者所代替，成为集体他者的代言人。作品中主人公对中国文化和对西方文化的态度发生了转变，受压抑的不满逐渐消失，华裔身份的自卑也在缓解，他们对他者体现出极为宽容的心态。在《闯祸精及其他圣人》中，"闯祸精"与"圣人"的融合是华裔对自我身份的反思和信心，华裔从压抑的身份中得到了解脱，也对周围边缘人充满了理解和同情。"点心"是典型的中国菜，作品以"点心"为名，说明作者对华裔身份已经毫不忌讳，此外叙述者还对华裔身份追寻本身进行了时尚的调侃，说明华裔主人公已经在华裔身份上释然了。而在《佛的孩子》中，"弥勒佛"暗示着典型的中国文化，华裔主人公已经接受了中国文化，并且在与他者的交往中表现出了尊严和大度。此时华裔作为多元文化中的交流大使，演绎出多元文化共存的乌托邦理想。

《简明不列颠百科全书》对"乌托邦"的定义是："一种理想的国家，居民生活在看起来完美无缺的环境中。"乌托邦小说的基本写作特点是："以作者假设的价值标准或理想社会状态为参照，先对现实的丑恶和生活的弊病提出批评，再对社会未来的发展提出具体详细的改革方案。"①作品里对现实中华裔族群所受的歧视进行了揭露，对华裔自暴自弃的行为进行了批评，然后通过华裔自身的反思和跨文化交流的努力，来共建没有歧视的大家庭。

不过这一幻想有点力不从心，作品中，华裔族群受歧视的现象依旧存在，从楼上被抛下的华裔老人，"东方事物的猎奇者"，歧视华裔孩子的老师，都是现实中无可奈何的故事，可是叙述者还是轻松地调侃中国性，幻想圆满的结局，在文化交流中抑制自己的悲伤。

实际上，此章节是前两章关于存在书写的继续。根据存在符号学，自我与自身也即个体自我与社会自我进行着反向的流动，社会要同化个人，而个人要渗透社会，这两股力量相对而行，直到交融碰撞。在第一章，个体自我发出来自身体的声音；在第二章，个

---

① 潘一禾．经典乌托邦小说的特点与乌托邦思想的流变．浙江大学学报（人文社科版），2007(1)：87—94．

体自我开始对社会自我即历史与当前进行了回顾和反省，在抵制和冲突中与其协商，此时两种声音、两个立场出现拉锯战。而在本章，很明显，社会自我占据了上风，个体自我向社会自我屈服，并成为了其代言人，此时，自我尽量压低声音，抬高来自社会的他者的声音，并为之歌颂，从而奏出乌托邦的和睦。

不过这一表面的和睦下依然有个体自我不甘心的因子。往往乌托邦小说中，大量的笔墨都放在对乌托邦世界的美好描绘上，为现实不存在的理想进行夸张的演绎，以唤起人们对理想世界的向往和对现实世界的批判。可是在邱静瑜和黄锦莲的作品中，对现实矛盾的描绘占了大量的篇幅，现实矛盾显得突出而又尖锐，对理想世界描绘的笔墨却缺乏逻辑的因果关系，结局也很突兀，对现实问题的解决显得有点敷衍。在《闯祸精及其他圣人》中，对华裔的理解，对自我的拯救，对边缘人的开明，对命运的释然，都是来自华裔单方面的一厢情愿；在《点心》中，严肃的中国性与时尚话语的结合似乎并不能消解矛盾；在《佛的孩子》中，修女艾碧勒过去的残忍和现在的善良差别很大，令读者不得不审视修女转变的有效性，学校拯救华裔孤儿的照片也是林赛偶然的发现，显得离奇而又不可信。在叙述者突兀和潦草的结尾中，暗示了作者对集体自我的不自信。

不过正是这些叙述中的突兀，给了读者更多的思考。在不同文化族群共处的今天，该如何面对他者？当他者不断上升代替个体自我时，自我就越渐被拉升到抽象的、理性的层面，同时也逐渐抹去了感性的、实际的层面，从而导致个体自我的潜在反抗。就如文中所分析的那样，乌托邦的和睦表象下暗藏着个体的抵触，而对乌托邦叙述的选择也显然来自于一些社会压力。本来边缘的弱势群体，却要书写社会自我的声音，这无疑比社会主流作家的书写更为艰难，不过我们也可以从这一努力中看出自我在寻找一切可能的出口，即使是暂时的顺从。

第四章　文化颠覆中的诗性超越

"新生代"华裔女性在自我书写中控诉文化，在历史回归中反思文化，在乌托邦理想中变革文化，来寻找被文化遮蔽的主体目标，而"新生代"华裔女作家拉丽莎·赖（Larissa Lai）和何舜廉（Sarah Shun-Lien Bynum）更是另辟蹊径，对自我建构与文化的关系进行了新的诠释。在拉丽莎·赖的长篇小说《千年狐》（*When Fox Is a Thousand*）①中，中国神话中的狐狸精先后附体在唐代女诗人鱼玄机（Yu Hsuan-Chi）和当代华裔女孩阿尔蒂米斯·黄（Artemis Wong）身上，演绎出跨时空的精神追寻，在第二部长篇小说《咸鱼女孩》（*Salt Fish Girl*）②中，中国文化中的造人女神女娲也化身为人，经历了工业和后工业时期的遭遇。通过神话重写，现实得到悬置，让主体自由地在不同时空穿梭，实现自己无拘束的自由之梦。在何舜廉的长篇小说《玛德琳在沉睡》（*Madeleine Is Sleeping*）③中，西方经典童话主人公玛德琳（Madeline）被偷换成吉普赛杂技团主人公玛德琳（Madeleine），经历了边缘空间的折磨和遭遇，与此同时，边缘空间也被赋予文化颠覆的力量和诗意生存的空间。她们运用超越现实的魔幻叙述，制造出奇妙的幻想世界，为主体的诗性建构创造了自由的空间。

---

① Larissa Lai. *When Fox Is a Thousand* (Second Edition). Vancouver: Arsenal Pulp Press, 2004.

② Larissa Lai. *Salt Fish Girl*. Toronto: Thomas Allen Publishers, 2002.

③ Sarah Shun-Lien Bynum. *Madeleine Is Sleeping*. Orlando: Harcourt, 2004.

第一节　神话，对历史的缝合
——拉丽莎·赖小说研究（1）

拉丽莎·赖于1967年出生于美国加州的拉荷亚（La Jolla, CA），在纽芬兰省（Newfoundland）长大。父亲蒂龙·赖（Tyrone Lai）是大学教授，母亲崔苑婷（Yuen-Ting Tsui）是自由作家。拉丽莎·赖在加拿大英属哥伦比亚国际大学（University of British Columbia, B. A.）获社会学学士学位，在英国东英吉利大学（University of East Anglia）获创新写作硕士学位，目前在卡尔加里大学（University of Calgary）攻读博士。作者多年住在卡尔加里、渥太华和温哥华，是激进主义者、社会活动家、作家、编辑。目前为止，作家出版了两部小说《千年狐》与《咸鱼女孩》，其中《千年狐》（一版）出版于1995年，讲述了中国古代神话中的狐狸精附体在唐代女诗人鱼玄机和当代加拿大华裔女孩阿尔蒂米斯·黄身上的故事。全书分为四个部分，包括"狐狸的孤单生活"（*How the Fox Came to Live alone*），"熟悉的样子"（*Familiar Shape*），"不同程度的识别"（*Degrees of Recognition*），"当狐狸满千岁"（*When Fox Is a Thousand*）。小说以狐狸附体为线索，连接了三位来自不同时空的主人公，一是神话传说中的狐狸，一是唐代女诗人鱼玄机，一是加拿大华裔女孩阿尔蒂米斯·黄。

作品"抒情、神奇"，"兼具神话、历史和现代都市色彩，想象力丰富"。[①]作品获1995年"加拿大一流小说奖"之"章节/图书奖"、1995年"艾斯特莱雅基金会新秀作家奖"、1996年"英属哥伦比亚文化服务部赞助奖"、1996年"加拿大文化遗产奖"等。

1. "狐狸精"形象的移植

小说作者拉丽莎·赖出生在加拿大，对中国文化并没有切身体验，可是她根据文献资料，大胆改写中国文学作品中的精灵——狐

① Larissa Lai. *When Fox Is a Thousand* (Second Edition). Vancouver: Arsenal Pulp Press, 2004.

狸精和中国唐代女诗人——鱼玄机。狐狸精是中国文学作品中常见的主角，从先秦对狐狸的妖魔化到魏晋对狐狸的神秘化，从唐宋对狐狸的神性化，到明清对狐狸的妩媚化，狐狸由邪恶狡猾的男性意象转化为温柔妩媚的欲望女性意象。而蒲松龄的《聊斋志异》中对狐狸人情味的描写更是使得"花妖狐魅，多具人情，和易可亲，妄为异类，而又偶见鹘突，知复非人"①，成为百姓心中敢爱敢恨的理想女性。作品中的狐狸还取材于中国神话中的"千年狐"形象，根据晋代郭璞的《玄中记》记载："狐五十岁能变为妇人，百岁为美女……千岁即与天通，称天狐。"②

中国传统中神通广大且妩媚动人的狐狸在小说中漂洋过海到了加拿大。她们的生存境况是什么？请看狐狸的自述："我们被安排去加拿大后情况变得更糟糕。家族希望有更好的发展机会，结果却不知道迁移已经从根本上永久改变了价值系统……夜间出没成为我唯一的生活方式。"（p. 15）并且狐狸本来可以附体在任何女人身上，可是，"我寄身在一个女诗人的身体里有900年之久。很难遇到新的合适的身体，或许跟这边的雪有关系"（p. 28）。尽管狐狸在加拿大艰难地生活，她还是千方百计做善事：为受委屈的家庭主妇报仇，送好心施舍的主人一盆金子，帮女诗人寻找真相，帮助黄寻找杀友仇人。此外，狐狸又是对同性欲望的化身，她喜欢女诗人、宫女和尼姑等，曾经设计与这些女子同床共枕。作品中的狐狸还有一个特点——对历史的关注，她藐视其他狐狸，认为："那些狐狸不明白历史的形成像水库一样，年代像水，被蒸发掉，可是会储存锐利的东西在池子里。星星像鱼一样在池底沉睡，等待将来某个时刻神话授权给新的星宿时，可以在天空这只大碗里洗净。"（p. 28）

在狐狸的眼里，历史会留下永恒的集体记忆，星星之梦是对现实超越的期盼。狐狸还形容自己"是玻璃做的无形风箱，能把脆弱的形体充成生命，使之流动和永恒"（p. 28）。不过附体的转世还

① 鲁迅. 中国小说史略（释评本）. 上海：上海文化出版社，2005：179.

② （晋）郭璞. 玄中记. 上海：商务印书馆，1927.

是带给狐狸怀疑和焦虑:"或许没有神水喝了可以长生不老,或许没有玉兔,也没有嫦娥。"(p.28)因此狐狸对自己的千岁生日极其期待:"到时我将看穿模糊中的可能性,我的忧虑和烦恼都将消失,我与人类的相处将不会这么不稳定,我将在第一眼就识别真情。这对我将是一大解放。"(pp.28 -29)这是一只在边缘艰难生存,却不失去欲望追求的个体,是试图超越现实的精神之狐。

小说中的狐狸受着各种各样的约束,包括历史的约束(附体对象的无法选择)、空间的约束(夜间出没的行踪)、爱恋对象的约束(只对女性的青睐),这是在边缘艰难生存却又以永恒为生存目标的主体形象。如果我们把狐狸拟人化,会发现她与当代华裔女孩黄有很多类似之处。黄爱看奇幻鬼神故事,感觉自己存在于"不属于任何人"的空间,她也更加喜爱女性。只是现实中的黄处处受挫,而狐狸却成功地成为天狐。狐狸既是黄显示生存困境的隐喻,又是黄心中理想的参照,是她的梦想。

而小说中唐代的女诗人鱼玄机的故事也跟历史上的记载有所出入。根据历史记载:"鱼玄机,字幼微(一字蕙兰),长安里家女。喜读书,有才思。补阙李亿纳为妾。爱衰,遂从冠帔于咸宜观。后以笞杀女童绿翘事,为京兆温璋所戮。"①

不过小说的重点在于"戗婢事件"。对于这一事件,正史总是一笔带过,流传民间的大多是如下说法:李亿安排玄机在咸宜观,却在几年后抛下鱼玄机,和家小去扬州任官去了。鱼玄机一改以往的洁身自好,尽情放纵起来。她在观中收了几个侍女。与文人品茶谈诗,相貌英俊者则被她留宿观中。在众多交往者中,鱼玄机与乐师陈韪有了一段异乎寻常的往来。一次,鱼玄机怀疑贴身侍婢绿翘与情夫陈韪有染,竟将其笞杀后埋于后院的紫藤花下。某夜,有人发现苍蝇聚于花下浮土,暗召官衙勘查,事情因而败露。鱼玄机被带到公堂,审问她的竟是旧日追求她而遭拒绝的裴澄。终因罪行恶劣,被处以斩刑。是年她26岁。②

---

① (宋)孙光宪.北梦琐言(卷9).上海:上海古籍出版社,1981.

② 侯虹斌.鱼玄机:情欲世界的女皇.北京:新星出版社,2005.

“戗婢事件”是玄机荒淫无度和欲望膨胀的结果。这是受到贬抑的历史人物，而《千年狐》中的玄机却富有责任心（卖身救家），反抗不幸的婚姻（带侍女绿翘逃跑），专一情深（绿翘与卖艺人私奔后，自己当了尼姑），对其是褒扬居多。小说中关于玄机的经历使用第一人称叙述，更是使读者的同情和理解倾注在玄机身上。在小说最后一章，狐狸到西天图书馆去查询，发现以下记载：一是女诗人鞭打绿翘；二是诗人李继任欣赏玄机，见她不在，就跟绿翘说话。玄机怀疑他们有纠葛，就把绿翘打死了；三是说玄机老了，跟官员有纠葛，被诬告害死了绿翘；四是侍女绿翘的相好供认，绿翘经常向他述说玄机打她。这些资料与中国民间传说有相合之处，并且资料属于图书馆的收藏，看似具有权威性，不过“西天图书馆”的称呼实为乌有，这些资料“破碎不全”，记录也自相矛盾，狐狸也没有进行评价，使得玄机之死依然扑朔迷离，这也给玄机在本书中新的形象建构奠定了基础。

作品中的狐狸形象虽然与传统有所出入，却集中了传统文化中对狐狸的褒扬，比如超能力、妩媚、温柔、热心助人等也在小说中体现出来，而传统文化中狐狸的邪恶和欲望却在小说中得到低调的裁剪。玄机在中国文化中的贬抑形象也得到修正，把一个欲望无度的女诗人重写成敢爱敢恨的有情人。总之，作品对狐狸和玄机形象进行了正面塑造，体现了作者向西方读者呈现中国文化的努力。

正面的塑造既有利于西方对中国文化的尊重和理解，也有利于自身的建构。小说中的狐狸和玄机都是女同性恋形象，在当代文化中依然属于边缘地位，可是在小说中，她们却实现了自己的理想：狐狸可以随时变成美女与自己喜爱的女尼姑或者女诗人缠绵，玄机也如愿以偿带领绿翘远走高飞。而生活在现代社会的黄却没有这样幸运，她喜爱的女人都相继离开了她，身边的女同性恋朋友也受到不同程度的歧视和报复，克劳德（Claude）在 14 岁时因与女性缠绵，被哥哥与另一男人强暴，成为永久的伤痕；一个长相酷似男孩的华裔女孩在陪父亲去公共浴室时，被人认为是男同性恋而被打死；戴安娜知道自己弟弟要遭遇杀害也无能为力，明被杀害，凶手逃之夭夭……这些边缘华裔女孩诉说着心酸的生存危机。女同性恋与黄种人的身份是她们在加拿大无法自由生活的缘由，强势主流文化对其的压抑是其永远无法释怀的紧箍咒。正因如此，她们要回归中国文化，发掘有利于增强她们身份信心的文化意象，使之成为可以借用的武器，以便重新寻找自己的身份和地位。

2. 断裂历史的缝合

小说中，主人公黄回归中国文化的愿望在犹豫中逐渐强烈起来，可回归的旅程却充满艰辛。贯穿全书的都是黄见生母的犹豫：害怕生母与自己隔膜太多，也害怕得罪养母，甚至怀疑养母养育自己是因为对亚洲人的猎奇动机。黄终于答应与生母见面，却发现那是狐狸装扮的，不过她也没有反抗。在狐狸的庇护下，黄度过了失去好友明的悲伤日子。见生母与接触狐狸起着同样的作用，在关键时刻，传统的文化之根起着救治和慰藉的精神疗效。

小说情节的安排也体现了主人公在曲折中回归的总趋势。故事以孤独、熟悉、识别、接触为顺序安排情节，使处于不同时空的狐狸、鱼玄机和黄从相互隔膜走向连接，而在每一章，叙述却显得凌乱而又模糊，体现出断裂的现在。特别是第一章，三位叙述者轮番上场言说自己的心思：狐狸自述在加拿大的孤单生活；当代温哥华华裔女孩梅瑟·李（Mercy Lee）回忆历史课上关于传教士对古希腊教堂进行掠夺的内容；黄悄悄地藏起古董店里亚洲女人的雕像；黄对与梅瑟·李脆弱友谊的评价；狐狸叙述对生存的追寻；黄对自身贬低的评价；梅瑟·李家庭的悲剧；玄机 16 岁时决定卖身以拯救父亲的药店；戴安娜（Diana）代替梅瑟·李帮伊登拍照片；戴安娜带黄去欺骗陌生男人的信用卡；戴安娜说黄可能是父母的收藏品，讲自己的哥哥在男同性恋者聚居的公园被杀。

从情节分布的交叉和零散可以看出不同个体之间的隔膜，情节中碎片似的叙述体现出了不流畅的断裂言说。特别是狐狸和华裔女孩，狐狸的孤独和华裔女孩的不幸与形式上断断续续的表达相共谋，体现出在异域生活时内心堵塞压抑的感觉。此外，这几个不同时代的人物形象之间也没有沟通，各自言说自己的心事，相互之间处于被玻璃阻挡一样的隔离状态。而狐狸和玄机的第一人称叙述视角和黄的第三人称叙述视角也代表着中国传统文化和历史在文本中的优越地位和现代华裔的边缘地位。

在叙述李家工厂失火后，出现了第一人称的叙述。

> 母亲的血在我耳边和心脏跳动，还有她的气息。在许诺的一瞬间跳出来，又回到原来的节奏。我还未成形的身子在子宫里翻了个筋斗。在我出生的那一天起，节奏开始分离，各自跳动又退回，直到里面的压力太大，痛苦的我进入这个世界。我缩在皮肤里，感觉自己很小很脆弱。……血的颜色是幸运的颜色，生命的颜色。我的父亲在死后三天血都还是红的。我很惊讶身体那么快就变成了灰，血也变成了蒸汽。死亡没有颜色，只有袅袅上升的烟雾……（p. 36）

这一段奇怪的叙述让人琢磨不透，叙述者到底是谁？从前后的逻辑关系看应该是李，可是"父亲死后"这一句话又有鱼玄机的叙述嫌疑，不过玄机和李都是没有超能力的人，可是主人公却可以在子宫里叙述自己，似乎又是狐狸的杰作。或许是作者故意制造出模糊的叙述者，让读者假设是作品中的任何一个主人公，不过不管是来自哪个叙述者的声音，都显示出个体对现实的恐惧，死去的父亲暗示了主人公的无所依靠。

断裂的历史通过狐狸的附体得到缝合。狐狸首先选择了附体在唐代女诗人鱼玄机身上。狐狸选择玄机作为附体对象，一是因为狐狸喜欢女诗人，二是因为玄机也喜欢女人，这引起了狐狸的共鸣，此外玄机小时候卖身救家的经历也感动了狐狸，成为狐狸欣赏的对象。

狐狸对鱼玄机的附体是玄机死前两周。"我知道你会来找我的……你的身体似乎想离开我，我很害怕。我伸出手，抱着你的心，你的心在跳动。我把手放在胸口，心还在跳动，我的手是人手了。我摸自己的脸，也不一样，是你的脸。我的膝盖和手肘好痛。"（pp. 156 – 159）这是玄机被处死后死不瞑目的惨景，也就在这一刻，狐狸附体在玄机身上，给了玄机超生的机会。从附体玄机的那一刻起，她感知玄机的血脉并开始为玄机言说。

狐狸在接近千岁时，想要附体的人是加拿大华裔女孩阿尔蒂米斯·黄，她们之间也有剪不断的缘分存在。她们同是移民到加拿大的华裔，同样喜欢女人。不过比起鱼玄机，阿尔蒂米斯·黄现实中的生存状况远不如人意：她喜欢伊登（Eden），伊登却对她若即若离；她喜欢戴安娜，戴安娜却跟其他男人上床；她喜欢克劳德（Claude），克劳德却找了新欢；她跟明（Ming）的友谊也充满隔膜。与此同时，她还面对生母的困扰。故事的悲剧还在于好友明莫名其妙地被人杀死在公园，凶手却没有留下任何痕迹，只有黄听见窗下有人谈论纽约三人帮专门杀害穿皮衣的亚洲人以及狐狸在阴间看到五个亚洲女人因为亚洲人身份和同性恋，被误解、歧视并杀死的经历，给人细微的线索，即明也可能是被憎恨亚洲人的凶手跟踪并杀死。故事中还有戴安娜弟弟的死亡，以及哥哥对克劳德的强暴等，揭示了华裔在异域岌岌可危的生存状态。

正是在这样的恶劣环境中，狐狸轻而易举就获得了黄的认同，黄似乎在等待她的到来。狐狸对黄的附体发生在黄回香港的公车上："她感觉似乎狐狸在进入她的身体。感觉有修长的手指在挠她的肋骨，她想阻止，可是贪婪的手挤得更紧了，是熟悉的声音。进入了自己的腹部，还有舌头，她们纠缠着，她差点跌倒。感觉想呕吐。"（p. 126）"下一次撞击接近了……下一次撞击在她的肩膀，温柔地穿过她的身体……"（p. 129）狐狸还装成陌生亚洲女人的模样告诫黄要小心，甚至装成母亲的模样与她见面，并在她孤独低落的时候一直陪她。在小说的最后，狐狸恋恋不舍地离开黄，飞上天去寻找自己的位置（p. 249）。小说中的狐狸这一中国文化的精灵，通过附体在盛世的鱼玄机和当代的华裔女孩黄身上，使华裔的文化不断延伸，直到永恒。

小说中交叉片段的叙述显示出主体的断裂感，而情节上的回归总趋势则实现了对断裂的补救。小说中，代表文化精髓的狐狸分别与盛唐的历史人物玄机和当代华裔女孩黄从隔膜到接触交流到附体，形成浪漫传奇的关联，神话历史与个体紧密相连，实现了对华裔断裂历史感的弥合。

3．神话移植的诗性

作品中对中国传统神话形象狐狸和唐代诗人鱼玄机进行了移植式重写，让中国历史文化走进了当代文化的视野。当代文化蕴涵着前代文化的影子，反映出文化发展具有延续性，从而弥合了华裔的断裂感和无身份感，为华裔主体的建构增添信心。另外，利用中国文化象征来建构华裔主体，也是与西方文化对话的手段。当下强势文化影响并改变着弱势文化，如何在强势文化中坚守本民族文化的独立性，是跨文化交流的核心问题。挖掘本土文化资源，重写和移植本民族文化的历史形象，挖掘民族文化的内涵，成为在异域建构中国文化主体的必经之路。

而挖掘传统神话与西方对话，并非为了反抗，而是借助神话进行诗性的超越。神话和历史人物对于现实的诗性超越功不可没，“神话可以被用来赋予混乱的日常事件象征的、甚至是诗意的秩序”①，历史传奇则具有浪漫的理想主义情调，这对于压抑中的现实人生来说无疑是心灵升华的良药。小说借用了狐狸超人的神话原型和鱼玄机敢爱敢恨的传奇理想，作为处于边缘压抑的华裔生存状态的隐喻，同时把主体升华到象征状态。正如作者所言，自己正是在汤婷婷改写中国文化的基础上发展这一思路。② 希望既能弥补华裔对历史的断裂感，也能摆脱非此即彼的二元政治思路，对现实生活进行诗性的超越。③

作品对中国文化主体的建构是通过中国神话中的狐狸附体来实现的。神话中的狐狸象征着历史记忆的传递者，她顺利地附体在唐代女诗人和当代华裔女孩黄身上，成功地成为“可与天通”(p. 92)的天狐，代表着中国悠久文化永恒的传承，这是关于中国文化历史延续的乐观象征理念。与此同时，狐狸的身份是边缘的女同性恋者，作品对她附体在黄身上的过程描写也具有象征意义：

---

① 袁可嘉．现代主义文学研究．北京：中国社会科学出版社，1989：54—55．

② Larissa Lai. *When Fox Is a Thousand* (Second Edition). Vancouver: Arsenal Pulp Press, 2004:255.

③ Ashok Mathur. Interview with Larissa Lai, July 1998. http://www.eciad.ca/~amathur/larissa/larissa.html. Sept 6, 2008.

> 我把手放在她腹部，她回头看着我，眼里满是惊讶，好像她希望我出现，或许她一直知道我在那里，一直以人特有的方式拉扯着我，尽管她看起来是不谙世事的样子。我轻抚着她腹部的皮肤，感觉她臀部的硬骨，又把手移到她的肋骨，在她的胸前停留。她的手环绕着我的头，把我拉向她。即使她奇怪我跟女人差不多重，她也不会说。她的嘴微张，显出身体的第一处洞穴。她的舌头小而尖，她的呼吸来自地球深处的温暖地带。我们飞向地面，让雷声来临。（p. 129）

如果只读这一部分，读者会以为这是女性做爱的过程。这正是作品暗示的意义：对边缘个体欲望的宽容是中国文化在异域延续的前提和条件，也是华裔个体追寻文化身份坚强的后盾。文化回归在神话与欲望交织的幻想中进行，使文化政治的火药味降低，留下对理想世界的幻想。

作品以梦境或历史神话与现实抗衡，为主体建构实现了诗意的追寻。小说在叙述上的片段言说与罗曼史的大结局结合，神话与历史人物和现实人物的结合，使得小说在压抑的现实中超越，在历史人物中反思，又在神话的传奇中完美。总之小说通过对传统文化的改写和对现实生活的超越，试图解决现实关于性别和种族的问题，这不愧为超越现实政治的新思路。

身处异域的华裔女作家拉丽莎·赖把笔锋指向传统的中国文化，具有重要的意义，首先，借用传统文化象征，可以帮助华裔重新发现自己的历史身份，以弥补自己对历史空白的断裂感；此外，向西方读者介绍中国文化中的特色部分，是为了正面输出中国文化的精髓，增进西方读者对中国文化的了解。与此同时，对中国文化的借用又并非完全照搬，而是采用了重写神话的方式，使得现实矛盾在超现实的幻想世界中实现超越。

第二节　神话，对工业的批判
——拉丽莎·赖小说研究（2）

回归历史并没有让华裔女性停下追寻的脚步，她们在思索华裔受压迫的根本原因，试图超越华裔身份，为更广泛的边缘族群建构主体性，为整个人类的未来寻找理想的答案。在拉丽莎·赖的新作《咸鱼女孩》中，丰富的想象和奇特的叙述制造出“断裂的时间，魔幻的现实以及虚幻的乌托邦”①。小说获得一系列的奖项：被列入2003年“卡里加尔 W. O. 迈克尔图书奖”候选名单，获2002年“阿尔克温协会”荣誉提名，“詹姆斯·提普垂奖”提名，2003年“加拿大旭日奇幻文学奖”提名，作者也在2003年被“*TVO's Imprint*”杂志评选为“四十岁以下新锐作家”。作品中神奇的想象和深刻的反思体现出华裔的身份建构在超越现实的同时也在超越自我，达到更广泛的人性关注和诗性升华。

1. 女娲的跨时空经历

作品中的核心主人公有两个，一个是女娲（Nüwa），另一个是米兰达（Miranda）。女娲本是中国古代神话中的造人女神：

> 俗说天地开辟，未有人民。女娲抟黄土做人，剧务，力不暇供，乃引绳絙泥中，举以为人。故富贵贤知者，黄土人也；贫贱凡庸者，引絙人也。②

这是中国古代关于人类起源的想象。而在《咸鱼女孩》中，女娲重新演绎了造人的一幕，不仅如此，她自己还化身为人，经历了现代的流散境遇。

在故事的开端，造人女神女娲感到孤独，用泥土造了人，可造出的人对她不恭敬。出于愤怒，女娲把他们的尾巴掐断，逼他们用

① Deborah L. Madsen. The Salt Fish Girl: a Novel. *Canadian Ethnic Studies Journal*, 2004 (3).

② （汉）应劭. 风俗通义校注. 王利器校注. 北京：中华书局，1981.

双腿走路。不断的造人，却更多的不恭敬，女娲依旧感到孤独。后来，女娲爱上了湖面上孤独清秀的男人，于是她找到河底的鱼精，让鱼精使用魔法，把自己变成人的模样，可是到河边一看，意外地发现自己喜欢的影子原来是一个女人。

女娲变鱼尾为双腿后，迫不及待地爬到水里，发现自己越变越小，被一个女人舀水时喝下去，降生在20世纪初广州的一户人家。女娲长大后，喜欢上了卖咸鱼的女孩。她不顾一切阻力带着咸鱼女孩逃离，在外面经历了很多折磨，咸鱼女孩被骗去工厂打工，女娲也被外国女郎勾引进"遗忘雾岛"(The Island of Mist and Forgetfulness)，被骗去宾馆服务、卖彩票，后终于逃脱，却发现人间已经过了50年，昔日的咸鱼女孩变成了老妪，家中也物是人非，不欢迎她回来，后来她因与渔夫的纠葛，被乡亲认为是道德败坏，他们采用残酷的惩罚，把她绑起来，沉入湖中，于是她寄身在榴莲种子里。

作品为化身在榴莲种子里的女娲画上了戛然而止的句号。与此同时，作品重点刻画了公元2044年，北美西部城市锡兰提(Serendipity)的华裔女孩米兰达的生活。63岁的华裔母亲吃了父亲带回的榴莲，生出米兰达，米兰达身上除不掉的榴莲味道如猫尿一般，受到周围同学和邻居的疏远。与此同时，她还有特异功能，她对自己生前发生的一切都有所记忆，这与周围居民流行的"记忆症"特别相似，这些病人身上都有一种奇怪的味道，能回忆起二战时的惨景，得病的人都赤脚跳到海里，再也不复返。米兰达的症状被医生弗劳尔(Dr. Flower)识别出来，骗她去做实验对象，她逃出后，遇到另一个跟她有类似病症的夏薇（Evie)，从夏薇的嘴里得知夏薇及其姐妹都是弗劳尔的克隆人，弗劳尔是她们的父亲，可是夏薇属于不听话的女儿，她具有强烈的反抗色彩，她带着米兰达杀害了弗劳尔，跳进古老的大海，米兰达突然感觉肚子越来越大，原来她吃过克隆姐妹为她准备的榴莲。生下黑发娃娃后，她的双腿变成鱼尾，与夏薇在海里嬉戏，期待"以后一切都会好起来的"(p. 295)。

中国神话中的女娲与未来世界北美的米兰达似乎是不同时空的人物个体，可是她们之间却存在着内在的联系。故事在情节安排上，女娲与米兰达的故事交叉叙述，不仅给人错落的时空拼接感，让读者猜测她们之间的内部联系，而且情节中米兰达与女娲的相似点，也让读者猜测女娲与米兰达是同一人。

首先，63岁的华裔母亲吃了父亲带回来的榴莲，奇怪地生下米兰达。这与女娲被处罚，投湖后寄身在榴莲里相呼应，预示了米兰达是女娲再生，米兰达身上除不去的榴莲味道也一再提示了米兰达与女娲的关系。此外米兰达喜欢在澡盆里泡澡，一次发现了水边发光的鱼鳞，这也是米兰达的身世暗示。后来米兰达母亲对父亲说话，为米兰达身世的解了密。原来米兰达的确是女娲的化身。米兰达在听了夏薇的克隆故事后，她想告诉夏薇，"我是你们的外祖母，我是你们的创造者的创造者"（p. 253），明确表示自己就是中国神话中的造人女神女娲。

女娲从永恒的神坛走向寻常的人间，成为跨文化的混杂组合体，体验着多元文化中的酸甜苦辣。女娲的第一次再生，经历了以工厂劳动为主要特征的初期工业发展的洗礼，而第二次则经历了以信息技术为主要特点的后工业时期的折磨。在工业时代初期，咸鱼女孩和女娲都被骗去做工，在后工业时期，女娲的生活变得更糟糕，从锡兰提迁移到更落后的非规范区（Unregulated Zone），她自己也成了医生的实验对象。这一变迁说明在工业和后工业发展时代，不光华裔，所有一切都有可能成为被控制的对象，华裔的遭遇是工业社会中整个人类受压迫的缩影，现代文明把个体都变成了物。这印证了马尔库塞的箴言："以科学技术为轴心的现代文化并没有能从肉体和精神上解放人类，只是有利于资本主义统治，使它一步步将人民普遍地变成资本主义现实原则的驯服工具，并导致虚假需求。"①面对着现代文明带来的庞然大物以及对人的欺骗控制，个体显得无可奈何，女娲的主体性在逐渐萎缩。

在远古时代，女娲在造人的时候是自信而蛮横的上帝，她可以随便把人捏成畸形，逼迫他们用双腿走路。充满自信的形象在第一次投胎后依然存在，她义无反顾地与咸鱼女孩在一起，一次次挫

① （美）赫伯特·马尔库塞. 理性和革命. 重庆：重庆出版社，1993：252.

折后还不忘爱人，表达了在追寻自我欲望中的勇敢冲劲，这是中国神话中焕发出来的不屈不挠、拼搏向上的光彩。而在未来的北美，女娲演变成了不谙世事的小姑娘，身上猫尿一般的榴莲臭味被周围人歧视，整天以阅读童话来消磨时光。她一不小心把母亲砸死，在朋友的诱惑下卖掉了母亲的唱片，惹父亲难过，她对生前故事的记忆导致自己成为医生的实验猎物。总之，她与家人过着如履薄冰的生活。

女娲由造人之神再生为勇敢不屈的女孩，再变成不谙世事的小女孩，是中华族群随时空转换后，信心逐渐消失和主体性减弱的象征。而作品中大量的"预叙述"也表现了主体性在现代文明的悲剧宿命。女娲在"遗忘雾岛"上闯荡，每一次灾难发生前都有叙述者的提前评价。在女娲被外国女郎欺骗，犹豫是否要跟她走时，后面出现了这样一段话，"当你一无所有的时候，难以相信自己会失去什么。我不知道是什么让我跟这个女人走，或许更多的是来自于人性的弱点而不是力量"（p. 125）。前面还在犹豫，后一句话就对其行为做了评价，这是叙述者对主人公行踪提前知晓的预叙述。

在米兰达不小心砸死母亲之前，有这样一段话："我不想杀死母亲。父亲说不是我的错，只是不幸的意外，我们迟早会失去她的庇护，我不该受到责怪。"（p. 86）然后再开始这一事件的详细描述，这也是叙述者提前为主人公的行为进行评价，为主人公谋取同情。对于哥哥发病前的描述也是如此："他（哥哥）黑黑的影子显得很是脆弱……阿龙（Aaron）站在门口已经太久了，因为他背对着光，难以看见他的脸，所以最初我没有意识到他的脸在变苍白，然后扭曲。"（p. 110）"影子显得很脆弱"是伏笔，暗示了阿龙的发病，"我没有意识到"是叙述者越过了主人公直接进行叙述。在预叙述中，是叙述者先于主人公提前出场点出即将发生的事件并为之进行评价，说明主人公的遭遇不可避免。

从先入为主的预兆中，第一人称叙述者是隐藏在人体中的命运女神，是看透人间百态的造人女神女娲，它超越了华裔个体的体验。而在这些宿命般的预叙述中，华裔经历着必然的坎坷经历，表明工业发展对人一贯的不公平。历史与未来之中，都没有主人公的位置。

2. 互文中的批判

作品把中国的造人女神与西方的美人鱼结合，还与《圣经》中的造人传说结合，与莎士比亚的超现实戏剧《暴风雨》（Tempest）[①]结合[②]，与拉美魔幻小说《百年孤独》（*One Hundred Years of Solitude*）[③]结合，与克隆人的科幻结合，与榴莲的思乡情结结合，使小说成为跨越历史和文化的互文文本，进行着意义的重新建构。

女娲在作品中并非是人面蛇身，而是人面鱼身。女娲为了湖上的人影，变身为人的情节与西方经典的安徒生童话《海的女儿》极其相似。

> 我潜入河底，拨开岩石，看见里面躺着一条巨大的鱼，她的鱼鳞有我的手那么大，眼睛比这个世界还要老。她的鱼鳍耐心地一张一合。"我看见了一张男人的脸，"我告诉她，"我想要到陆地上去，成为一个人。"她说："我可以给你一双腿，可是把尾巴分开你会很痛。""我不在乎，"我说，"我不怕痛。""张开嘴。"她说。我感觉一股水流进我的嘴里，像一只手，她把什么圆圆的滑滑的东西按在我的喉咙。我感觉自己像是被卡住了……（p. 7）

---

① 《暴风雨》（Tempest，1611）是英国文艺复兴时期著名的大文豪莎士比亚在创作晚期的传奇剧。这个阶段的主要作品有《辛白林》（1609）、《冬天的故事》（1610—1611）和《暴风雨》（1611）等。这些剧本对黑暗的现实间或有所揭露，但宽恕和谅解的精神贯穿全剧，作者试图调和他的人文主义理想和客观现实之间的尖锐矛盾，带有明显的乌托邦色彩。《暴风雨》是这一时期的代表作。讲述有很高的艺术性，玄妙的幻想、瑰丽的描绘、生动的形象、诗意的背景彼此交融，作者通过奇谲的梦幻世界表现出对人类前途的朦胧憧憬。

② Elizabeth C. Harmer. Myths of Origin and Myths of the Future in Larissa Lai's Salt Fish Girl. http://forum. llc. ed. ac. uk/, Autumn 2005(1).

③ 《百年孤独》（One Hundred Years of Solitude，1967）为哥伦比亚作家加夫列尔·加西亚·马尔克斯（Gabriel García Márquez，1927）的作品。作家通过布恩地亚家族7代人充满神秘色彩的坎坷经历来反映哥伦比亚乃至拉丁美洲的历史演变和社会现实，要求读者思考造成马贡多百年孤独的原因，从而去寻找摆脱命运捉弄的正确途径。全书近30万字，内容庞杂，人物众多，情节曲折离奇，再加上神话故事、宗教典故、民间传说以及作家独创的从未来的角度来回忆过去的新颖倒叙手法等等，使它成为拉丁美洲魔幻现实主义文学作品的代表作，是"再现拉丁美洲历史社会图景的鸿篇巨著"。

在《海的女儿》中,“人面鱼身”的美人鱼爱上英俊的王子,为了追求爱情幸福,不惜忍受巨大痛苦,变鱼尾为双腿,但王子最后却和人间的女子结了婚。巫婆告诉美人鱼,只要杀死王子,并使王子的血流到自己腿上,美人鱼就可回到海里,重新过无忧无虑的生活。她却自己投入海中,化为泡沫。

中国女娲造人神话与西方美人鱼童话的结合,使中国神话中的女娲成为西方读者熟悉的艺术形象,为女娲进入西方文学视野建立了桥梁,这是对中国神话的正面移植。与此同时,两人为了爱情而化身为人的诗意童话又是人类体验的喜怒哀乐之根本,为艰辛中生存的人类设立了理想的爱情伊甸园。

从作品中“米兰达”这个名字我们还可以联想到莎士比亚的作品《暴风雨》。该剧是莎士比亚的传奇戏剧,讲述米兰公爵普洛斯比罗被弟弟安东尼奥篡夺了爵位,只身携带襁褓中的独生女米兰达逃到一个荒岛,他依靠魔法成了岛的主人。后来,他制造了一场暴风雨,把经过附近的那不勒斯国王和王子费迪南及陪同的安东尼奥等人的船只弄到荒岛,又用魔法促成了王子与米兰达的婚姻,最后普洛斯比罗恢复了爵位,宽恕了敌人,返回家园。作品以幻想来解决与现实之间的矛盾,戏剧充满童话式的想象,节奏变得明快。《暴风雨》与《咸鱼女孩》对现实的超越有异曲同工之处,前者中米兰达为正义孕育,成为复仇的化身,与后者中反抗的米兰达相呼应,为《咸鱼女孩》米兰达代表的被压迫的族群伸张了正义。在《暴风雨》中,还有一位半人半兽的受奴役的卡列班,他形象酷似夏薇,克隆出来的电子人夏薇进行了反抗,在弗劳尔眼里成为桀骜不驯的怪物,可是夏薇对正义的渴求和对米兰达的同情带给读者正面的形象。作品中米兰达是复仇的化身,夏薇也同样怀有复仇的种子,跟他们种植的榴莲一样,是地球对人类畸形发展的报复手段。

作品中米兰达和周围人流行的“记忆症”(Memory Disease)与拉美魔幻现实主义作品《百年孤独》中的“遗忘症”有着强烈的呼应。《百年孤独》通过超现实的笔调书写了在殖民者的统治下,当地居民失去了身份和主体性。作品中幻想当地人得了“遗忘症”,

在“遗忘症”的困扰下，他们忘记了历史，也忘记了生活的乐趣，这是对人们在殖民的管束下失去自我的讽刺。《咸鱼女孩》中则通过反其道的“记忆症”，回归对历史的追寻。留在他们记忆深处的是战争带来的杀戮，说明政治迫害对个体的深深伤害，得病的人通过跳海来获得解脱则说明只有回到养育自己的历史中才能得到真正的自由。我们来看米兰达对“记忆症”的看法：“对我来说记住发生在我生前的故事是很自然的。它就发生在我身上，我存在，我的记忆也在继续。为什么他们不会这样呢？我没有意识到别人没有这样的记忆。我不认为我是受历史创伤严重的孩子，以至于无法从悲喜中解脱。”（p. 71）对历史的记忆是很正常的个体身份的潜意识表征，可是弗劳尔却把它当做是一种需要治疗的病症，这是对历史的暴力，对个体的暴力。

作品中贯穿全文的“榴莲”也同样是具有浓烈乡愁的中国文化意象。榴莲盛产东南亚，味道难闻，却很好吃，是东南亚人钟爱的水果，所以来自东南亚一带的华裔一旦提到榴莲，就会想到故乡，这是思乡的象征性表述。此外，榴莲的臭味暗含着西方他者对中国人的歧视，而实际很好吃意味着华裔根深蒂固的尊严和骄傲。故事发展到最后，米兰达吃了克隆人准备的榴莲也生下了黑头发的孩子，意味着华夏族群依然是远在他乡的华裔身份认同的根据。所以榴莲在作品中被认为是“地球的报复”（p. 259），在充满压迫的地方，榴莲却兴盛繁茂，说明在越重的压迫中华裔会产生越团结的力量。

作品中的名字也有互文特色，锡兰提（Serendipity）指“意外发现珍宝的运气”，米兰达（Miranda）来自古希腊语，指高贵的珍珠。所以作品暗示了在未来的城市里，寄托着发展的希望，而米兰达的“珍宝”之意，则意味着“人”才是发展的希望。小说中出现的另一类克隆人夏薇“Evie”，与夏娃“Eve”相似，象征了她是具有与夏娃类似的反抗精神的人。

作品不仅把中国的造人女神与西方的美人鱼结合，还与《圣经》中的造人传说结合，与拉美魔幻小说《百年孤独》结合，与莎士比亚的超现实戏剧《暴风雨》结合，与克隆科幻结合，与象征榴莲结合，作品与前文本构成了跨越时空的互文网络。互文文本中的再生神话，把华裔拉回到中国历史中，把华裔的流散经历演绎成浪漫的延续，中国文化化作了个体身上不可磨灭的痕迹。此外，作品与《百年孤独》中的民族身份追寻和《暴风雨》中的复仇相互投射，影射了个体在有着权利压迫的工业时代，民族和个人的身份都没有保障，只会带来更大的权力争夺。

作品通过结合中西神话的互文本，透视了族群歧视的权力本质，把矛头对准了压迫个体的现代文明；通过女娲的跨时空经历，冲破了古今的藩篱，让个体在历史与未来的模拟体验中，思考人类的未来走向。在这个互文网络中，再生中的梦想，反抗中的回归，形成人类一直以来对自由的无限期待。

3. 再生中的期待

作品中，“再生”主题贯穿全篇。通过不同形式的再生繁衍，演绎出人类发展的曲折历程。小说中有四处出现再生的情节，第一处是女娲用泥土捏人的传说；第二处是女娲在蓄水池里变小后被人喝下去，怀孕生子；在第三处，寄身在榴莲里的女娲，被63岁的华裔母亲吃下去，生下米兰达；第四次是米兰达在海里突然肚子鼓起来，生下黑发宝宝。

经过一次次不屈不挠的再生，古老的河边，现代的广州，未来的北美都播下了华夏儿女的种子，华夏族群从远古时代走向未来，象征着他们在艰难环境中坚强的发展。此外，中国与北美的联系则是华裔在异域寻求发展的现状隐喻，为华裔断裂的历史寻找到原乡的根基。此外，这些再生的传说也各具特色，用泥土捏人是远古时期先民关于再生的神奇想象，而被人喝下去或吃下去而再生则与《圣经》中夏娃吃善恶果的经历极其类似。此外，再生过程中大都没有异性的参与，既继承了远古时期对再生神话的想象，同时也对主流文化中的异性婚姻进行了挑战。

作品中米兰达是女娲的再生形象，可是作品却并非一叙到底，而是采取过去和未来时段交叉的叙述，过去关于女娲的叙述在她在广州投湖并寄身在榴莲后就戛然而止，而下一次降生已经是未来的北美。叙述者对现实进行了悬置，这是通过“语言空缺、叙述的中断和叙事要素的缺席等断裂与不连贯性”①而制造的空白处，这些空白是叙述者不愿意面对的困境，是华裔在20世纪中国发展艰难的信号，也是他们在困境中漂洋过海追寻新的发展空间的尝试，保持着“失语”状态的现在意味着华裔在历史中暂时的断裂。其断裂中的空白“是对现实的一种反作用与否定，社会规范与权威在这里遭到了扭曲与变形，被主流话语所贬抑的东西常常在空白中不经意地凸显和暴露出来，这种不一致与矛盾包含了质疑，可以引发读者对此进行批判性思考，去寻求解答”②。空白中的断裂是艰难不愿意面对的困境，也是华裔与历史之间缺乏了解的空白记忆。不过这一断裂通过未来的某一时段重新得到了延续。通过“米兰达就是女娲”的事实，华裔与中国文化有了隐喻式的连接。

尽管现实成为了作品中的秘密，可是从过去和未来的关联中可以看出，人们的生活并未改变多少，过去她们遭遇对同性恋的压抑和物质条件匮乏的经济问题，未来世界中她们是受科技控制的研究对象，而在经济上，未来世界中更多的人住在了非规范区，不公平分配导致更多贫困的社会现实。总之，他们并未获得民主和自由，作品通过包裹在奇幻色彩中的情节对更普遍的压迫进行了抨击。

对现实的悬置又使现实与神话和科幻一样，成为读者幻想的空间，利于叙述者营造超越现实的魔幻氛围。在现实主义小说和自我书写中，主人公的“真实遭遇”获得读者的同情和理解，不过这一写作实际上也意味着作品中只见“个人”不见“人”的局面，而该作品砍掉了让人产生现实感的现在，把读者带进具有奇幻色彩的非真实世界，使读者不至于受现实的干扰，不至于认为作品是政治代言，与此同时，她利用神话中的造人女神和未来世界克隆人的反抗来表达对美好世界的期待。

与神奇的再生神话相对照，在后工业时期的医学专家弗劳尔通过克隆生产了新的克隆电子人——索尼亚(Sonia)系列，这是科

---

① 汪正龙.文学语言的空白结构和意义生成.文艺理论研究，2005(2)：70—75.

② 汪正龙.文学语言的空白结构和意义生成.文艺理论研究，2005(2)：70—75.

技发达的后工业时期新的人类再生方式。作品中克隆人夏薇来自名叫爱(Ai)的中国女人和日本士兵的基因结合(p. 161),还含有0.03的淡水鲤鱼基因(p. 261)。这是影射幻想通过科技消除战争争端,解决各族群矛盾的手段,他们认为既然以前的民族争端来自于不同肤色、不同文化的族群矛盾,那么通过科技制造出来的个体则不会有关于民族和身份的纠结,因为“电子人从西方的意义来说,没有起源的传说……西方意义上的起源传说,是关于起源的团结、完整、幸福,以及恐怖的感受,它通过母亲得到表征而把人类各族群、个人发展以及相关历史必然地分裂”①。根据此观点,各民族的起源神话是民族分裂的根本原因,这是来自血统的根深蒂固的矛盾,而电子人则似乎避免了这一争端,克隆人则可以把日本与中国这一对战争的对抗者集合成同一个人,来表达对未来世界美好前景的向往。

不过在作品里,矛盾并未解决,鞋厂门前的脚印上面印着:这对人类来说意味着什么?历史有多久?制鞋工人没有捣蛋　材料:10 个单位,劳动:3 个单位,零售价:169 个单位,利润:156 个单位。你在意吗?(pp. 237 - 238)没有历史身份的鞋厂克隆工人依然受着压制,说明压制来自不公平的权力分配,这是资本家掠夺的本性,所以克隆人只要有一丁点儿人的思维,都会产生反抗的动机。与此同时,他们会发现与自己同样身份的个体,团结起来共同反抗,所以夏薇与米兰达一见如故,民族身份问题原来在本质上是绕不过去的政治问题。夏薇和米兰达在逃跑的路上还发现无数克隆小男孩,他们的命运如何?这将成为对未来世界新的猜测:夏薇只有 0.03% 的鲤鱼基因,却拥有强大的反抗因子,那么这些男性克隆人,是否会爆发出更激烈的反抗,这是值得深思的问题。

在谋求发展的道路上,主人公并不愿意通过反抗来回应压迫,所以面对工业和后工业时代的控制,女娲在怀疑中参与和反抗,在她眼里,工业生产代表奇怪的产品和可能繁荣的未来,因此她在犹

---

① Donna Haraway. A Cyborg Manifesto: Science, Technology and Socialist-Feminism in the Late Twentieth Century. David Bell and Barbara M. Kennedy. EDS. *The Cybercultures Reader*. New York: Routledge, 2000:291 - 324.

豫中一次次参与，也一次次被骗。外国女郎的神秘让她忐忑不安地跟随进了遗忘雾岛，弗劳尔的劝说让她答应去当助理，朋友的劝说让她答应把母亲的唱片拿去卖掉。与此同时，她又在怀疑中反抗，她在夏薇的劝说下参加了报复弗劳尔的行动，虽然她也为夏薇姐妹的反抗而不安。米兰达的行为体现出个体对工业发展矛盾的态度，他们一方面满足于工业带来的物质利益，另一方面把自己也变成挣钱的机器，成为现代化高速运转的机器的螺丝钉而失去自己的主体性。寄身在历史和未来的缝隙中的她们，一方面靠回到古老的大海获得安全感，一方面把希望寄托在克隆后代。所以夏薇不忍心对克隆出来的男人下手，因为"他们都是我的表弟"(p. 267)，米兰达也在海里生下黑头发的孩子。

作品借用再生神话，揭示了现代文明中人们所处的窘境。因此作品中对女娲再生的经历叙述是为弱势族群呼喊权利，为人类未来寻找出路，对现代文明进行批评。与此同时，超越现实的奇幻色彩又代表作品在努力超越二元对立的政治思路，希望通过神话来达到批判现代文明、建构诗性主体的目的。正如作者在扉页中引用的诗句："我不喜欢雨/并不是雷吓坏了我/你清楚我的意思/我希望是一条鱼/在安定的气氛中。"①作者在文本中以神话科幻结合的方式对人类发展中的不公平和对人自身的压迫进行了反思和批判，可是批判却不是为了走向火药味十足的反抗暴力，而是通过文本作品，艺术地再现矛盾，又解决矛盾。作品成功地超越了二元对立的政治思路，为人类的自由进行了新的探索。这大概正是作者不厌其烦地把女娲、美人鱼和具有鲤鱼基因的克隆人作为故事主人公的原因吧：鱼所代表的自由才是我们永恒的梦想。

作品中的再生神话，还是人繁衍永恒的象征，通过神话，"把个人的命运纳入人类的命运，并在我们身上唤起那些时时激励着人类摆脱危险、熬过漫漫长夜的亲切的力量"(p. 101)②。作品对人的生存意义带有超越时代和历史的阐释，更具有普遍的人类学意

---

① Larissa Lai. *Salt Fish Girl*. Toronto: Thomas Allen Publishers, 2002.

② 叶舒宪. 神话——原型批评. 兰州：陕西师范大学出版社，2002.

义。因此作品中的主体“我”不仅仅是中华民族的女娲，她还是西方童话中的美人鱼，也是克隆人等一切受压迫的族群，作品超越华裔身份，走向了更为广泛的弱势群体谋求发展的道路，因而使作品具有了更普遍的人性思考的意义。

第三节　童话，对文化的颠覆
——何舜廉小说研究

华裔女作家何舜廉历经十年磨一剑写出的长篇小说《玛德琳在沉睡》在2004年度美国国家图书奖评选中脱颖而出，该小说同时还获2004年度“美国出版周刊最佳小说奖”，2004年度“华盛顿邮报最佳小说奖”，2004年度“詹尼特·希丁格尔·卡夫卡小说奖”，2005年度纽约“雄狮文学奖”和2005年度“怀丁作家奖”。

何舜廉出生在美国，母亲是重庆人，1948年到美国。何舜廉毕业于布朗大学和爱荷华大学作家工作室，目前住在洛杉矶，在加州大学圣地亚哥分校任教。作者曾坦言自己在学习电脑网页的制作中受到启发，尝试把超文本和传统叙事方法结合起来。①

故事以古老的法国巴黎乡村庄园为背景，叙述沉睡的小女孩玛德琳在梦中跟随吉卜赛杂技团流浪的故事。评论界都为这本小说“在现实与梦幻之中穿梭”的奇幻叙述赞叹不已②，对作品中“超文本”的叙述技巧赞赏备至。③ 而这本奇幻小说本身，是对西方经典童话的重写。作为读者，我们不禁好奇：在美国华裔作家的作品中，我们从来没有看到过如此奇异的想象力，也从来没有看到过这样表面上完全没有“中国元素”的长篇小说。这部作品开创了华裔文学的一个全新局面，值得我们重视，也值得我们穿透光怪陆离的情节探问这种文学实验背后的文化动力。

---

① 兰守亭. 华裔女作家入围纽约雄狮文学奖. 文汇读书周报，2005－4－27.

② Review of *Madeleine Is Sleeping*. *Publishers Weekly*, 2004(6): 29.

③ BookRags. BookRags Study Guide on *Madeleine Is Sleeping*. http://www.bookrags.com/studyguide-madeleine-is-sleeping/. Sept 14, 2007.

1. 睡美人的后现代重写

小说中现实与梦境结合，情节具有奇幻的童话色彩，不过这并非又一部童话，而是对经典童话《睡美人》的重写。《睡美人》是德国格林兄弟搜集整理出来的德国民间传说之一，讲述在古代的王宫中，"恶魔仙女"诅咒公主要被纺针刺死，"教母仙女"则将毒咒转换成了公主百年的长眠。百年后，英俊潇洒的王子在仙女的指引下，遇见了沉睡的公主，以神圣的一吻唤醒了她，两人幸福地结合。

小说的另一个原型来源于美籍澳大利亚作家路德威希·白梅尔蒙（Ludwig Bemelmans, 1898 - 1962）于 1939 年创作的《玛德琳》系列童话作品之一《玛德琳——杂技团历险记》（*Madeline and the Gypsies*）。原作在西方受到 60 多年来经久不衰的欢迎。这本儿童小说讲述了巴黎女孩玛德琳（Madeline）参加吉卜赛杂技团组织的游戏，却因暴雨被困摩天轮上，被救后玛德琳不愿意回家，执意要跟杂技团去旅行。她得到吉卜赛妈妈的同意，开始接受杂技团特技的训练。后来家人寻找玛德琳，吉卜赛妈妈却不愿玛德琳离开她，要玛德琳假扮狮子。扮成狮子的玛德琳到森林散步，却被拿出猎枪的农夫赶跑，跑得满身大汗的玛德琳开始想家，于是玛德琳的流浪以回家结束。

何舜廉重写作品中的主人公"Madeleine"与白梅尔蒙小说的主人公"Madeline" 的名字的拼法稍有不同，暗示了重写后的主人公玛德琳（Madeleine）已非读者熟悉的幸运儿玛德琳（Madeline）。在何舜廉的重写小说中，玛德琳的故事在梦境和现实中同时展开。在"现实"中，玛德琳处于睡眠状态。一名绅士上门试图吻醒玛德琳，娶她做新娘。可是母亲让孩子们把玛德琳全身涂上黄油、蛋糕、蛋黄等，绅士未能吻醒玛德琳，只留下满脸蛋糕屑。母亲为了"救赎"玛德琳，决定把白痴祖伊（Jouy）从精神病院接回来与玛德琳成婚。此举受到儿女们的集体反对，他们在路上把祖伊替换成女人夏洛特（Charlotte）。与此同时，玛德琳母亲的果酱被不明真相的乡亲拒绝，他们还上门找玛德琳母亲算账，说玛德琳带坏了他们的孩子，偷了他们的物品。乡亲们在谷仓找到玛德琳，发现她已经搭好了舞台，等待音乐天才普约尔（Pujol）的表演。可是，纵然玛德琳使尽浑身解数，普约尔还是麻木地躺在舞台桌上，观众则愤怒地盯着玛德琳。玛德琳很害怕，她倒在舞台上，闭上眼睛，不愿意醒来。此时，长翅膀的胖仙女玛蒂尔德（Matilde）出场，讲述玛德琳的故事，观众在嘘声中安静下来。

与"现实"故事同时进行的是玛德琳在梦境中跟随吉卜赛杂技团流浪的经历。玛德琳仿效女伴玩性游戏，女伴索菲（Sophie）把此事告诉了大人后，母亲把玛德琳的手放进滚烫的碱液，然后把她送进修道院，而祖伊则被送进精神病院。玛德琳偶然出行时，被吉卜赛杂技团看中，参加表演游戏，吉卜赛妈妈玛格丽特（Marguerite）发现玛德琳双手粘连，问明是惩罚所致后，收留了她。在流浪中，她与男摄影师艾德里安（Adrien）都爱上腹部会发出奇妙声音的音乐天才普约尔。与此同时，杂技团为了生计被迫为寡妇表演色情节目，后来玛德琳拒绝表演，普约尔决定把身体捐献给医院作研究。玛德琳和艾德里安企图救出普约尔，可是没有成功。为了让普约尔重振威风，玛德琳回到家乡为他搭舞台。

原作中睡美人被王子吻醒的浪漫被重写成沉睡的无奈，玛德琳跟随吉卜赛旅行的冒险被替换成流浪的心酸，通过对经典童话《睡美人》与《玛德琳》的重写，主人公受到的待遇一落千丈。流浪并非顺利，回家并非幸福，亲吻并非万能，爱情并非浪漫，玛德琳成为现实中步步失败的倒霉人物。不仅如此，作品还对原作的叙述模式进行了釜底抽薪的颠覆，原作《睡美人》和《玛德琳》都采用了遵循时间和逻辑发展的线性叙述结构，重写后的故事却在梦境和"现实"中同时展开又相互缠绕，主人公时常穿梭于梦境与"现实"之间。比如，玛德琳梦中见到玛蒂尔德，这个人却同时出现在"现实"中的母亲面前；梦境中的夏洛特（Charlotte）在刺死丈夫后与"现实"中接祖伊的孩子们相遇，跟随他们到了玛德琳的家，替换玛德琳躺在床上。"现实"中的母亲发现玛蒂尔德顺着屋顶烟囱，撒下了玫瑰花。玛德琳闻到花香后醒来，却在梦中的玛格丽特身边。

之后发生的故事又回到"现实"，普约尔麻木地躺在舞台上，玛德琳羞辱而眠，以仙女玛蒂尔德上场讲述玛德琳的流浪为结局，由此衔接故事的开端，使故事形成循环的情节结构。

与此同时，小说的“超文本”叙述手法更形成一个叙述迷宫。“超文本”是一种常见的网络文本模式，它通过关键词在不同的文本间建立链接，读者可以通过点击关键词，从一个文本转到另一个文本。而作者把这部小说也设计成超文本形式，作品中一至两页为一节，通过独立的小标题分隔开，节与节之间没有清晰的逻辑联系，只有雷同的链接小标题如“玛德琳在睡觉”或“玛德琳在做梦”等暗示情节的发展，可是由于情节交叉，“现实”与梦境中的情节混淆。于是，读者可以从任何一页读下去，也可以重新组合，不断循环。所以整个作品呈现出时空交错、多层次多通道的立体循环式结构。

由此可见，何舜廉在重写过程中，通过对情节内容的修订，对叙述模式的翻新，改变了原作中的浪漫情节，颠覆了传统的线性逻辑结构，把传统小说的讲“故事”改成了“讲”故事，实现了对西方经典童话的戏仿式重写。

2. 重写中的文化颠覆

“如果某部小说有意暴露并且操纵它对某一种或某一个前文本的依赖，并以此取得某种特殊意义，就取得了另一种元小说倾向——前文本型元小说。”①小说《玛德琳在沉睡》将西方经典童话《睡美人》和《玛德琳》引入作品并对之进行重写，正是一种“前文本型元小说”。在小说的后记中，作者还提到对这本小说产生影响的其他作品，如罗兰·巴特的《明室镜言》(*Camera Lucide*)，川端康成重写的《睡美人》，以腹部运气模仿各种声音而闻名的法国著名歌唱家派多曼(Le Petomane)的传记，巴洛克(Baroque)和洛可可(Rococo)艺术等。它们在这部小说中的确都投下浓重的影子，比如作品中的普约尔是派多曼形象的再现，沉睡的女主人公则暗示了对川端康成重写《睡美人》的再度重写，而洛可可和巴洛克的浓

① 赵毅衡. 当说者被说的时候——比较叙述学导论. 北京：中国人民大学出版社，1997：265.

墨重彩风格，则帮助渲染了古老戏剧色彩的艺术氛围。

无处不在的前文本把此作品推进成贯穿始终的元小说：蕴含各种意义的前文本引入当前文本，构成了以当前文本为中心的镶嵌式互文网络。不过在这个互文网络中，当前文本并非只是拼凑前文本，而是打碎前文本的表意系统，并且重新解释。在具有元意识的小说家看来，一切文本都是组织并传达意义的手段，是"人工设置的符号编码解码体系"①。前文本不仅不是不可侵犯的真相叙述，而且完全可以根据需要，对前文本进行重写：前文本中理想的文化规则会在历史中变成文化暴力，后来的文本就不得不对此进行反抗。

在这本小说中，文化规则的系统强大，他们对玛德琳的"错误"反应迅速，人传人的耳语，让玛德琳受到惩罚。

> 索菲告诉了母亲，一顿饭的工夫，母亲告诉了父亲，父亲告诉了牧师，牧师告诉了市长。于是错误不可挽回……宪兵带走了祖伊……玛德琳的手被放进了装满沸腾碱液的锅里。(p. 38)

关于玛德琳受罚的来龙去脉，句式短小，逻辑清楚，象征了社会性惩罚中不可抗拒的权威。可是在这一权威背后却是对孩童的残忍折磨，精干的语句透露着受文化规则束缚的人们完全缺乏对人性的思考。

小说中的社会权威的代表"市长"，言行极度的残忍虚伪。他一方面利用权力对玛德琳进行残忍的处罚，而另一方面，却竭力在女儿面前表现自己的"宽容和责任"。

> 我是个宽容的父亲。这是个不错的开场白，他已经排练很久了。首先，他富有人情味的天性和对暴政的厌恶。第二，

① 赵毅衡. 当说者被说的时候——比较叙述学导论. 北京：中国人民大学出版社，1997：265.

> 他的公务责任。第三，最近得到有关于他的奇怪报道和小女儿奇怪的眼神，她头发里有一些草屑。第四，他记不得第四点了。（p. 125）

下令对玛德琳惩罚是他的专制和暴政，可是他却称自己"宽容、有人情味、有责任感"，看似激昂的表白与"排练"一词对照，更体现出他的虚伪。而小女儿头发里的草屑暗示着小女儿也参与了性游戏，这更是对市长的无情讽刺。而"记不得"一词解构了他的豪言壮语，暗示了市长权威背后的无力。

在强大的文化规则的控制下，母亲似乎被文化规则施了魔咒一般，成了泯灭人性的傀儡，她的慈祥消失得无影无踪，只留下为文化代言的残忍。她烫伤玛德琳的双手，将其送到修道院；她在玛德琳身上涂满黄油蛋糕，阻止绅士吻醒玛德琳；她让儿女接白痴祖伊回家，与玛德琳成婚；她与其他观众一起看女儿表演，却无动于衷。表现如此恭顺，她依然受到了周围乡亲的抛弃，他们拒绝买她的果酱，把果酱扔在她家的墙上，他们聚集在她家门口，审问她对女儿的"管教不严"。除了玛德琳母亲的盲从、乡亲的麻木，小说还讲述了夏洛特丈夫的霸道。

文化规则束缚的傀儡对个体一系列残忍的对待，造就了一个个"残缺"的边缘人：腹部发声的普约尔，女扮男装的玛格丽特，双手粘连的玛德琳，长出琴弦的夏洛特，他们是被社会遗弃的个体，也是被社会扼杀欲望的个体。正是邪恶的文化规则本身制造了残缺个体的，作品中的精神病院就是这样一个邪恶的文化堡垒：高墙的禁锢，有病的主治医生，几乎是福柯笔下的精神病院，"是社会管制的一种阴险狡诈的新形式"①。

相对于社会主流文化规则的冷漠，吉卜赛杂技团成员个个表现出真诚与友善：玛格丽特收留受伤的玛德琳，并鼓励她反抗；普约尔为了不让玛德琳挨打，悄然离开吉卜赛团体，并且决定把身体捐献给医院；玛德琳为了让普约尔安然入睡，往帐篷上撒小石头，

---

① （美）詹姆斯·米勒.福柯的生死爱欲.高毅译.上海：上海人民出版社，2003：13.

转移他的注意力；艾德里安与情敌玛德琳共同去营救普约尔；就连有控制欲望的寡妇也良心发现，停止让吉卜赛杂技团表演色情剧。

文化暴力导致了边缘的个体，更导致了文化的反抗。面对残酷的惩罚，玛德琳通过沉睡来逃避，通过梦境来反抗，她的弟妹也通过拒绝白痴接祖伊回家与玛德琳成婚来反抗母亲。作品中另一主人公夏洛特也在丈夫的暴力驱逐后回家复仇。只有在梦境的层层反抗之后，“现实”中的乡亲们才安静下来，耐心听仙女玛蒂尔德讲述玛德琳的故事。

作品中温情的主流文化规则被置换成压制边缘个体的文化暴力，边缘的欲望个体得以正名，而麻木的观众也在仙女的启蒙下开始反省。通过对前文本的戏仿式重写，作品颠覆了前文本的表意系统，实现了对文化暴力的控诉、对边缘个体的正面书写以及对主流大众的启蒙。

3. 边缘主体的诗性建构

小说在对前文本重写的过程中，把原来的童话故事中文化对个体的呵护，转换成社会主流对个体的暴力，不过作品并非以暴易暴，而是着手进行诗意的主体建构。小说以古老的法国乡村庄园为背景，使用了一些高雅的法语词源词汇；隔一两页就出现一小节散文诗式的语言；人物形象也充满奇幻色彩，梦境中的胖仙女长出翅膀，夏洛特身上长出了琴弦，普约尔腹部可以发出奇特的声音，玛德琳残疾的手出奇地复原，使得小说中出现优美的幻境。

诗意的氛围和优雅的语言，与暴力情节之间出现张力，更强调了小说对暴力的控诉。夏洛特变成小提琴后，丈夫马雷用餐刀刺伤她的经过是这样叙述的：

> 音乐家不慌不忙地抽回插在火鸡上的餐刀。他拔刀时，餐刀“啪”的一声似乎在反抗。他一声叹息，推倒餐桌。伴随着优美的地震，房子似乎在发抖。刀上的油滴到瓷砖上，凝固

了，似乎专为马雷这个迷路的“汉斯”①准备，想让他回到自己座位上。夏洛特感觉到自己温柔的心跳。我的丈夫会把我切开的，她告诉自己。她想象两个大大的伤口——F形的洞，凿开的曲线，伤口处可以看见琴在哭泣——刻在自己的躯干和肋骨，像狡诈的笑容。她的网状的器官和肠会暴露成粉红色，像她去年在市场上看到的可剖开的蜡像女人。夏洛特的手开始摸索自己的饰带。

她可以嗅到马雷在走近她——很浓烈的油脂发酵的味道——她赤裸着腹部，覆盖其上的是马鬃一样的黑发。可是丈夫只抓住她下巴，向上提，把她的头转过去又转过来，带着素描画家的耐心盯着她。餐刀滑向她的咽喉。她看着剪掉的头发落到大腿，又迅速地滑下，如灌铅的鸽子从天空坠落。(p. 18)

在这一段中，语言的含蓄与情节的残酷形成一触即发的紧张，温柔诗意的语言中爆发出极度愤怒的反抗。在“不慌不忙”“优美的地震”“素描画家的耐心”等举止中，丈夫的刺杀行为体现出老辣的残虐，而妻子的回应在“温柔的心跳”“想象伤口”“摸索饰带”等感知中表现出对丈夫的恐惧。

对丈夫残暴行为的批判还通过物品的“拟人化”表述来实现，“餐刀‘啪’的一声似乎在反抗。”“刀上的肉汁滴到瓷砖上，油凝固了，似乎专为马雷这个迷路的‘汉斯’准备，想让他回到自己座位上。”“伤口处可以看见琴在哭泣。”此刻，不会说话的餐刀、油脂和琴弦凝聚了叙述者对暴力强烈的控诉。

此外，对暴力的控诉还通过主人公的身体感知来实现，如嗅觉(油脂发酵的味道)，听觉(餐刀“啪”的一声；发出一声叹息；房子开始抖；琴似乎在哭)，视觉(伤口像狡诈的笑容；内脏和肠曝光成

① “汉斯”是格林童话“刺猬汉斯”中的主人公，他上半身是刺猬，下半身是男孩。一天，他带着风笛，骑着大公鸡去森林，每天坐在树梢上吹风笛，后来他给迷路的国王指路，与国王的女儿结婚，取掉刺猬皮，成为下一届国王。作品里用“迷路的汉斯”来形容马雷，是期望马雷放弃自己的暴行。

粉红色；黑色的像马一样的毛发；她看着剪短的头发落到大腿，块状一般迅速地滑落，像灌铅的鸽子从天空坠落），触觉（抓住了下巴，向上提，把她的头转过去又转过来；餐刀滑向她的咽喉）。丈夫马雷对夏洛特的暴力通过视觉、听觉、嗅觉和触觉等身体感知，给读者带来强烈的感官冲击，突出了暴力的残虐和被害者的弱小。

通过对拟人手法的运用和对身体感知的还原，小说让身体说话，把暴力对人的伤害赤裸裸地呈现出来，也让暴力在身体的无声诉说中受到谴责。与此同时，作品为受文化遮蔽的个体欲望进行了诗意的刻画。小说是这样描述让玛德琳背负惩罚的性游戏：

> 当祖伊把小鸡鸡放进她的手心时，她感觉失望和羞愧，因为其他女孩谈论过它的活力。但当她坚硬的手指抚摸到中间时，小鸡鸡在玛德琳手中像小鸟一样抖了起来。她记得自己曾在果园摇果树时，树上的小鸟会掉进手中，她会为它们惊恐的呼吸而感到快乐。祖伊的器官也给她类似的感觉。它们在她手里挣扎……“祖伊，我以前也有过这种感觉。”
>
> 可怜的白痴没有回答她，他被她的行为感动了。她很欣赏小鸡鸡在她手里慢慢萎缩时他还保持木乃伊一样的姿势，仿佛生活已经抛弃了渴望她抚摸的身体。（p. 34）
>
> ……
>
> 回家后，母亲问她干了什么，她说：“我在摘花。”（p. 36）

玛德琳把抚摸祖伊的生殖器看作抚摸受惊的小鸟以及摘花。从玛德琳的视角里，读者看到的是玛德琳行事的单纯，这与玛德琳受到的惩罚形成尖锐的反差：边缘的欲望主体得到诗意的描述，折射出玛德琳童心纯洁的光辉。

我们还可以继续追问，为什么作者挑选了经典童话作品作为前文本来构成互文网络？这是因为经典童话的完美与当前情节的丑恶这一反差更容易形成强烈对比，此外，童话本身也具有诗性魅力。童话往往制造出特殊的氛围，使读者沉浸到另一个现实中去感知生命的真谛，从而寻找到自我的精神家园。①赫尔德曾说过："真正的童话不仅使我们摆脱时间和地点，而且还使我们从死亡中解脱出来。我们通过童话到达精神王国。"②可是随着文明世界的建构，人性自身也被文明的机器所扼杀，战争、强权、暴力这些冷酷而可怕的字眼并没有远离文明的天空，现代人越渐处于荒芜的精神沙漠状态。因此，这本小说重拾童话中的诗性来抨击文化对个性的束缚，为边缘主体进行新的精神突围。

作品把主人公从幸运的宠儿重写成边缘的"残缺个体"，但并没有丢掉玛德琳的天真气质，作品把完美的漫游和历险重写成坎坷的流浪和漂泊，却并没有放弃主人公对浪漫的向往。作品借童话的理想和完美，揭露了社会发展带来的文化陷阱，为被文化暴力遮蔽的边缘主体进行了诗性超越。

小说运用错综复杂的后现代实验小说技巧，对经典童话前文本做戏仿式的重写：一方面颠覆了压制边缘个体的文化规则，使边缘的欲望个体浮现出来；另一方面，作品也与前文本合谋，运用诗意的语言延续了童话的梦幻意境，让主体在颠覆后走向诗性，为后现代语境中的主体悄然打开了新的升华空间。

这时候，我们想到了作者的华裔身份，她代表的社会边缘地位，现在曲折地表现了出来。小说没有出现一丝华裔的影子，不过作者的华裔身份和主人公遭受的边缘命运却让读者不得不把主人公与华裔的生存状态联系起来。这本小说巧妙地把华裔隐藏在受文化规则压制的广泛边缘个体中来反思其命运，使得其困境更具有普遍性，从而让人更深刻地反思文化规则对人的束缚。

小说在童话的意境中对主流文化进行批判以及为边缘个体进行主体建构，试图超越"二元对立"的政治思路的写作突围：这部小说深刻的文化审视力与超越的诗性追寻，使它成为美国华裔文学发展中新的里程碑。

---

① 福·泰格特霍夫. 童话：通向另一种现实的大门. 高年生译. 外国文学，1993(1)：32—35.

② 李利芳. 论童话的本质及其当代意义. 兰州大学学报(社会科学版)，2003(2)：24—25.

小　结

拉丽莎·赖和何舜廉这两位新生代华裔女作家不约而同地进行了重写神话的尝试:《千年狐》中的中国神话主角狐狸精在唐代女诗人鱼玄机和当代华裔女孩黄之间纠缠,《咸鱼女孩》中的中国造人女神女娲化身为人进行了跨时空的流散经历,《玛德琳在沉睡》中的西方经典童话主人公玛德琳在边缘流浪。通过对神话的重写,历史和未来相连,中国神话与西方童话一起,为受压迫的边缘华裔进行了象征性的言说,"狐狸精"在异域经受着身份的考验,"女娲"不由自主地卷进了现代工业生产,"玛德琳"与"睡美人"为边缘人发出呼喊。这些超越现实的文学形象参与建构华裔主体,意味着华裔建构主体的新思路,那就是超越二元对立的政治反抗,运用超现实的审美形象为人类的生存敲响警钟。

本章的关键词一是文化反思,二是诗性建构。拉丽莎·赖通过重写中国神话,为个体寻找理想的文化之家,何舜廉则通过重写西方经典,为边缘个体正名。两位作家的作品都在真实与虚幻游离的超现实书写中建构出令人眼花缭乱的乌托邦世界,让读者在身临其境中感受摆脱文化束缚的欲望主体的诗意存在。其文本的乌托邦幻想"是超越日常生活的压抑,重新塑造已有经验的强有力的工具"①,"如果没有乌托邦,对一种秩序的否定就不可能达到足以构成威胁的程度,也就根本不可能构成一种激进的想象"②。从这种角度来说,幻想世界立足现实又超越现实,把激进的因素隐藏其间。

作品对前文本进行颠覆和移植式重写,创造出一个超越现实的魔幻世界,实现了在幻想世界建构主体的梦想。两部作品超越的向度有所不同,却都以边缘自我的主体建构为目标,殊途同归的

---

① 刘心莲.性别,种族,文化——华裔女性写作探析.华中师范大学2001级博士论文:87.

② (美)道格拉斯·凯尔纳,斯蒂文·贝斯特.后现代理论——批判性的质疑.张志斌译.北京:中央编译出版社,2006:331.

追寻之路值得读者深思。生存在文化中空里的华裔个体，经受着前所未有的身份挑战，居住国文化把他们变成了他者，而出生异域的他们又是传统文化的他者。无所归依的漂泊焦虑，促使华裔个体通过建构幻想的乌托邦世界与现实抗衡，实现了身份的诗性超越。在此过程中，文化他者与个体背道而驰，逼迫个体对视和反思文化，也逼迫其上升到超越的诗意的王国，使个体的存在冲破他者的束缚，实现超越。

作品中超现实的奇幻迷宫叙述在于通过叙述形式本身的革新，摆脱“写实”方法的拘囿，来超越现实社会具体的政治问题，以追求“本体意味”的形式，和“永恒意味”的生存命题。因此作品中叙述的超越性与主题的颠覆性是一致的，目的则是为了打消现实与幻想的分野，高雅与大众的界限，通过身体本身的欲望回归来反对僵化的文化社会约束，以寻求本体的生存意味。

第五章　边缘主体的存在反思

在存在符号学理论中，身份是个体存在外显的一种方式，是“自我”和“自身”之间协调之结果。出生在异域的华裔，从一出生，就面临着身份的困扰，他们对自己的身份充满了不确定感以及身份的焦虑感。正因如此，他们经历了从自我到超越的永不停止的追寻。本章将对华裔书写进行存在符号学的综合分析，以此来揭示边缘自我的存在轨迹和意义。

根据存在符号学，主体携带着符号一起，通过否定和肯定的运动，达到超越。而对于华裔而言，自从离开中国文化域起，他们就开始面向未知世界，进行不断否定的旅程。

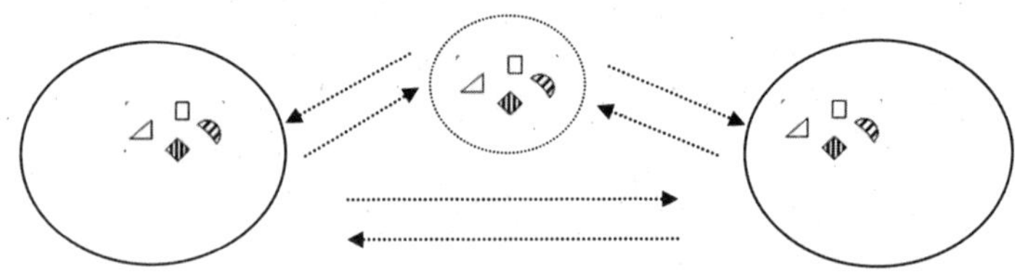

图 1

华裔流动的足迹如图 1 所示。其中左边是中国文化域，右边是美国文化域，中间是华裔文化域，箭头为彼此之间的运动和影响。中国文化域内部生成的边缘力量看到了中国文化域不满足的一面，于是试图离开这一文化域，去追寻完美的超越意义，这是否定的开始。他们在空中漂浮，寻找可安顿的居所，凸显的美国文化域成为了他们的目的地，于是符号飘落下来，他们进入了美国文化域，在其边缘生存定居，此时他们已经同时带上了中国文化和美国文化的烙印，此外他们也在漂浮之中接受了来自超越的信息。在美国文化域之中，他们继续运动，有的试图消失在美国文化域中，有的试图独立出来成为新的华裔文化域，还有的试图回到中国文化域，此外中国文化域和美国文化域之间也存在着交往和协商的关系。于是中国文化、美国文化、华裔文化之间和华裔个体之间形成了相互运动的符号流。这就形成了华裔作家看似悖论的书写主题，比如张岚的作品《遗产》，作者利用了中国文化资源，却反抗中国文化对主人公的压迫；张岚认为自己是美国人，却总是让主人公置身于中国文化环境中；与此同时，她对中国文化的理解却来自讲述和想象。

华裔书写中矛盾的心理源于否定所产生的困惑和虚无，从此，主体与客体断裂开来。不过也正是在此运动中，存在更能发出光芒。也正因为否定，华裔产生了群体的焦虑。

第一节　存在之焦虑

焦虑是华裔作品的关键词。从《饥饿》中母女的冲突，到《东方女孩想浪漫》中无所归依的潜意识，再到《玛德琳在沉睡》中流浪的女孩，都离不开这个沉重的主题。这种焦虑不能理解为一般的情绪宣泄，当一群人总是以这样的状态书写模式出现，就值得人们关注。而事实上，这是华裔主体性尚未形成的存在焦虑。如存在主义心理学家保罗·蒂利希所说："焦虑是一种状态，在这种状态中，存在者能意识到他自己的非存在。"①

根据符号学家格雷马斯（A. J. Greimas）的观点，主体与价值客体总是处于从分离（S∪O）到结合（S∩O）的状态②，"焦虑则体现了主体与客体分离的状态"③。当主体与客体结合时，主体是欢欣的；当主体与客体分离时，主体是焦躁的。而埃罗·塔拉斯蒂更进一步把主体与价值客体分离的情形分为两种：主体已经失去欢

---

① 保罗·蒂利希. 存在的勇气. 成显聪，王作虹译. 贵阳：贵州人民出版社，1998：33.

② 尤瑟夫·库尔泰. 叙述与话语符号学. 怀宇译. 天津：天津社会科学院出版社，2001：15.

③ Eero Tarasti. *Existential Semiotics*. Bloomington：Indiana University Press，2000：77.

欣客体和主体即将与焦躁客体结合。[①]在华裔作品中，焦虑的症候以不同的方式表现出来。

在加拿大新生代作家刘绮芬的作品《逃跑》中，主人公时时忍受周围同学的白眼和母亲的严厉管束，她因此患上多食症。14 岁时她离家出走，开始了流浪生涯。在此期间，她在街头、社管所、警察局里度过，不过最让人印象深刻的还是她对自我的剖析，体现了主体矛盾焦虑的潜意识。在刘恺悌的《东方女孩想浪漫》中，作者则是用意识流的写法，直接将焦虑展现在人们的面前，在作品中，主人公随时都在感叹自己“我不知道去哪里。我想走出来，但是无处可去”。此种焦虑在伍美琴的《裸体吃中餐》中演化为火药味十足的家庭氛围。在邱静瑜的小说集《闯祸精及其他圣人》之中，焦虑演化为了华裔小人物的心酸。在张岚的《饥饿》中，两个女孩不同程度地受到父亲为了出人头地而产生的学习压力。在她的《遗产》中，两姐妹因为感情纠葛而反目成仇，姐姐至死不原谅妹妹。在拉丽莎·赖的《咸鱼女孩》中，主人公跨越时空，从骄傲自信的女娲弱化为如履薄冰的华裔女孩。在何舜廉的《玛德琳在沉睡》中，单纯的女孩因为一个性游戏，被家人和社会定罪、惩罚、抛弃，被迫加入吉卜赛流浪队伍。

在叙述技巧上，作品更是充满了焦虑的叙述，以《玛德琳在沉睡》为例，焦虑首先表现为能指与所指的分裂，体现在作者对经典童话人物“玛德琳”和“睡美人”的戏仿。对耳熟能详的前文本进行戏仿式重写，颠覆了前文本的叙述机制，这种“元意识”让读者对前文本的表意系统产生根本的怀疑。在原作的表意系统中，“玛德琳”、“睡美人”与单纯的童年匹配，能指所指示的是幸福的所指，让读者在虚幻的世界中得到幸福的满足。可是，重写小说撕开了大结局的面纱，这些熟悉的名字被再一次规约，让能指变得空洞，让主体与客体重新脱离开来。这一残酷的结局如同女巫的魔咒一样，让不知所措的玛德琳沉沉睡去。此时，经典的意义已经消失殆尽，世界成为一片断裂的虚空，主体只感受到“非存在对主体

---

① Eero Tarasti. *Existential Semiotics*. Bloomington: Indiana University Press, 2000:77.

的压迫”[①],徒然留下对未来不可把握的焦虑。

不过,每一个主体都有自身的“自我—声音”(me-tone),这些声音构成主体的生命节奏,主体通过它对环境进行记录和选择,与环境形成动态的能量场。在小说中,主体的“自我—声音”在现实中受到压抑,可是它却不屈不挠地通过梦境发出来。在梦境中,玛格丽特收留了受伤的玛德琳,并教她反抗;普约尔为了不让玛德琳挨打,悄然离开吉卜赛团体,并且决定把身体捐献给医院;玛德琳为了让普约尔安然入睡,往帐篷上撒小石头,转移他的注意力。相对于现实世界的冷漠,梦境中的世界是美好的,玛德琳可以得到关爱,也可以发出自己的声音。

与此同时,主体也通过“知觉”来感知和记录环境的信息,让两者重新获得连接。知觉是人的存在不可或缺的因素,它是与世界原发性的贯穿关系,世界只有在知觉中才成为它之所是。[②]此时,环境不只是实在之物的总和,它更是一个意义系统,可以说环境是一个始终对我们开放着的富有意义的事物的总和,正是因此,环境才构成了“我”的知觉场。在和谐的知觉场中,主体如同在摇篮中的婴儿,得到安全感,而如果主体与环境脱离,则首先在知觉上体现出来,因为焦虑的程度,依赖于个人“对于外界知识和势力的感觉”[③]。

小说中出现大量的比喻句式,这里摘选两例:

1. 如果这是神话,玛德琳就会变成天鹅:两翼扇动,手指连在一起,带着神的大能……(p. 78)

2. 弟妹们围在玛德琳的床前,疯狂的行动慢了下来;他们好像小昆虫吊在树脂中,在凝结成琥珀之前做梦般地蹬踢。他们温柔地吸气,整个房间充满着一声长长的呼吸:呼……(p. 1)

---

① 保罗·蒂利希.存在的勇气.成显聪,王作虹译.贵阳:贵州人民出版社,1998:37.

② 尚党卫.梅洛-庞蒂:知觉何以具有首要地位.江苏大学学报(社会科学版),2005(3):38.

③ 弗洛伊德.精神分析引论.北京:商务印书馆,1984:315.

在这两段比喻中，人被比成了物：受伤的玛德琳被比喻成天鹅，安静的孩子被比喻成琥珀中挣扎的昆虫。前者给绝望疼痛的玛德琳一线生机，后者体现了孩童的天性被扼杀的残酷。虽然两个比喻一个褒一个贬，可是，用“物象”喻指“人”，将读者一再拉向主体赖以存在的环境，让我们感悟到社会中批判和安慰的力量都与环境同在，此时主体与环境的关系得到连接，一切伤痕在此得到愈合。

通过形象的比喻，心象的发送者能够与心象的接受者达到对某一事物的理解，使交流易于实现。而根据维柯，比喻更是一种“诗性智慧”，它不是理性的抽象的玄学，而是一种感觉到的想象出的玄学。[①]古人对不理解的事物往往是通过想象来使其完美，在如今理性思维占主导的时代，诗性智慧显得多么的难得，它重新给人插上想象的翅膀，让物体具有生命的实质，让人们在诗性中获得超越。

华裔小说中的焦虑书写，并非个别现象，在全球化的今天，当人们的欲望疯狂地膨胀，当人们注重数字更甚于人自己，这种异化的状态已经让越来越多的人处于焦虑之中，处于全球化浪潮前沿的华裔尤其深受其害。当文化与个体隔离，当身边满是他者的目光，还有什么能让心有安息之处？从此角度来讲，华裔的焦虑可以理解为全球化进程中的人们对于人自身存在忧虑的典型症状。

不过，焦虑的积极意义不可忽视。因为存在是一种“待在”(becoming)的过程，是逐渐实现与环境融为一体的“在家”的诗性，所以主体与环境的关系是辨证的，没有脱离，也就无所谓结合。“焦虑”一词，从而通向了海德格尔的“烦”的存在意义。小说中的焦虑书写也因此超越了焦虑本身。

---

① 维柯. 新科学(上). 朱光潜译. 北京：商务印书馆，1989：181—182.

第二节　存在之轨迹

主体从原文化域脱离出去，于是这个主体符号开始在空中飘浮游荡。（图2）不过符号并非一直停留于此，飘浮的自由使其具有向任何方向运动的潜在性，于是出现以下几种可能。

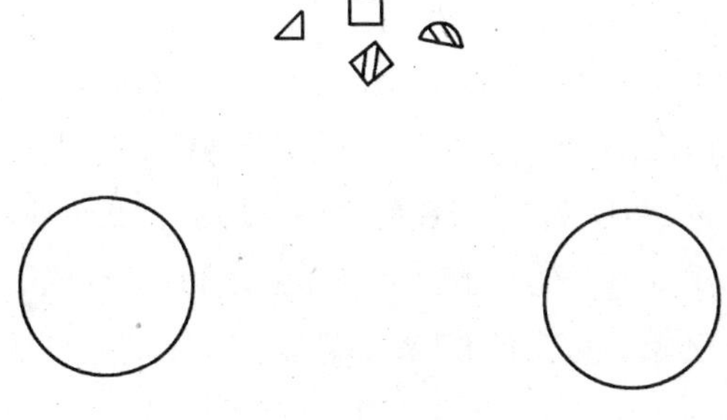

图2

第一种情况下（图3），符号继续向前，向目标文化域运动，直到在此文化域安居下来，这种情形存在的前提是目标文化域具有容纳的大度，因为这些符号脱胎于原文化域，他们明显带有这个文化的特征，如果目标文化域能容纳原文化域，也就能容纳这些主体符号。在《佛的孩子》中，作者就描述了当地文化对华裔的大度容纳。

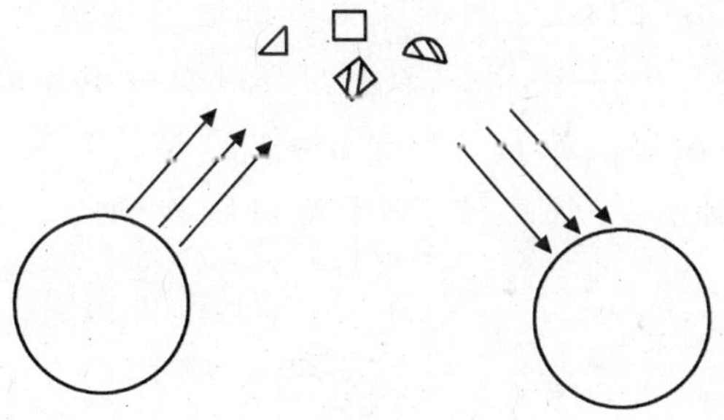

图3

第二种情形（图4）与之相反，其运动发生了阻滞，一方面他们与原文化域疏离开来，另一方面目标文化域也拒绝接纳，于是符号继续在空中飘浮。在《玛德琳在沉睡》中，流浪的女孩总是无法回家，就是此种情况的写照。

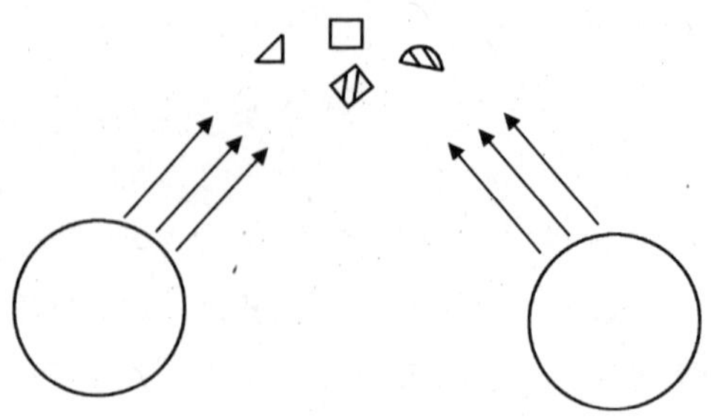

图 4

第三种情形(图 5)是被目标文化域拒绝的时候,他们回到原文化域。这一情况存在的前提是原文化域对个体的关注,以及这个文化域对个体的吸引力,还有个体对这个文化域的归属心理。在众多的华裔作品中,他们都对中国文化百写不厌,中国文化俨然是他们的精神之家,吸引他们来依靠。

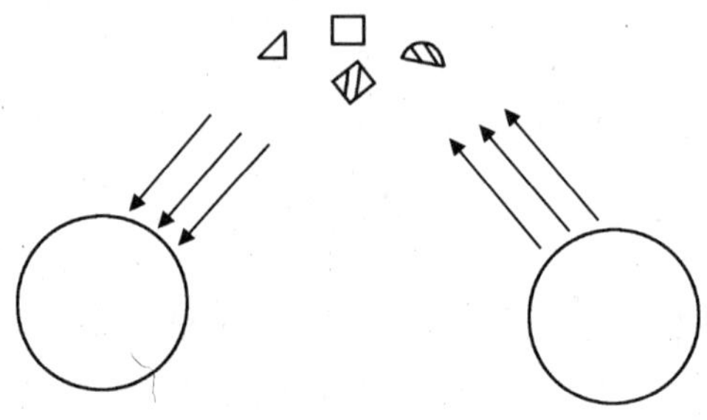

图 5

第四种情形(图 6)是两个文化域都愿意接纳主体。于是符号自由地在两边文化穿梭,此时漂浮的符号没有了焦虑,对两种文化的归依使其存在如同旅行一般的惬意,这是比较完美的状态。在《玛德琳在沉睡》和《佛的孩子》中都可以找到跨文化和睦相处的理想寄托。

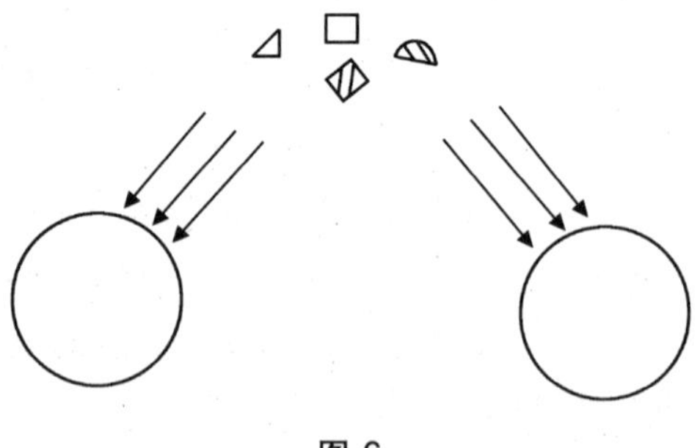

图 6

第五种情形（图 7）的前提是两个文化域都不接受这些存在主体。漂浮的存在符号开始彼此接近、连接，于是逐渐形成自己的文化域，在此文化域，他们独立地标示自己不属于任何其他文化域，以彰显自己的特点，因而他们对中国和美国文化都加以抵制和批评。被称为华裔斗士的赵健秀的观点就是这一情形的标识语。

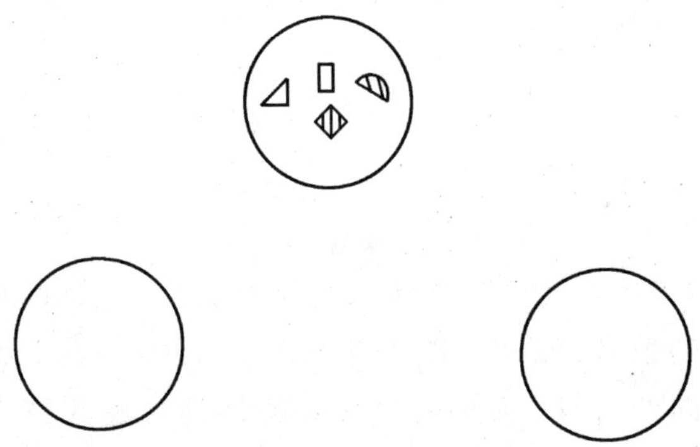

图 7

以上所描述的原文化域、目标文化域、华裔文化域，就是存在主体赖以存在的此在，存在主体通过否定的方式，脱离了此在 1（原文化域）。向未知领域的运动，使之对存在的体验有所变化，同时运动的主体带着对存在的理解，移向此在 2（目标文化域）。当此在 1 和此在 2 都无法满足主体时，他们自身建构了此在 3（华裔文化域）。华裔从原文化域到目标文化域再到华裔文化域不能简单地理解为点式地占据，而是一种存在的旅程，在此旅程中，他们不断地否定，也不断地追寻，是点与点的连接轨迹，更是点到面的铺陈扩展。存在的痕迹愈加外显。

还有一种情况（图 8），即当主体通过否定离开此在时，主体可能在这一旅行中待一段时间，而当他回到这个"此在"时，这个"此在"已经不是原初的此在世界，这个由集体他者构成的世界已经变化，可能向前，可能后退。

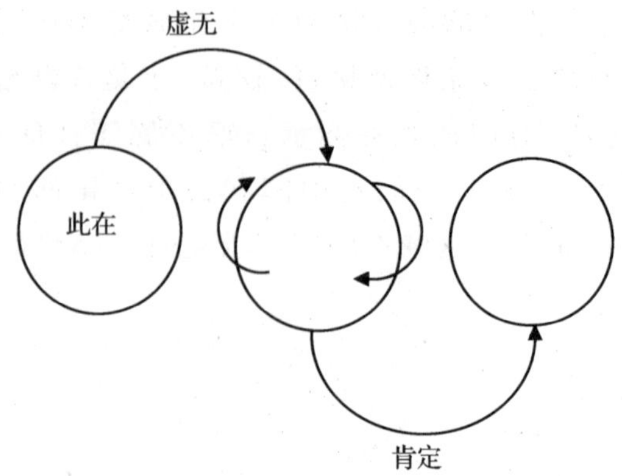

图 8

一方面，主体在漂浮的空中与超越结合，让超越的理念不断坠满主体符号的根基，使之不断升华，而另一方面，他试图进入的此在却发生逆向的行动，从而更与其对超越的理解相悖。主体要么回到此在，屈服于此在，要么颠覆此在，要么继续在空中漂浮。当今的全球化就是这样一种此在。当一切由技术来操控，当历史被终结，当占有成为判断的原则，主体只能感觉到符号的暴力，而非存在的家园。此时，坠满超越的存在符号可以发挥阻力的作用，来抑制这样一种所谓的“前进”。其手段是通过选择、记忆和历史。如下图（图 9）：

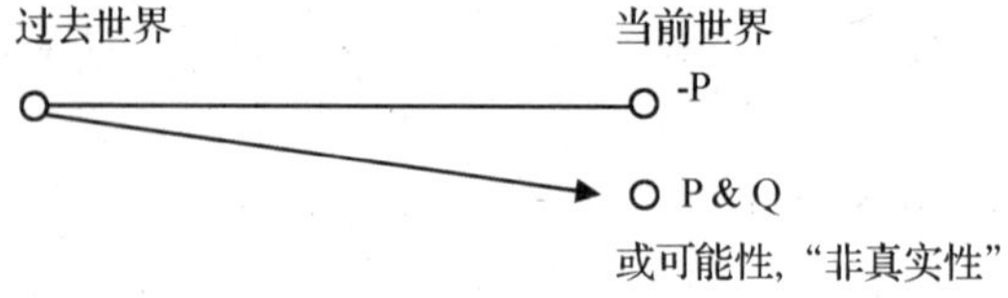

图 9

这个模式描述了选择性：从过去的世界中，选择 – P 得到实现，但是 P&Q 也是可能的。只有通过这些选项，关于可能性的谈论才成为可能，人们才能谈论行动元的自由。个体越自由，选择越多。如果现实的表层是被一些意识形态或霸权所占据，并隶属于它们，那么这些选择必须要受到关注。选择的量和选择意识增加了阻力。

此外，记忆也是一种阻力，只要人类还记得在他的文化和社群里是如何行事的，他的身份就得以挽救了。记忆储存和分离我们所有的体验，将其置于正确的位置。“记忆是力量……人决定该记住什么。人类创造意义的能力完全与记忆相连。”①在我们每一个行动中,我们的生活方式经常是回溯的:在我们现实表层的此刻的现象和体验很快转入记忆库,此时运动回溯,与其他体验进行比较。这一活动也是将主体从错误的限制和阻力中获得解放的过程,这一活动与全球化的建构模式背道而驰。

同时,历史意识带着强烈的历史责任感,让人们回溯过去,从而阻止科学和生活实践中以及社会过程中野蛮的推理和实验。或许我们可以说某一段特定的历史也是一种书写,是一种叙述,不过这种叙述从某种角度来看是来自对更长历史的回应,是将此段历史嵌入历史结构,使之获得意义,对人的言行产生影响。特别是当时代衰退时,比如当伦理消失,当我们想嵌入自己的时间,当技术的发展让人受到束缚,当国家利益得到极大的强调……此时,历史书写将表现出强烈的反思和抵制,因为总是有人能超越现实的表层。从此方面来讲,保卫历史的存在本身就是一种阻力——一种进步。

从华裔作家的作品中,我们可以发现无数关于历史的记忆,关于家庭的记忆,关于自我的回忆,这些无非都是在表明自己的存在旅程,这是在他者专制的此在为自己留下痕迹的言说,这一种言说是与超越的存在紧密相连的发声。

此外,我们还要追问,华裔社群的主体性是否就等于华裔的主体性呢?这里还涉及华裔集体主体性和华裔个体主体性的关系。在华裔文化域的形成中,华裔的个体与华裔集体之间还有着隔阂和冲突,赵汤之争就是个体与集体的冲突之典型案例。在此过程中,个体也一分为二,一部分坚持自我的声音,一部分为集体声音所替换,而主体的形成就在自我和集体之间来回穿梭。

塔拉斯蒂将“我”分为“自我”和“自身”。自我是个体自我,而自身是集体自我(也即他者),自我到达超越,必须冲破自身的阻力。(图10)所以自我与自身之间总是存在着拉锯战,我们看到华

---

① Eero Tarasti. *Pariisin uudet mysteerit ja muita matkakertomuksia*. Imatra: International Semiotics Institute/Semiotic Society of Finland, 2004.

裔总是在原文化域、目标文化域和华裔文化域之间兜圈子，是因为他们必须面对这些他者，并试图冲破这些他者，来达到超越。

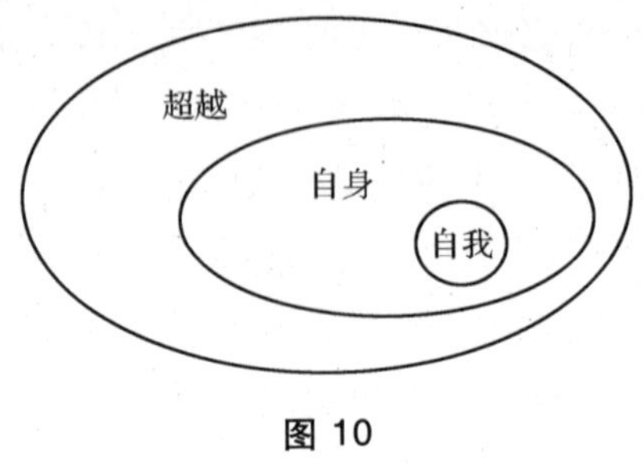

图 10

第三节 存在之意义

由以上分析可见，“新生代”华裔女作家书写的痕迹，是通过不断否定来达到超越的旅程。只有在流动的主体中，存在才变得如此紧迫，个体的存在对看似稳定的文化系统本身也产生意义：想象他者的意义，自我与自身的意义，以及自我与超越的意义。

索绪尔关于能指和所指的定义区分，表明物与词之间已经有了一条鸿沟，是物我之间没有融合的缺失的表现，从此主体与对象开始分离，与此同时，能指和所指总想走向对方，试图与对象重新连接。而华裔的足迹也正见证了这样一种悲壮的断裂与追寻。无论是自传式的日记书写，是潜意识的意识流表述，还是跨文化的反思，抑或是超越现实的诗性写作，都是漂浮的符号所结出的存在果实。

存在第一步是否定，这是华裔迈出中国国门的开头，是对此在的否定。迈出此在，是源于主体发现这个此在是不完美的，比如里面有文化的压抑，也有生存的困惑，于是他们开始追寻，离开此在，向未知跨越。

迈出之后，主体遭遇到另一个此在，即他者的此在，在迈出之前他的动力是充足的，可是在遇到另一个此在之后，他在他者的眼光中开始对自己产生怀疑，于是在他者的敌意目光之下继续追寻，而在追寻的最后，他发现了他者的有色眼光，不是“自己是谁”的问题，而是“他者是谁”的问题，于是他们开始探索这个由他者构成的此在，发现这依然是一个与之前的此在相类似的压制系统。于是主体开始对此在进行颠覆、反思。与此同时，他继续漂浮、上升，进入超现实中，去寻找自我的痕迹，于是作品中出现了较多的神话、童话，主人公在童话世界里无忧无虑，进行着新的体验，这样，就实现了走向超越的目标，在此世界中，自我与自身、自我与环境得到了融洽的连接。

其实，华裔在离开中国文化域之前，他们已经对这个文化域产生了不安，根据作家的叙述，主人公往往在中国经历了文化束缚的压制，加上特定时期的政治因素，使他们离开这个母体去未知世界探寻。从另一个角度来讲，中国文化的机器将他们甩出了运转的齿轮，让他们在太空漂浮。这一点值得中国文化本身反省，正如赵毅衡所言，一个无须批评的文本，不是正常的文本；一个无须批判的文化，不是正常的文化。①当文化中的个体视野变化，那么这个文化域也该随着变化，因为文化本来就是人的文化。另一个需要反思的是全球化。当全球化进程成为这样一种压制性的他者此在，让更多的人在这个机器中焦虑和失去自我，就该是符号逆向运动的时候了，因为主体在漂浮之中，获得了来自超越的指令，这促使他们以超越的眼光来看待此在，来纠正倒退的此在。

走向存在的旅程并非浪漫，在焦虑的体验之中，他们理解了失家的悲伤，也在流浪的旅程之中，他们愈加渴望回家，虽然他们所遭遇的此在以这样那样的环境把他们推向虚无，但否定背后隐藏的对真善美的超越之肯定促成了他们作为受害者却大度地书写着爱的故事和诗意的童话。正如一位哲人所说："当一切都没有时，还有诗。"在虚无之中，主体的诗歌点亮了黑暗。

通过在几个此在中徘徊、穿梭，华裔主体一边抵制，一边追寻，一边颠覆，一边建构。漂浮中所积聚的超越概念也一直指引他们出离此在来面对当下的情形。在《玛德琳在沉睡》中，通过诗意的超现实童话叙述手法，让读者的视角离开相关文化域，用反讽的手法对一切压制手段进行颠覆，同时让不谙世事的法国女孩作主人公，让读者在对童话浪漫的想象中完成对超越的追寻。

此外，作者也尝试用宗教中的爱来消除自我与他者之间的纠

---

① 赵毅衡. 两种经典更新与符号双轴位移. 文艺研究，2007(12)：9.

葛。在张岚的小说集《遗产》中，作者引用大段的《圣经》章节，来暗示姐妹之间的纠葛只有在爱里才能得到解决，这也恰恰是华裔在面对敌对的他者时可以借鉴的态度。在黄锦莲的《佛的孩子》中，主人公以为自己不被老师喜欢，不被主流认可，后来她的偏见在教会学校的历史记录中消解，原来学校对自己的评价是非常高的，而自己的祖母也曾被教会学校从人贩子手里拯救出来。宗教中爱的概念让迷惘的人得到超越的机会。如存在主义哲学家列维纳斯所述，当人在遭遇他者的时候，他面对的是一张面孔，面孔呈现出的重要的一句话是“汝勿杀”的呼救，凝聚着对杀戮的伦理抵抗。因为“只有面孔在完全得到尊重的世界中，只有懂得人格的神圣性，才能认真对待自己和他者，并像尊重自己一样来尊重他者，我们也只能从他者的面孔上，真正读出敬畏、宽容、赎罪等蕴含在人天性中的东西，从而放弃战争的铁蹄践踏他者的行径”①。这就是面对他者的责任。因此，“在存在问题之外的，不是什么真理——而只是善的问题”②。

通过“待在”旅程中的漂浮，他们更加明白此在与自我的紧密关系，更加珍惜来自自我的声音，更加寻求来自超越的真善美，也更加能以超越的眼光来看待一切。通过自我和自身之间的拉锯战，也使主体“从一个混乱无序的身体自我向身份转换，自我存在变成对于自身的符号，并且，这种稳定的和完全负责任的自我对超验价值现实化产生影响”③。

这就是“新生代”华裔女性书写的存在意义。她们书写着主体与客体断裂后的焦虑和追寻的存在足迹，这是一种积极的存在过程。此时，相信人们会对华裔文学中很多悖论释然了，这些悖论证明了“待在”的多种可能性，也从另一个角度说明了这一块存在领域的活力和希望。

---

① 许丽萍. 对列维纳斯他者伦理学的几点思考. 杨大春，尚杰主编. 当代法国哲学诸论题——法国哲学研究. 北京：人民出版社，2005：191.

② 列维纳斯. 生存与生存者. 杭州：浙江人民出版社，1987：8.

③ Eero Tarasti. Valta ja subjektin teoria. *Synteesi*，2004(4)：84 – 102.

参考文献

中文

[美]H. 伯特·阿波特. 剑桥叙事学导论. 北京:北京大学出版社,2007.

[俄]巴赫金. 论陀思妥耶夫斯基一书的改写. 语言创作美学. 莫斯科:艺术出版社,1979.

[俄]巴赫金. 陀思妥耶夫斯基诗学问题. 上海:三联书店,1992.

[俄]巴赫金. 小说话语. 文学与美学问题. 莫斯科:莫斯科文艺出版社,1975.

[俄]巴赫金. 小说理论. 白春仁,晓河译. 石家庄:河北教育出版社,1998.

[英]西蒙·布莱克本编. 牛津哲学词典. 上海:上海外语教育出版社,2000.

陈晓晖. 当代美国华人文学中的"她"写作——对汤婷婷、谭恩美、严歌苓等华人女作家的多面解读. 福建师范大学博士论文,2003.

陈晓明. 超越与逃逸——对"60 年代出生作家群"的重新反省. 河北学刊,2003(5).

陈永国. 弱势化:一种新的全球化——霍米·巴巴清华大演讲. 国外理论动态. 2002:8.

程爱民主编. 美国华裔文学选读. 北京:北京大学出版社,2003.

[英]柯林·戴维斯. 列维纳斯. 李瑞华译. 南京:江苏人民出版社,2006.

单德兴. 开疆与辟土. 天津:南开大学出版社,2006.

单德兴. 重建美国文学史. 北京:北京大学出版社,2006.

邓楠. 全球化语境下的民族文化身份认同——魔幻现实主义与寻根文学比较研究. 浙江大学博士论文,2004.

董小英. 再登巴比伦塔——巴赫金与对话理论. 北京:生活·读书·新知三联书店,1994.

保罗·蒂利希. 存在的勇气. 成显聪,王作虹译,贵阳:贵州人民出版社,1998.

范荣. 父亲是一种隐喻——试析拉康的"父亲之名"在杜拉斯作品中的能指作用. 外国文学研究,2006(5).

范守义. 水仙花:北美华裔小说家第一人. 范守义主编. 春郁太太及其他作品. 太原:山西教育出版社,2002.

方汉文. 后现代主义文化心理:拉康研究. 上海:上海三联书店,2000.

[美]詹姆斯·费伦. 作为修辞的叙事:技巧、读者、伦理、意识形态. 陈永国译. 北京:北京大学出版社,2002.

雪利·费许·费雪金. 跨国美国研究与亚洲的交会. 蔡昀伶译. 中外文学. 2006(1).

冯俊. 后现代哲学讲演录. 北京:商务印书馆,2003.

弗洛伊德. 精神分析引论. 高觉敷译. 北京:商务印书馆,2001.

[日]福原泰平. 拉康:镜像阶段. 王小峰,李濯凡译. 石家庄:河北教育出版社,2002.

甘文平. 美国文坛新崛起的"X 一代"作家群——杨仁敬教授访谈录. 外国文学研究,2007(1).

[日]港道隆. 列维纳斯——法外的思想. 张杰,李勇华译. 石家庄:河北教育出版社,2002.

高鸿. 跨文化的中国叙事——以赛珍珠、林语堂、汤婷婷为中心的讨论. 福建师范大学博士论文,2004.

高小刚. 美华人写作中的故国想象. 中国社科院博士论文,2003.

葛红兵. 新生代小说论纲. 文艺争鸣,1999(5).

耿占春. 叙事美学,郑州:郑州大学出版社,2002.

关合风. 东西方文化碰撞中的身份寻求——美国华裔女性文学研究,河南大学博士论文,2002.

管宁. 错位与弥合:新生代小说的叙事策略. 厦门大学学报(哲学社会科学版),2003(1).

[晋]郭璞. 玄中记. 上海:商务印书馆,1927.

[美]戴卫·赫尔曼. 新叙事学. 马海良译. 北京:北京大学出版社,2002.

郝敬波. 后现代语境中的夸耀与缩小——90 年代新生代小说的缺失对当下文学的启示. 当代文坛,2004(6).

[匈]阿格尼丝·赫勒. 日常生活. 衣俊卿译. 重庆:重庆出版社,1990.

贺玉高. 霍米·芭芭的杂交性理论与后现代身份观念. 首都师范大学博士论文,2006.

侯虹斌. 鱼玄机:情欲世界的女皇. 北京:新星出版社,2005.

胡继华. 后现代语境中的伦理文化转向——论列维纳斯、德里达和南希. 北京:京华出版社,2005.

胡继华.神话与虚无之间的价值追寻—后现代语境中的文化伦理转向概观.福建论坛(人文社会科学版),2003(2).

胡勇.文化的乡愁——美国华裔文学的文化认同.北京:中国戏剧出版社,2003.

[美]海登·怀特.后现代历史叙事学.陈永国,张万娟译.北京:中国社会科学出版社,2003.

[美]海登·怀特.话语的转义:文化批评文集.巴尔的摩:约翰斯·霍普金斯大学出版社,1978.

黄凡,林耀德主编.新世代小说大系.台北:希代书版有限公司,1989.

黄鸣奋.超文本诗学.厦门:厦门大学出版社,2002.

黄作.不思之说——拉康主体理论研究.北京:人民出版社,2005.

[英]斯图亚特·霍尔.文化身份与族裔散居.罗刚,刘象愚主编.文化研究读本.北京:中国社会科学出版社,2000.

肖恩·霍利主编.英汉双解美国20世纪流行文化词典.李著憬,王建华译.北京:清华大学出版社,1998.

[德]伽达默尔.真理与方法.黄颂杰等译.上海:上海译文出版社,1992.

[西班牙]奥特伽·伽塞特.历史是一个体系.历史的话语.桂林:广西师范大学出版社,2002.

金惠敏.对列维纳斯一个核心概念的阅读.外国文学,2003(3).

弗雷德里克·R·卡尔.现代与现代主义一艺术家的主权(1885—1925).陈永国,傅景川译.北京:人民大学出版社,2004.

[美]道格拉斯·凯尔纳,斯蒂文·贝斯特.后现代理论——批判性的质疑.张志斌译.北京:中央编译出版社,2006.

[英]马克·柯里.后现代叙事理论.宁一中译.北京:北京大学出版社,2003.

库尔泰.叙述与话语符号学.怀宇译,天津:天津社会科学院出版社,2001.

赖俊雄.中外文学·列维纳斯专辑.台北:台湾大学外国语文学系中外文学季刊社,2008.

兰守亭.华裔女作家入围纽约雄狮文学奖.文汇读书周报,2005-4-27.

[美]苏珊·S.兰瑟.虚构的权威.黄必康译.北京:北京大学出版社,2002.

李洁非.新生代小说(1994—).当代作家评论,1997(1).

李洁非.新生代小说(1994—)(续).当代作家评论,1997(2).

李利芳.论童话的本质及其当代意义.兰州大学学报社会科学版,2003(2)

李思捷. 身份书写与跨文化心态透视——二十世纪末期海外华人英语写作研究. 暨南大学博士论文,2003.

[英]达瑞安·里德. 拉康. 北京:文化艺术出版社.

梁丽芳. 打破百年沉默——加拿大华人英文小说初探. 枫华文集—加华作品集. 本那比:加拿大华裔作家协会,1999.

梁丽芳. 扩大视野:从海外华文文学到海外华人文学. 当代外国文学,2004(4)

[法]伊曼纽尔·列维纳斯. 从存在到存在者. 吴惠仪译. 南京:江苏教育出版社,2006.

[法]伊曼纽尔·列维纳斯. 塔木德四讲. 关宝艳译. 北京:商务印书馆,2002.

[法]伊曼纽尔·列维纳斯. 上帝,死亡与时间. 余中先译. 上海:三联书店,1997.

[加拿大]林楠. 加拿大华文文学概览. 华文文学,2006(4).

[加拿大]刘慧琴. 浅谈加拿大华文文学. 华文文学,2006(4)

刘捷. 寻找生存的意义——兼评〈打破沉默:华裔加拿大人的英语文学〉. 当代外国文学,2002(4).

刘葵兰. 对抗记忆,解/重构神话,身份形成:对〈中国佬〉,〈家乡〉和〈唐老亚〉的研究. 北京外国语大学博士论文,2002.

刘心莲. 性别、种族、文化——美国华裔女性写作探析. 华中师范大学博士论文,2004.

刘永春. 在后现代的地平线上——新生代小说论. 山东大学博士论文,2005.

鲁迅. 中国小说史略.(释评本). 上海:上海文化出版社,2005.

陆薇. 渗透中的解构与重构:后殖民理论视野中的华裔美国文学. 北京语言大学博士论文,2005.

罗世平,刘德刚. 后殖民小说与主体性. 当代外国文学,2008(3).

罗婷. 加拿大华裔英语文学的兴起. 外国文学研究,2001(3)

[美]华莱士·马丁. 当代叙事学. 伍晓明译. 北京:北京大学出版社,2005.

[美]赫伯特·马尔库塞. 理性和革命. 重庆:重庆出版社,1993.

马云龙. 雅克·拉康——语言维度中的精神分析. 北京:东方出版社,2006.

[美]J. 希利斯·米勒. 解读叙事. 申丹译. 北京:北京大学出版社,2002.

[美]詹姆斯·米勒. 福柯的生死爱欲. 高毅译. 上海:上海人民出版社,2003.

南帆. 文学的维度. 上海:上海三联书店,1998.

[德]格尔达·帕格尔. 拉康. 李朝晖译. 北京:中国人民大学出版社,2008.

潘一禾. 经典乌托邦小说的特点与乌托邦思想的流变. 浙江大学学报(人文社

科版),2007(1).

蒲若茜. 族裔经验与文化想象—华裔美国小说典型母题研究. 暨南大学博士论文,2005.

[日]千石保. 日本的“新人类”. 何凤圆译. 上海:社会科学出版社,1989.

钱超英. 流散文学与身份研究——兼论海外华人华文文学阐释空间的拓展. 中国比较文学,2006(2)

饶芃子,李亚萍. 海外华文文学研究的反思与拓展—与饶芃子教授对谈. 学术研究,2003(8).

饶芃子,李亚萍. 全球语境下的海外华文文学研究. 暨南学报(人文社科版),2008(4).

[法]热拉尔·热奈特. 新叙事话语. 北京:中国社会科学出版社,1990.

[日]扇谷正造. 怪异的一代——新人类. 何培忠译. 北京:社会科学文献出版社,1989.

单德兴,何文敬主编. 文化属性与华裔美国文学. 台湾:中央研究院—欧美研究所,1994:2.

尚党卫. 梅洛-庞蒂:知觉何以具有首要地位. 江苏大学学报(社会科学版),2005(3).

申丹. 叙述学与小说文体学研究. 北京:北京大学出版社,1998.

生安锋. 后殖民主义、身份认同和少数人化——霍米 · 巴巴访谈录. 外国文学,2002(6).

生安锋. 霍米·巴巴的“流亡诗学”. 文艺研究,2004(5).

生安锋. 霍米·巴巴的后殖民理论研究. 北京语言大学博士论文,2004.

石平萍. 母女关系与性别种族的政治——美国华裔妇女文学研究. 开封:河南大学出版社,2005.

[美]安东尼·史蒂文斯. 人类梦史. 杨晋译. 海口:海南出版社,2002.

束定芳. 隐喻学研究. 上海:上海外语教育出版社,2000.

斯普林菲尔德-梅里亚姆-韦伯斯特公司主编. 韦氏大学词典. 北京:世界图书出版公司北京公司,1994.

宋晓英. 精神追寻与生存突围—论欧美华人女作家纪实作品中的女性自我书写. 山东师范大学博士论文,2006.

埃诺·塔拉斯蒂. 通往存在符号学之途. 魏全凤,颜小芳译. 符号与传媒,2011(1).

[奥地利]福·泰格特霍夫. 童话:通向另一种现实的大门. 高年生译. 外国文

学,1993(1).

陶家俊.理论转变的征兆:论霍米·巴巴的后殖民主体建构.外国文学,2006(5).

陶家俊.现代性的后殖民批判——论斯图亚特·霍尔的族裔散居认同理论.四川外语学院学报,2006(5).

万斌.论历史主体.浙江大学学报,1993(3).

汪正龙.文学语言的空白结构和意义生成.载文艺理论研究,2005(2).

王成兵.当代认同危机的人学解读.北京:中国社会科学出版社,2004.

王德威主编.铭刻与再现——华裔美国文学与文化论集.台北:麦田出版社,2000.

王光林.错位与超越——论华英作家和华澳作家的文化认同.华东师范大学博士论文,2003.

王恒.列维纳斯的他者:法国哲学的异质性理路.江苏社会科学,2004(3).

王恒.时间性:自身与他者——从胡塞尔,海德格尔到列维纳斯.南京:江苏人民出版社,2006.

王宁.叙述、文化定位和身份认同——霍米·巴巴的后殖民批评理论.外国文学,2002(6).

王诺.内心独白:回顾与辨析.外国文学评论,1993(4).

王阳.小说艺术形式分析:叙述学研究.北京:华夏出版社,2002.

卫景宜.西方语境的中国故事:论美国华裔英语文学的中国文化书写.杭州:中国美术学院出版社,2002.

维柯.新科学(上).朱光潜译.商务印书馆,1989.

文晶.美国华裔文学研究——一个尚待拓展的领域.黑龙江大学硕士论文,2001.

吴冰.哎—咿!听听我们的声音!——美国亚裔文学初探.国外文学,1995(2).

吴义勤.新生代长篇小说论.文学评论,2004(4).

肖薇.异质文化语境下的女性书写:海外华人女性写作比较研究.四川大学博士论文,2002.

徐岱.小说叙事学.北京:中国社会科学出版社,1992.

徐颖果.美国语境里的中国文化:华裔文化.南开学报(哲学社会科学版),2005(4).

徐颖果主编.美国华裔文学选读.天津:南开大学出版社,2004.

许丽萍. 对列维纳斯他者伦理学的几点思考. 杨大春,尚杰主编. 当代法国哲学诸论题——法国哲学研究. 北京:人民出版社,2005.

薛玉凤. 美国华裔文学之文化研究. 北京:人民文学出版社,2007.

杨大春. 语言　身体　他者——当代法国哲学三大主题. 北京:生活、读书、新知三联书店,2007.

杨剑龙. 在对传统的颠覆中走向虚无——新生代小说批判. 江南,1999(3).

杨义. 中国叙事学. 北京:人民出版社,1997.

叶舒宪. 神话——原型批评. 兰州:陕西师范大学出版社,2002.

沃尔夫冈·伊瑟尔. 虚构与想象——文学人类学疆界. 陈定家,汪正龙译. 长春:吉林人民出版社,2003.

尹晓煌. 美国华裔文学史. 徐颖果译. 南开大学出版社,2006.

袁可嘉. 现代主义文学研究. 北京:中国社会科学出版社,1989.

詹乔. 论华裔美国英语叙事文本中的中国形象. 暨南大学博士论文,2007.

张钧. 小说的立场—新生代作家访谈录. 桂林:广西师范大学出版社,2001.

张龙海. 美国华裔文学研究在中国. 外语与外语教学,2005(4).

张龙海. 属性和历史:解读美国华裔文学. 厦门:厦门大学出版社,2004.

张敏,凌建娥. 多元文化格局中的族裔喧哗——全国美国文学研究会"美国少数族裔文学"研讨会综述. 当代外国文学,2004(1).

张琴凤. 中国大陆、中国台湾、马来西亚华人新生代作家历史叙事研究. 山东大学博士论文,2007.

张琴凤. 大陆"新生代"小说研究述评. 理论与创作,2005(2).

张琼. 矛盾情结与艺术模糊性:——超越政治和族裔的美国华裔文学. 复旦大学博士论文,2005.

张卓. 美国华裔文学中的社会性别身份建构. 苏州大学博士论文,2006.

张子清. 与亚裔美国文学共生共荣的华裔美国文学. 外国文学评论,2000(1).

章人英主编. 社会学词典. 上海:上海辞书出版社,1992.

赵文书. *Positioning Contemporary Chinese American Literature in Contested Terrains*. 南京:南京大学出版社,2004.

赵文书. X 一代的华美小说简论. 当代外国文学,2007(3).

赵稀方. 霍米·巴巴及其批评. 上海文化,2006(3).

赵毅衡. 当说者被说的时候——比较叙述学导论. 北京:中国人民大学出版社,1997.

赵毅衡. 欧洲/美洲/澳洲获得语作家专辑主持人语. 中外文化与文论,2008

(2).

赵毅衡. 三层茧内:华人小说的题材自限. 暨南学报(人文社科版),2005(2).

赵毅衡. 文学符号学. 北京:中国文联出版社,1990.

朱徽. 加拿大华裔英语文学的发展与现状——赵廉博士访谈录. 中国比较文学,2001(2).

朱徽. 当代加拿大华裔英语文学述评. 当代外国文学,2003(3).

朱徽. 正在进入加拿大主流社会的华裔英语文学. 外国文学动态,1999(2).

朱徽. 主编. 加拿大英语文学简史. 成都:四川大学出版社,2005.

邹涛. 美国华人商文学——跨文明比较研究. 四川大学博士论文,2007.

邹威华. 后殖民语境中的文化表征——斯图亚特·霍尔的族裔散居文化认同理论透视. 当代外国文学,2007(3).

邹威华. 跨文化语境中的文化误读与文化宽容问题. 江西社会科学,2007(5).

邹威华. 族裔散居语境中的"文化身份与文化认同——以斯图亚特·霍尔为研究对象". 南京社会科学,2007(2).

英 文

Amy, Ling. *Between Worlds*: *Women Writers of Chinese Ancestry*. New York: Pergamon Press, 1990.

Atanasoski, Neda. http://voices. cla. umn. edu/vg/Bios/entries/liu_catherine. html. May 17, 1998.

Bhabha, Homi. *Nation and Narration*. London: Routledge, 1990.

Bhabha, Homi. "On the Irremovable Strangeness of Being Different". *Four Views on Ethnicity*. Publications of the Modern Language Association of America. Jan 1, 1998.

Bhabha, Homi. *The Location of Culture*. London: Routledge, 1994.

Blichfeldt, Anders. "Evelyn Lau". http://www. nwpassages. com/bios/lau. asp. Mar 21, 2008.

BookRags. "BookRags Study Guide on *Madeleine Is Sleeping*". http://www. bookrags. com/studyguide-madeleine-is-sleeping. Sept 14, 2007.

Bundgaard, Peer & Stjernfelt, Frederik. *Signs and Meaning*: *5 Questions*. Automatic Press/VIP, 2009.

Chao, Lian. *Beyond Silence—Chinese Canadian Literature in English*. Toronto:

TRAR Publications, 1997.

Cheung, King-Kok. *Articulate Silence: Hisaye Yamamoto, Maxine Hong Kingston, Joy Kogawa*. Ithaca and London: Cornell UP, 1993.

Cheung, King-Kok and Yogi, Stan. *Asian American Literature: An Annotated Bibliography*. New York: Modern Language Association, 1988.

Chin, Frank. *The Big Aiiieeeee! An Anthology of Chinese American and Japanese American Literature*. New York: Plume, 1991.

Chock, Eric & Lum, Darrell H. Y., *Pake: Writings by Chinese in Hawaii*. Honolulu: Bamboo Ridge Press, 1989.

Cockburn, Lyn. "A Laudable Life". *Herizons*, June 1, 2001.

Cryer, Dan. "Rev. of *Eating Chinese Food Naked*". *Newsday*, Jan. 11, 1998: B11.

Deborah L. Madsen. "The Salt Fish Girl: A Novel". *Canadian Ethnic Studies Journal*, Monday, Mar 22, 2004.

Douglas, Coupland. *Generation X: Tales for an Accelerated Culture*. New York: St. Martin's Press, 1991.

E. D., Huntley. *Maxine Hong Kingston: A Critical Companion* Westport. CT.: Greenwood Press, 2001.

Eaglestone, Robert. *Ethical Criticism: Reading After Levinas*. Edinburgh: Edinburgh University Press, 1997.

Fink, Bruce. *The Lacanian Subject: Between Language and Joissance*. New Jersey: Princeton University Press, 1995.

Fontanille, Jacques. *Soma et Séma. Figures du corps*. Paris: Maisonneuve et Larose, 2004.

Gale Reference Team. "Biography-Bynum, Sarah Shun-lien". *Contemporary Authors (Biography)*. Thomson Gale, 2005.

Gale Reference Team. "Biography-Chang, Lan Samantha (1965 –)". Ibid, 2006.

Gale Reference Team. "Biography-Chiu, Christina". Ibid, 2006.

Gale Reference Team. "Biography-Lai, Larissa (1967 –)". Ibid, 2006.

Gale Reference Team. "Biography-Liu, Catherine (1964 –)". Ibid. 2003.

Gale Reference Team. "Biography-Ng, Mei (1966 –)". Ibid, 2006.

Genette, Gerard. *Para-texts: Thresholds of Interpretation*. Lewin, J. E, trans.

Cambridge: Cambridge University Press, 1997.

Graham, DG. "Evelyn Lau". http://section15. ca/features/people/1998/05/15/evelyn_lau/. Mar 21, 2008.

Grassian, Daniel. *Hybrid Fictions: American Literature and Generation X*. Jefferson: McFarland&Company, Inc. Publishers, 2003.

Hall, Stuart. "Ethnicity: Identity and Difference". *Radical America*, 1991(4).

Hall, Stuart. "Minimal Selves". Homi Bhabha et al eds. *Identity: The Real Me*. London: Institute of Contemporary Arts, 1987.

Hall, Stuart. "The Local and the Global: Globalization an Ethnicity". Anthony D. King. (ed). *Culture, Globalization and the World-System*. Minneapolis: University of Minnesota Press, 1997.

Hall, Stuart. "The Question of Cultural Identity". Stuart Hall et al. (eds). *Modernity and Its Futures*, Cambridge: Polity Press, 1992.

Haraway, Donna. "A Cyborg Manifesto: Science, Technology and Socialist-Feminism in the Late Twentieth Century". David Bell and Barbara M. Kennedy. (eds). *The Cybercultures Reader*. New York: Routledge, 2000.

Harmer, Elizabeth C. "Myths of Origin and Myths of the Future in Larissa Lai's *Salt Fish Girl*". http://forum. llc. ed. ac. uk/. Autumn 2005(1).

Hatten, Robert S. et all. *A Sounding of Signs*. Jyväskylä: Acta Semiotica Fenica XXX, 2008.

Howard, Jennifer. "Review of *Hunger*". *Washington Post Book World*, Jan 2, 2000.

Huntley, E. D. *Amy Tan: A Critical Companion*. Westport, CT: Greenwood Press, 1998.

Johnson-Feelings, Dianne. *Presenting Laurence Yep*. New York, NY: Twayne Publishers, 1995.

Katz, Claire Elise & Trout, Lara. (eds). *Emmanuel Levinas: critical assessments of leading philosophers*. London: Routledge, 2005.

Katz, Claire Elise & Trout, Lara. (eds). *Emmanuel Levinas: Critical Assessments of Leading Philosophers*. New York: Routledge, 2005.

Kim, Elaine H. *Asian American Literature: An Introduction to the Writings and Their Social Context*. Philadelphia: Temple University Press, 1982.

Kress, Michael. "Interview with Chang". *Publishers Weekly*, Aug 3, 1998.

Krist, Gary. "The Ratchety Process of Change". *New York Times Book Review*. July 14, 1991.

Langbaum, Robert. *The Mysteries of identity: A Theme in Modern Literature*. New York: Oxford University Press, 1977.

Lee, Allyssa. "Review of Troublemaker and Other Saints". *Entertainment Weekly*, Mar 16, 2001.

Levin, S. R. "Word: Internal and External Deviation". *Poetry*, 1965(21).

Levinas, Emmanuel. *Alterity and Transcendence*. Michael B. Smith. trans. London: The Athlone Press, 1999.

Levinas, Emmanuel. *Discovering Existence with Husserl*. Richard A. Cohen & Michael B. Smith. trans. Illiois: Northwestern University Press, 1998.

Levinas, Emmanuel. *Ethics and Infinity*. Pittsburgh: Duquesne University Press, 1985.

Levinas, Emmanuel. *Existence and Existent*. Alphonso Lingis. trans. London: Kluwer Acadamic Publishers, 1978.

Levinas, Emmanuel. *Humanism of the Other*. Nidra Poller. trans. Chicago: University of Illinois Press, 2003.

Levinas, Emmanuel. *On Escape*. Bettina Bergo. trans. Stanford: Stanford University Press, 2003.

Levinas, Emmanuel. *Otherwise than Being, or Beyond Essence*. The Hags: Martinus Nijhoff, 1981.

Levinas, Emmanuel. *Totality and Infinity*. Alphonso Lingis. trans. Boston: Martinus Hijhoff Publishers, 1979.

Levinas, Emmanuel. *The Theory of Intuition in Husserl's Phenomenology*. Andre Orianne. trans. Evanston: Northwestern University Press, 1973.

Levinas, Emmanuel. *Time and the Other*. Richard A. Cohen. trans. Pittsburgh: Duquesne University Press, 1987.

Lim, Shirley Geok-lin & Amy Ling. (eds). *Reading the Literature of Asian America*. Philadelphia: Temple University Press, 1992.

Mathur, Ashok. "Interview with Larissa Lai, July 1998". http://www.eciad.ca/~amathur/larissa/larissa.html. Sept 6, 2008.

May, R. *Man's Search for Himself*. New York: Norton, 1953.

Miller, Heather Ross. "American the Big Lie, the Quintessential". *The Southern*

Review, 1993 (2).

Morin, Carol. "Rev. of *Eating Chinese Food Naked*". *The Scotsman*, Mar 7, 1998: 14.

O'Grady, Brian & Adam O'Connor Rodriguez. "A Conversation with Lan Samantha Chang". http://www.ewu.edu/willowsprings/interviews/chang.html. Oct 10, 2004.

Richards, Linda. "Interview with Lau, Evelyn". http://januarymagazine.com/profiles/lau.html. Oct 1, 1999.

Rogers, Linda. "Fire and Fury from a Precocious Poet". *Vancouver Sun*, Oct 14, 1989: H5.

Santa Ana, Jeffrey J. "Gender and Sexuality in Asian American Literature". *Signs*, Autumn 1999.

Saracino, Michele. *On Being Human: A Conversation with Lonergan and Levinas*. Milwaukee: Marquette University Press, 2003.

Schultermandl, Silvia. "Biography and Criticism of Mei Ng". http://voices.cla.umn.edu/vg/Bios/entries/ng_mei.html#bio. Aug 8, 2005.

Simhan, Rasmi. "Minority Authors Add a New Dimension to 'Chick Lit'". *Sacramento Bee*, Mar 14, 2004.

Skenazy, Paul & Martin, Tera. (eds). *Conversation with Maxine Hong Kingston*. Jackson: University Press of Mississippi, 1998.

Tarasti, Eero. *Existential Semiotics*. Bloomington: Indiana University Press, 2000.

Tarasti, Eero. "Valta ja subjektin teoria". *Synteesi*, 4/2004, 2004.

Tarasti, Eero. (ed). *Pariisin uudet mysteerit ja muita matkakertomuksia*. Imatra: International Semiotics Institute/Semiotic Society of Finland, 2004.

Tarasti, Eero. *Global Signs*. Jyväskylä: Acta Semiotica Fenica XXIX, 2008.

Tarasti, Eero. "Preface to the Chinese Edition". http://www.semio2012.com/Item/Show.asp? m=1&d=842. Jan 14, 2011.

Toumayan, Alain P. *Encountering the Other: The Artwork and the Problem of Difference in Blanchot and Levinas*. Pittsburgh: Duquesne University Press, 2004.

Tsang, Beryl. "Book Review: Runaway: Chinese Canadian Women's Forum". *Newsletter of the Women's Issues Committee of the Chinese Canadian National*

Council, Summer 1990.

Valsiner, Jaan. *The Oxford Handbook of Culture and Psychology*. Oxford University Press, Incorporated, 2012.

Wallace, Martin. "Evelyn Lau to quit writing?" http://www. unb. ca/bruns/9900/issue8/entertainment/govgeneral html. Feb 21, 2008.

White-Parks, Annette. *Sui Sin Far/Edith Maude Eaton: A Literary Biography*. Urbana: University of Illinois Press, 1995.

Wong, Sau-ling Cynthia. "Chinese/Asian American Men in the 1990s: Displacement, Impersonation, Paternity, and Extinction in David Wong Louie's Pangs of Love", Gray Y. Okihiro et al. (eds). *Privileging Positions: The Sites of Asian American Studies*. Washington: Washington State University Press, 1995.

Wong, Sau-ling Cynthia. *Reading Asian American Literature: From Necessity to Extravagance*. Princeton, New Jersey: Princeton University Press, 1993.

Yin, Xiao-huang. *Chinese American Literature since the 1850s*. New York: Baker & Taylor Books, 2000.

Zhu, Gang. (ed). *Twenties Century Western Critical Theories*. Shanghai: Shanghai Foreign Language Education Press, 2001.

附　录

北美华裔新生代女作家主要作品

Chang, Lan Samantha（张岚）. *Hunger*. New York: W. W. Norton & Company, 1998.

Chang, Lan Samantha（张岚）. *Inheritance*. New York: W. W. Norton & Company, 2004.

Chiu, Christina（邱静瑜）. *Lives of Notable Asian Americans Literature and Education*. New York: ChelseaHouse Publishers, 1996.

Chiu, Christina（邱静瑜）. *Eating Disorder Survivors Tell Their Stories*. New York: Rosen Publishing Group, 1998.

Chiu, Christina（邱静瑜）. *Teen Guide to Staying Sober*. New York: Rosen Publishing Group, 1998.

Chiu, Christina（邱静瑜）. *Troublemaker and Other Saints*. New York: G. P. Putnam's Sons, 2001.

Keltner, Kim Wong（黄锦莲）. *The Dim Sum of All Things*. New York: Avon Trade, 2004.

Keltner, Kim Wong（黄锦莲）. *Buddha Baby*. New York: Avon Trade, 2005.

Keltner, Kim Wong（黄锦莲）. *I Want Candy*. New York: Avon Trade, 2008.

Lai, Larissa（拉丽莎·赖）& P. Wong. (ed). Yellow Peril: Reconsidered. Vancouver: On Edge Productions, 1990.

Lai, Larissa（拉丽莎·赖）& P. Wong. (ed). *Chinaman's Peak, Walking the Mountain*. Banff: Walter Phillips Gallery, 1993.

Lai, Larissa（拉丽莎·赖）& P. Wong.（ed）Brenda Lea Brown.（ed）. *Bringing It Home: Women Talk about Feminism in Their Lives.* Vancouver: Arsenal Pulp Press, 1996.

Lai, Larissa（拉丽莎·赖）& P. Wong.（ed）*Salt Fish Girl.* Toronto: Thomas Allen Publishers, 2002.

Lai, Larissa（拉丽莎·赖）& P. Wong.（ed）*When Fox Is a Thousand* (Second Edition). Vancouver: Arsenal Pulp Press, 2004.

Lau, Evelyn（刘绮芬）. *Runaway: Diary of A Street Kid.* Toronto: HarperCollins, 1989.

Lau, Evelyn（刘绮芬）. *You Are Not Who You Claim.* Victoria: Porcepic Books, 1990.

Lau, Evelyn（刘绮芬）. *Oedipal Dreams.* Toronto: Coach House Press, 1992.

Lau, Evelyn（刘绮芬）. *Fresh Girls.* Toronto: HarperCollins, 1993.

Lau, Evelyn（刘绮芬）. *In the House of Slaves.* Toronto: Gutter Press, 1994.

Lau, Evelyn（刘绮芬）. *Other Women.* Toronto: Random House, 1995.

Lau, Evelyn（刘绮芬）. *Choose Me.* Vintage: Random House, 2000.

Lau, Evelyn（刘绮芬）. *Inside Out: Reflections on a Life So Far.* Anchor: Random House, 2002.

Lau, Evelyn（刘绮芬）. *Treble.* Vancouver: Polestar Book Publishers, 2005.

Liu, Catherine（刘恺悌）. *Oriental Girls Desire Romance.* New York: Kaya, 1997.

Liu, Catherine（刘恺悌）. *Copying Machines: Taking Notes for the Automation.* London: University of Minnesota Press, 2000.

Liu, Catherine（刘恺悌）. trans. *Du Bon Usage de la Colere Erotique.* Minneapolis: University of Minnesota Press, 2001.

Ng, Mei（伍美琴）. *Eating Chinese Food Naked.* New York: Scribner, 1998.

Shun-Lien Bynum, Sarah（何舜廉）. *Madeline Is Sleeping.* Orlando: Harcourt, 2004.